L'EMPREINTE DE CINQ

Du même auteur
aux Éditions J'ai lu

Numéro Quatre
Le pouvoir des Six
La révolte des Neuf

PITTACUS LORE

L'EMPREINTE DE CINQ

Traduit de l'anglais (États-Unis) par Marie de Prémonville

J'AI LU

Titre original : *The Fall of Five*

Les événements relatés dans cet ouvrage sont réels.

Les noms de personnes et de lieux
ont été changés afin de protéger
les Lorics, qui demeurent cachés.

Il existe d'autres civilisations que la vôtre.

Certaines d'entre elles ont pour but
ultime de vous exterminer.

CHAPITRE 1

La star de l'évasion de cette nuit, c'est Six. Une horde de Mogadoriens se tient entre elle et la porte de ma cellule – ce qui est impossible, techniquement parlant. En général, les Mogs ne consacrent pas autant de troupes à ma surveillance, mais qu'importe, puisque c'est un rêve. Les soldats mog dégainent leurs poignards et chargent en braillant. En réponse, Six fait voler sa chevelure par-dessus son épaule et disparaît. Entre les barreaux de ma cellule, je la regarde, tour à tour visible et invisible, découper les Mogs en morceaux et retourner leurs armes contre eux. Elle se fraie un chemin à travers un nuage de cendre de plus en plus épais et, bientôt, elle a éliminé tous les ennemis.

« C'était carrément génial », je lui lance lorsqu'elle me rejoint. Elle sourit d'un air désinvolte.

« Prêt à décoller ? »

C'est alors que je me réveille. Ou plutôt, que je sors brutalement de ma rêverie. Parfois, il m'est difficile de savoir si je dors ou si je suis conscient ; quand on est isolé depuis des semaines, le temps se brouille et, rêve ou réalité, tous les instants finissent par se ressembler. Du moins, je pense que ça fait des semaines. Pas évident de garder le fil, d'autant plus que ma cellule n'a pas de fenêtre. La seule chose dont je sois certain, c'est que ces idées d'évasion ne sont que des chimères. Parfois, comme ce soir, Six vient à ma rescousse, d'autres fois, c'est John, ou bien j'ai moi-même développé des Dons et je m'enfuis en volant, en dépeçant des Mogadoriens au passage.

Des fantasmes, tout ça. Un moyen pour mon esprit angoissé de passer le temps, rien de plus.

Mais ce matelas baigné de sueur, avec ses ressorts cassés qui me rentrent dans le dos, il est bien réel, lui. De même que mes crampes dans les jambes et dans les reins.

J'attrape le seau d'eau posé par terre près de moi. Une fois par jour, un garde l'apporte, en même temps qu'un sandwich au fromage. Pas vraiment grand hôtel, comme standing, même si, d'après ce que je sais, je suis le seul prisonnier dans cette unité – une enfilade de cellules vides reliées par des passerelles métalliques, et moi, tout seul.

Le garde pose toujours le seau près de mes toilettes en inox, et je le traîne jusqu'à mon lit. C'est à peu près ma seule activité physique. Je me jette sur le sandwich, évidemment. Je ne me rappelle plus comment c'était, de ne pas être affamé en permanence.

Du fromage industriel dans du pain rassis, un trou dans le sol en guise de W-C, et un isolement total. Voilà ce qu'est devenue ma vie.

Au début, en arrivant ici, j'ai essayé de compter les jours d'après les visites du gardien, mais parfois je crois qu'ils m'oublient. Ou bien ils le font exprès. Ma plus grande peur, c'est qu'ils me laissent dépérir ici, et que je meure de déshydratation, sans même me rendre compte que je vis mes derniers instants. Je préférerais mourir libre, en train de combattre les Mogadoriens.

Ou mieux : ne pas mourir du tout.

J'avale une longue gorgée d'eau tiède au goût de rouille. C'est répugnant, mais au moins ça m'hydrate. J'étire les bras au-dessus de ma tête et j'entends mes articulations craquer. La douleur me vrille les poignets, là où la chair n'a pas fini de cicatriser. C'est alors que mes pensées se remettent à vagabonder – cette fois-ci, dans mes souvenirs.

Chaque jour, je repense à la Virginie-Occidentale. Je revis toute la scène.

Je me remémore la course folle à travers les tunnels, avec au creux de ma paume la pierre rouge prêtée par Neuf et qui diffusait ses rayons surnaturels sur des dizaines de portes de cellules. Dans chacune d'entre elles, j'espérais retrouver mon père, mais chaque fois, j'étais déçu.

Puis les Mogs sont arrivés, me séparant de John et de Neuf. Je me rappelle ma terreur en me retrouvant coupé des autres – peut-être avaient-ils une chance de vaincre tous ces Mogs et ces pikens, grâce à leurs Dons. Malheureusement, je n'avais sous la main qu'un canon volé à l'ennemi.

J'ai fait de mon mieux, en descendant tous les Mogs qui s'approchaient trop près, tout en cherchant un moyen de rejoindre John et Neuf.

Malgré le vacarme du combat, j'entendais John crier mon nom. Il n'était pas loin, seule une meute de bêtes extraterrestres nous séparait.

La queue d'un monstre m'a fauché les jambes. Mes pieds se sont dérobés sous moi. J'ai lâché la pierre de Neuf et j'ai roulé par terre. C'est le visage qui a pris, et je me suis entaillé l'arcade sourcilière. Le sang s'est immédiatement mis à me couler dans les yeux. À moitié aveuglé, j'ai rampé pour me mettre à l'abri.

Si l'on considère la veine que j'avais depuis notre arrivée en Virginie-Occidentale, il n'est pas très étonnant que j'aie atterri juste aux pieds d'un guerrier mogadorien. Il m'a visé entre les deux yeux et s'apprêtait à me tuer sur le coup, mais au moment de presser la détente, il s'est ravisé. Il a préféré m'assener un bon coup de crosse sur la tempe.

Et tout est devenu noir.

Je me suis réveillé suspendu au plafond par de grosses chaînes. Toujours dans la grotte, mais je sentais qu'on m'avait emmené encore plus profond sous terre, dans une zone plus sécurisée. Le désespoir m'a envahi quand j'ai compris que la base ne s'était donc pas écroulée, et que j'étais prisonnier – et John et Neuf ? Avaient-ils réussi à s'en tirer ?

Avec le peu de forces qu'il me restait, j'ai essayé de tirer sur les chaînes. En vain. Le désespoir et la claustrophobie me serraient l'estomac. J'étais sur le point de fondre en larmes quand un gigantesque Mogadorien est entré dans la pièce. Le plus gros que j'aie vu, avec une horrible cicatrice violette autour du cou, et une drôle de canne dorée dans une de ses mains massives. Il était absolument ignoble, un vrai cauchemar, pourtant j'étais incapable de détourner le regard. Ses yeux noirs et vides happaient les miens.

« Bonjour, Samuel, a-t-il dit en s'avançant vers moi. Sais-tu qui je suis ? »

J'ai secoué la tête, et j'ai senti ma bouche se dessécher brusquement.

« Mon nom est Setrákus Ra. Commandant Suprême de l'Empire mogadorien, architecte de la Grande Conquête, et Chef Bien-aimé. » Il a retroussé les babines en un rictus effroyable qui se voulait sans doute un sourire. « Et cætera. »

Le maître d'œuvre d'un génocide planétaire et le cerveau d'une invasion imminente de la Terre venait donc de se présenter à moi. J'ai essayé de réfléchir à ce que John ferait, dans une situation pareille – face à son pire ennemi, jamais il ne flancherait. Mais moi, je n'ai pas pu m'empêcher de me mettre à trembler, et les chaînes qui me liaient les poignets cliquetaient en rythme.

J'ai bien senti que ma peur réjouissait Setrákus Ra. « Il est encore possible d'éviter la douleur, Sam. Tu as choisi le mauvais camp, mais je suis un être magnanime. Dis-moi ce que je veux savoir et je te rendrai ta liberté.

– Jamais », ai-je bégayé, terrifié à l'idée de ce qui m'attendait.

J'ai entendu un sifflement au-dessus de ma tête, et j'ai vu une matière noire et visqueuse glisser le long de la chaîne. Avec une odeur âcre et chimique, comme du plastique en fusion. Et cette boue répugnante laissait une traînée de rouille dans son sillage tout en coulant vers moi ; bientôt, elle m'a recouvert les poignets. J'ai poussé un hurlement. La douleur était insoutenable, et la texture collante rendait le liquide encore plus corrosif, comme de la sève en ébullition.

J'étais sur le point de m'évanouir quand Setrákus Ra a porté sa canne à mon menton, me forçant à relever la tête vers lui. Un engourdissement glacial m'a parcouru tout le corps et la douleur dans mes poignets s'est momentanément apaisée. Mais c'était un soulagement bien pervers : une raideur mortelle irradiait de la canne de Setrákus Ra, comme si tous mes membres se retrouvaient exsangues.

« Tout ce que tu as à faire, c'est de me répondre, a grondé Setrákus Ra. Et tout s'arrêtera. »

Ses premières questions concernaient John et Neuf, et leurs projets. Je me suis senti soulagé de savoir qu'ils s'étaient échappés, et plus encore de n'avoir aucune idée de l'endroit où ils se cachaient. C'est moi qui avais gardé les instructions de Six, ce qui signifiait que John et Neuf allaient trouver un plan de secours, que je ne serais pas en mesure de révéler sous la torture. Le papier avait disparu de ma poche, aussi pouvait-on supposer que j'avais été fouillé par les Mogs pendant que j'étais inconscient et qu'ils avaient confisqué l'adresse. Il ne restait plus qu'à espérer que Six se montrerait prudente.

« Où qu'ils atterrissent, ils ne tarderont pas à revenir vous botter le cul ! » Et ça a été ma seule minute de gloire, dans le rôle du gros dur, parce que Setrákus Ra a retiré sa canne de mon menton. La douleur dans mes poignets s'est réveillée, et la glu mogadorienne m'a transpercée la chair jusqu'à l'os.

Je me suis mis à beugler et à suffoquer, et Setrákus Ra m'a donné un nouveau répit. J'avais perdu tout instinct de lutte.

« Et l'Espagne ? Qu'est-ce que tu peux m'en dire ?

– Six... », j'ai marmonné, pour le regretter aussitôt. Il fallait absolument que je me taise.

Il m'a bombardé de questions. Après l'Espagne, il m'a interrogé sur l'Inde, puis sur l'emplacement des blocs de Loralite, dont je n'avais jamais entendu parler. Ensuite, il m'a questionné sur « le dixième », et ce point-là avait l'air de lui tenir particulièrement à cœur. Je me rappelle qu'Henri parlait d'un dixième, dans sa lettre à John, et qu'il ajoutait que ce dernier Gardane n'avait pas réussi à quitter Lorien. Quand je l'ai avoué à Setrákus Ra – en espérant que cette information ne nuirait pas aux Gardanes restants –, ça l'a mis en rage.

« Tu es en train de me mentir, Samuel. Je sais qu'elle est ici. Dis-moi où.

– Je ne sais pas », j'ai répété, d'une voix de plus en plus vacillante. À chaque réponse, ou plutôt à chaque échec de réponse de ma part, Setrákus Ra retirait sa canne, et le supplice reprenait. Il a fini par abandonner l'interrogatoire et s'est contenté de me fixer d'un air dépité. La souffrance était telle que j'avais basculé dans le délire. Comme si elle changeait brusquement d'avis, la matière noire et visqueuse s'est mise à remonter le long de la chaîne, pour disparaître dans l'ombre.

« Tu ne m'es d'aucune utilité, Samuel, a lancé Setrákus Ra d'un ton dédaigneux. Visiblement, les Lorics se servent de toi uniquement comme bouc émissaire, une pauvre diversion pour protéger leurs arrières lorsqu'ils doivent fuir. »

Et il a quitté la pièce d'un pas furieux. On m'a laissé accroché là un certain temps, entre divagations et pertes de conscience, puis un soldat est venu me chercher. On m'a jeté dans une cellule plongée dans le noir, où j'étais certain qu'on allait me laisser mourir.

Au bout de plusieurs jours, des Mogadoriens m'ont traîné dehors pour me livrer à des types en costumes sombres et aux cheveux très courts – et munis d'armes, sous leurs manteaux. Des humains. Genre FBI ou CIA. Qu'est-ce que des humains pouvaient bien fabriquer, à collaborer avec des Mogs ? Rien que de penser à ces gars qui vendent leur âme, j'en ai le sang qui bout. Néanmoins, ces agents se sont montrés plus civilisés que les Mogadoriens – l'un d'eux a même marmonné des excuses en refermant des menottes autour de mes poignets brûlés. Puis ils m'ont enfilé une cagoule sur la tête, et je ne les ai plus revus.

On m'a trimballé sur la route pendant au moins deux jours pleins, enchaîné à l'arrière d'une camionnette.

Après ça, on m'a enfermé dans une autre cellule – celle-ci, mon nouveau chez-moi –, dans les entrailles d'une énorme base dont je semble être l'unique prisonnier.

Quand je repense à Setrákus Ra, quand j'aperçois les cloques à vif et les cicatrices sur mes poignets, j'en ai le frisson. J'ai essayé d'effacer de ma mémoire cette rencontre atroce, en me répétant que ce qu'il avait dit n'était que mensonges. J'ai la certitude que John ne s'est pas servi de moi pour couvrir sa fuite, et je sais aussi que je ne suis pas inutile. Je peux aider John et les autres Gardanes, tout comme mon père avant sa disparition. J'ai un rôle à jouer, j'en suis certain, même si, pour l'instant, la tâche demeure confuse.

Quand je sortirai d'ici – si je sors un jour –, mon nouveau but dans la vie sera de donner tort à Setrákus Ra.

Je me sens tellement frustré que je bourre le matelas de coups de poing. Aussitôt, une couche de poussière chute du plafond et un léger tremblement secoue le sol de ma cellule, comme si j'avais déclenché une onde de choc.

Je fixe mes mains d'un air ébahi. Peut-être que ces rêves de développer des Dons n'étaient pas si fous, après tout ! J'essaie de me remémorer les séances d'entraînement de John, à Paradise, quand Henri lui ordonnait de se concentrer et de rassembler ses forces. Je plisse les yeux et serre fort le poing.

Tout en me sentant un peu dingue et ridicule, je balance un nouveau coup dans le matelas, juste pour voir ce qui se passera.

Rien. Seulement les courbatures dans mes bras, inactifs depuis si longtemps. Je ne suis pas en train de révéler des Dons. C'est impossible, pour un humain, et je le sais parfaitement. Je suis désespéré, c'est tout. Et peut-être un peu dément, aussi.

« OK, Sam, je me dis d'une voix enrouée. Reprends-toi. »

Je me rallonge en me résignant à rester seul avec mes pensées, lorsqu'une nouvelle secousse fuse dans le sol. Plus forte que la première, j'en sens la réplique jusque dans mes os. Du plâtre se détache du plafond, et me tombe sur le visage et dans la bouche. Je recrache la poussière crayeuse et amère. Et soudain, une rafale assourdie de coups de feu.

Ce n'est pas un rêve. J'entends bien les échos lointains d'un combat, quelque part au fin fond de cette base. Le sol vibre de nouveau – encore une explosion. Depuis que je suis ici, il n'y a jamais eu ni travaux ni entraînement d'aucune sorte. Bon sang, ici je n'entends rien d'autre que le claquement des pas du gardien qui m'apporte ma pitance. Alors pourquoi tout ça, si brusquement ? Qu'est-ce qui peut bien se passer ?

Pour la première fois depuis des jours – des semaines ? –, je m'autorise à reprendre espoir. Ce sont eux. Les Gardanes. Ils sont venus à ma rescousse.

« C'est terminé, Sam », je murmure pour m'encourager à bouger.

Je me lève et avance d'un pas tremblant jusqu'à la porte de ma cellule. J'ai les jambes qui flageolent. Je n'ai pas eu beaucoup l'occasion de m'en servir, depuis qu'on m'a amené ici. Rien qu'à traverser la pièce, j'ai la tête qui tourne. J'appuie le front contre les barreaux froids en attendant que le vertige passe. Je sens les réverbérations du combat dans le métal, et elles gagnent en intensité.

« John ! je beugle, la voix rauque. Six ! Qui que vous soyez ! Je suis ici ! Là-dedans ! »

Une petite voix intérieure me glisse qu'il est stupide de crier, qu'il n'y a aucune chance que les Gardanes m'entendent, dans le vacarme de cette bataille massive. C'est cette même voix qui voulait que je baisse les bras, que je me roule en boule par terre en attendant le coup de grâce.

C'est la partie de moi qui croyait Setrákus Ra. Je ne peux pas me permettre de céder à ce désespoir. Ma mission, c'est de donner tort à ce monstre.

Il faut que je fasse du bruit.

« John ! je crie de nouveau. Je suis ici, John ! »

Malgré ma grande faiblesse, je martèle les barreaux de mes poings, aussi fort que je le peux. Ma voix se perd dans l'unité vide, mais il est impensable qu'un Gardane puisse la percevoir, au milieu des rafales qui font rage de l'autre côté des murs. Malgré le brouhaha croissant, il me semble pourtant deviner des bruits de pas sur la passerelle métallique qui relie les cellules. Malheureusement, je n'y vois pas à plus de quelques mètres devant ma porte. S'il y a quelqu'un dans les parages, il faut que j'attire son attention, en priant pour qu'il ne s'agisse pas d'un gardien mog.

J'attrape mon seau d'eau et renverse ce qu'il reste de ma ration du jour. Mon plan – et c'est le seul que j'aie – consiste à le cogner de toutes mes forces contre les barreaux.

Quand je me retourne, il y a un type debout devant la porte.

CHAPITRE 2

Il est grand et émacié, peut-être un peu plus âgé que moi, avec une tignasse noire qui lui tombe en travers de la figure. Son visage blême est couvert de crasse et de sueur, et il vient visiblement de se battre. Je le dévisage, les yeux exorbités – il y a tellement longtemps que je n'ai plus vu un autre être humain. Il a l'air tout aussi surpris de m'avoir trouvé là.

Il y a quelque chose de bizarre, chez lui. Quelque chose qui cloche.

Sa peau juste un peu trop pâle. L'ombre autour de ses yeux. Il est l'un d'eux.

Je recule dans ma cellule en dissimulant le seau vide dans mon dos. S'il fait mine d'entrer, je le frapperai comme un sourd avec.

« Qui es-tu ? je l'interroge, en veillant à ce que ma voix ne tremble pas.

– On est là pour aider. » Il a l'air mal à l'aise, comme s'il ne savait pas quoi répondre.

Avant que j'aie pu lui demander de quel « on » il parle, un homme le repousse violemment sur le côté. Il a le visage creusé de rides profondes, et une barbe ébouriffée. Éberlué, je me retrouve bouche bée et recule un peu plus vers l'intérieur de ma cellule, bouleversé. Mais cette fois-ci, pour une raison bien différente. Je ne sais pas pourquoi, mais je m'attendais à ce qu'il ressemble aux photos de famille dans notre salon. Des années ont passé, pourtant, sous le visage buriné, je reconnais bien cet homme, surtout à l'instant où il me sourit.

« Papa ?

– Je suis là, Sam. Je suis revenu. »

J'ai mal aux joues, et je mets un moment à comprendre pourquoi : je souris. Je suis même hilare. Et ça fait des semaines que je ne me suis plus servi de ces muscles-là.

Nous nous enlaçons à travers les barreaux et le métal me rentre dans les côtes, mais je m'en moque. Il est ici. Pour de vrai. J'espérais que c'étaient les Gardanes qui viendraient à mon secours. Même dans mes rêves les plus fous, jamais je n'aurais imaginé que ce serait mon père qui me sortirait de cet enfer. Sans doute ai-je toujours cru que ce serait moi qui réussirais à le libérer.

« Je... je te cherche depuis longtemps », je lui dis. Je m'essuie les yeux avec mon avant-bras : le drôle de Mogadorien est toujours là, et je ne veux pas qu'il me voie pleurer.

À travers les barreaux, mon père m'étreint de nouveau. « Tu as tellement grandi, répond-il, une pointe de tristesse dans la voix.

– Les gars, nous interrompt le Mog, on a de la visite. »

Je les entends approcher. Des soldats se déversent dans la prison par en dessous et les passerelles vibrent sous le martèlement des bottes, tandis qu'ils remontent les escaliers en courant. J'ai enfin retrouvé mon père, il est debout là devant moi, et tout ça va de nouveau m'être arraché.

Le Mogadorien tire mon père par le bras pour l'écarter de la porte et se tourne vers moi. « Place-toi au centre de la cellule et couvre-toi la tête », ordonne-t-il.

Mon premier instinct est de me méfier de lui. Il est avec eux. Mais pourquoi un ennemi amènerait-il mon père ici ? Pourquoi essaierait-il de nous aider ? Je n'ai pas le temps d'y réfléchir pour l'instant, avec tous ces Mogadoriens qui approchent – et ceux-là ne sont pas venus nous secourir, j'en suis certain.

Alors j'obéis.

Le Mogadorien tend les mains à travers les barreaux en se concentrant sur le mur derrière moi. Pour une raison que j'ignore, je me remémore une fois encore les séances d'entraînement avec John, dans le jardin de Paradise, à l'époque où ses Dons se révélaient à peine. C'est peut-être lié à l'attitude de ce Mogadorien – à cette détermination dans son regard, malgré ses mains tremblantes, comme s'il ne savait pas bien ce qu'il faisait.

Je sens quelque chose remuer sous mes pieds, comme une onde d'énergie. Puis, dans un craquement assourdissant, le mur derrière moi s'effondre. Un morceau de plafond se détache et vient écraser mes toilettes. Le sol se met à trépider et je suis propulsé par terre. On dirait qu'un petit séisme vient de frapper toute l'unité. Tout penche. Je sens mon estomac se retourner, et ce n'est pas seulement dû à ma position – c'est la peur. Avec la seule force de son esprit, ce Mogadorien vient de détruire un mur. Presque comme s'il utilisait un Don.

Mais c'est impossible.

À l'extérieur de la cellule, mon père et le Mogadorien ont été projetés contre la rambarde de la passerelle. Ma porte de travers n'est plus qu'un amas de métal tordu. Ils ont juste la place de se glisser à l'intérieur. Tout en poussant mon père vers moi, le Mogadorien me désigne le trou dans la paroi et me hurle : « Vas-y ! Cours ! »

J'hésite un instant et jette un coup d'œil à mon père. Il est déjà en train de se faufiler dans la cellule. Je n'ai qu'à espérer qu'il me suivra de près.

Un nuage de plâtre monte du mur effondré et je tousse pour expulser la poussière de mes poumons. Par l'orifice, j'aperçois les entrailles de la base : des tuyaux et des conduits de ventilation, des fils emmêlés et des matériaux d'isolation.

J'enroule les jambes autour d'une des grosses canalisations et entreprends de glisser vers le bas. J'ai des fourmis partout, et le picotement est tel dans mes membres affaiblis que je crains de lâcher prise. Puis l'adrénaline fuse dans mes veines et je m'accroche de plus belle. La liberté est toute proche, je dois y arriver. Au-dessus de moi, j'avise l'ombre de mon père par l'ouverture. Il tergiverse.

« Qu'est-ce que tu fais ? crie-t-il à l'intention du Mog. Adam ? »

J'entends le fameux Adam répondre, d'une voix ferme : « Pars avec ton fils. Maintenant. »

Mon père se met à descendre derrière moi, mais entre-temps je me suis immobilisé. Je sais ce que c'est, de se retrouver abandonné dans un endroit comme celui-ci. Mogadorien ou pas, cet Adam m'a fait sortir de prison et m'a rendu mon père. Il ne devrait pas avoir à affronter ces soldats seul.

« On va le laisser là comme ça ? je crie en direction de mon père.

– Il sait ce qu'il fait. » Mais à sa voix, il n'a pas l'air très convaincu. « Continue à avancer, Sam ! »

Une nouvelle onde de choc secoue la structure, et manque de me faire lâcher le tuyau. Je lève les yeux vers mon père, et une autre secousse fait basculer l'arme qu'il portait dans le dos, glissée dans sa ceinture. Je ne peux pas la rattraper sans risquer de tomber, et elle plonge dans les ténèbres en dessous de nous.

« La vache ! » grogne mon père.

Les Mogs ont encerclé Adam, qui se défend comme il peut. Juste après résonne un gigantesque grincement métallique, et j'en déduis que la passerelle est en train de céder. Je l'imagine se détachant du bloc de cellules et entraînant toute la structure à sa suite. Quelques briques nous tombent dessus et nous rentrons la tête dans les épaules.

Au moins, Adam leur donne du fil à retordre, là-haut. Mais il nous faut déguerpir d'ici avant que tout s'écroule sur nous.

Je reprends ma descente. Il y a peu d'espace et des vis et des fils électriques s'accrochent à mes vêtements – un vrai cauchemar, pour un claustrophobe.

« Sam, donne-moi un coup de main. »

Mon père s'est arrêté devant une bouche d'aération que je n'avais pas remarquée. Je glisse en essayant de remonter, mais il tend le bras pour me rattraper. En nous y mettant à deux, nous harponnons la grille avec nos doigts et la secouons jusqu'à la décrocher.

« Ça devrait nous mener dehors. »

Nous avons à peine le temps de nous faufiler dans le tuyau et de nous mettre à ramper sur les coudes qu'une énorme explosion ébranle toute la base. Le conduit se met à grincer et à gémir, et nous nous immobilisons, prêts à ce que tout s'effondre, mais l'armature tient bon.

À travers les murs de la base résonnent des hurlements et des sirènes. Le combat s'intensifie.

« On dirait une véritable guerre, là-dedans, commente mon père en recommençant à ramper.

– C'est toi qui as amené les Gardanes ? je demande, plein d'espoir.

– Non, Sam. Il n'y avait qu'Adam et moi.

– C'est hallucinant, comme coïncidence, P'pa. Les Gardanes et toi, vous avez réussi à débarquer exactement au même moment ?

– Je dirais que cette famille avait bien le droit à un peu de chance, répond-il. Contentons-nous d'être reconnaissants et de profiter de la diversion pour dégager d'ici.

– Ce sont eux, qui se battent, dehors. Je le sais. Il n'y a qu'eux pour être assez fous pour oser s'attaquer à une base mogadorienne. » L'espace d'une seconde, j'oublie le danger et reste là, un sourire ravi aux lèvres à l'idée que mon père ait réussi à forcer l'entrée d'une base mog. « Papa, je suis super content de te voir, je t'assure, mais tu vas avoir un paquet de trucs à expliquer. »

CHAPITRE 3

Un nuage de fumée noire et âcre s'échappe en tourbillonnant de la base. Les sirènes hurlent au milieu des craquements furieux des flammes. J'entends des pas résonner sur le bitume tout près, et des cris d'urgence, humains et mogadoriens. C'est le chaos. Et d'après le vacarme des explosions au loin, il est évident qu'il ne se limite pas à notre partie de la base. Quelque chose d'énorme se préparait, dans le secteur – et je ne vois qu'une seule possibilité.

Le timing est parfait. Pour l'instant ils sont bien trop occupés pour se lancer à notre poursuite.

« Mais où est-ce qu'on est, bon sang ? je chuchote.

– À la Base de Dulce, répond mon père. Une structure gouvernementale top secrète, située au Nouveau-Mexique, et récupérée par les Mogadoriens.

– Comment tu m'as trouvé ?

– C'est une longue histoire, Sam. Je te la raconterai dès qu'on aura filé d'ici. »

Nous longeons prudemment le mur d'enceinte, en tentant de rester à distance des affrontements. Nous avançons dans l'ombre, au cas où des gardiens auraient l'idée subite de se détacher du groupe pour fuir la folie ambiante. C'est mon père qui ouvre la marche, armé de la grille métallique tordue arrachée au conduit par lequel nous sommes sortis. Comme force de frappe, on fait mieux, mais ça peut toujours servir. Le mieux serait bien sûr d'éviter le combat. Je ne suis pas certain d'avoir encore assez d'énergie, après ce qu'on vient de traverser.

Mon père désigne un point dans l'obscurité, au-delà des décombres de ce qui était une tour de guet, en direction du désert.

« Notre véhicule est garé juste là, m'informe-t-il.

– Qui a détruit cette tour ?

– C'est nous. Enfin, c'est Adam.

– Comment... comment c'est possible ? Ils ne sont pas censés avoir ce genre de pouvoirs.

– J'ignore comment c'est possible, Sam. Mais ce que je sais, c'est qu'il est différent des autres. » Mon père se penche vers moi pour me serrer le bras. « Il m'a aidé à te retrouver. Et... je te raconterai la suite quand nous serons en lieu sûr. »

Je me frotte le visage : la fumée me brûle encore les yeux. Et je suis toujours sous le choc de ce qui m'arrive. Mon père et moi, en train de nous évader d'une base gouvernementale, fuyant des extraterrestres hostiles. Bizarrement, c'est un peu comme un rêve qui se réalise. Nous continuons à progresser vers un coin d'ombre qui nous permettra de piquer un sprint tout droit jusqu'au grillage qui nous sépare du désert.

« Ce que je n'arrive pas à comprendre, c'est comment vous avez pu débarquer exactement au même moment, les Gardanes et vous.

– On n'est pas certains que ce soient bien eux.

– Allez, quoi, Papa. » D'un mouvement du pouce, je désigne les flammes qui dévorent la base en volutes furieuses. « Tu viens de me dire que c'était un repaire de Mogs, que le gouvernement était de mèche avec eux, alors clairement ce n'est pas l'armée. Qui d'autre pourrait bien provoquer ce genre d'apocalypse ? »

Mon père me dévisage, un peu perplexe. « Tu sais qui ils sont. Ça alors... tu les connais, murmure-t-il en secouant la tête d'un air coupable. Jamais je n'ai voulu te mêler à toute cette histoire.

– Tu n'as rien fait, P'pa. Ce n'est pas ta faute, si mon meilleur ami s'est révélé être un extraterrestre. Quoi qu'il en soit, maintenant, je suis dans la course, et on doit les aider. »

Difficile de distinguer son regard dans le noir et au milieu de toute cette fumée, mais c'est comme si mon père me découvrait pour la première fois. Quand nous nous sommes retrouvés dans la base, il n'a sans doute vu que le petit gamin que j'étais encore au moment de sa disparition. Mais je ne suis plus un enfant. Et à en croire son expression – un mélange de tristesse et de fierté –, il a l'air de s'en rendre compte.

« Tu es devenu un jeune homme courageux, mais tu sais qu'on ne peut pas retourner là-dedans, pas vrai ? Même si les Gardanes sont bien là, je ne peux pas prendre le risque. Je ne peux pas te faire courir un danger pareil. »

Il se remet en route et je le suis, dos contre le mur, jusqu'à atteindre un angle de l'enceinte. Je traîne les pieds, mais ce n'est pas d'épuisement. Mon cœur sait que nous ne devrions pas nous enfuir et mon corps est du même avis. L'atmosphère apocalyptique autour de la base me rappelle la grotte en Virginie-Occidentale, et ce qui s'est produit ensuite – les chaînes, la torture – et qui pourrait bien arriver aussi à Adam, si nous l'abandonnons, ou aux Gardanes, s'ils sont en train de se battre à l'intérieur. Je veux agir – autrement qu'en m'enfuyant.

« On peut les aider ! je m'exclame. On doit les aider ! »

Mon père hoche la tête. « Et c'est ce que nous allons faire. Mais on ne sera utiles à personne si on se fait tuer en fonçant aveuglément dans une base militaire fortifiée, qui se trouve en plus être en feu. »

Je reconnais le discours. Il me faut un petit moment pour me remémorer que c'est exactement le genre de conseils que je donnais à John, quand il comptait se lancer dans une offensive héroïque et totalement stupide.

Tandis que j'essaie désespérément de trouver un argument valable pour retourner dans la base, mon père jette un coup d'œil de l'autre côté du mur, avant de reculer vivement. Une seconde plus tard, j'entends qu'on accourt. Deux individus.

« Des Mogs, siffle-t-il en s'accroupissant. Ils sont deux. Sans doute en train de sécuriser le périmètre. »

Le premier Mogadorien déboule à vive allure, et mon père lui balance violemment la grille dans les mollets. Le gardien s'écroule et son visage hideux percute le sol.

Le second essaie de brandir son arme, mais mon père est le plus rapide. Ils se débattent pour saisir le canon, et mon père a l'avantage de la surprise et de la montée d'adrénaline. Néanmoins le Mogadorien est plus fort que lui, et il le projette contre le mur, le fusil toujours coincé entre eux. Le choc coupe le souffle à mon père.

Je me précipite sur le premier gardien avant qu'il se ressaisisse. Je lui envoie un coup de pied dans la tempe, tellement fort que je sens immédiatement mes orteils enfler dans mes baskets usées. Je lui arrache son arme des mains, fais volte-face, et tire.

L'impact grésille dans le mur d'enceinte, près de la tête de mon père. J'ajuste et fais feu de nouveau.

Le Mogadorien se désintègre instantanément et mon père recrache de la cendre noire. Pour plus de sûreté, j'abats également celui qui se trouve à mes pieds. Je regarde son corps exploser dans un nuage de suie qui retombe sur le bitume. Plutôt réjouissant, comme spectacle.

Je relève les yeux vers mon père, qui me fixe, à la fois hébété et plein de fierté.

« Joli tir », commente-t-il. Il ramasse le second canon et se penche de nouveau de l'autre côté du mur. « La voie est libre, mais ça ne durera pas. Il faut qu'on bouge. »

Je jette un regard en arrière, en me demandant si à l'intérieur de cette base, mes amis sont toujours en train de se battre pour leur survie. Sentant mon hésitation, mon père m'attrape doucement par l'épaule.

« Sam, je sais bien que ça ne t'aidera pas beaucoup pour l'instant, mais tu as ma parole que nous ferons tout ce qui sera en notre pouvoir pour les Gardanes. Pour les sauver, protéger la Terre... c'est la mission de toute ma vie.

– C'est aussi la mienne. » Et c'est en prononçant ces paroles que je mesure combien elles sont vraies.

Il s'assure une dernière fois que nous pouvons passer, et me fait signe de le suivre. Nous détalons à découvert en direction de la tour écroulée, où mon père affirme qu'il y a une issue dans l'enceinte de Dulce. Je m'attends à ce que des tirs mog éclatent à tout moment derrière nous, mais rien ne se passe. Par-dessus mon épaule, j'aperçois les colonnes de fumée qui s'échappent de la base. J'espère que les Gardanes et Adam s'en sortiront vivants.

La vieille Chevrolet Rambler de mon père est garée pile là où il l'avait dit. Nous mettons le cap à l'est à travers le désert, jusqu'à ce que nous atteignions le Texas. Nous ne rencontrons aucun barrage et aucune voiture noire officielle ne nous poursuit. Les routes sont plongées dans l'ombre et la circulation quasi inexistante jusqu'à l'approche d'Odessa.

« Alors, me lance mon père d'un ton désinvolte, comme pour me demander si j'ai passé une bonne journée au lycée, comment t'es-tu retrouvé à avoir un Gardane pour meilleur ami ?

– Il s'appelle John. En fait, c'est pour te trouver que son Cêpane est venu à Paradise. Avec John, on s'est rencontrés en cours et disons qu'on avait des... amis communs. »

Par la vitre, je regarde le Texas défiler. Cela faisait longtemps que je n'avais plus repensé au lycée, à Mark James, au fumier dans mon casier et à cette balade de psychopathes, en charrette à foin. Difficile d'imaginer qu'il fut un temps où je considérais Mark et sa bande comme les individus les plus dangereux au monde. Je laisse échapper un petit rire, et mon père me lance un regard en coin.

« Raconte-moi tout, Sam. J'ai l'impression d'avoir raté tant de choses. »

Alors je me jette à l'eau. Je commence par ma rencontre avec John, au lycée, j'enchaîne avec la bataille sur le terrain de football américain, et je conclus par notre cavale et ma capture. J'ai des tonnes d'explications à demander à mon père, mais cela me fait vraiment du bien de parler. Ce n'est pas seulement le fait d'avoir passé des semaines confiné dans cette cellule : échanger des confidences avec mon père m'a manqué.

Il est tard quand nous nous arrêtons dans un motel en périphérie de la ville. Nous avons beau être tous les deux répugnants de saleté – on dirait qu'on vient de s'évader de prison en rampant dans un tunnel, ce qui est presque le cas –, le vieux bonhomme à l'accueil ne nous pose aucune question.

Notre chambre se situe au premier étage, avec vue sur la piscine de l'hôtel, quasiment à l'abandon : une moitié d'eau boueuse, l'autre moitié de feuilles mortes et d'emballages de hamburgers. Avant de monter, nous retournons à la voiture chercher nos affaires. Mon père sort un sac à dos du coffre et me le tend.

« C'était à Adam, explique-t-il maladroitement. Il doit y avoir des vêtements propres, là-dedans.

– Merci », je réponds en le dévisageant. L'inquiétude se lit dans ses yeux. « Je le lui garderai en sécurité. »

Mon père hoche la tête, mais je vois bien qu'il redoute déjà le pire. Il se fait du souci pour ce Mogadorien et, brusquement, je me demande s'il s'en est fait autant pour moi, pendant toutes ces années où nous étions séparés.

Je me hisse le sac sur l'épaule en grognant, et me dirige vers la chambre. Il existe visiblement entre Adam et mon père un lien que je ne peux pas vraiment comprendre, et une partie de moi en ressent de la jalousie. Mais alors mon père pose sa main sur mon épaule et je me rappelle combien je l'ai cherché, et aussi qu'il est venu à mon secours, sans hésiter pour ce faire à sacrifier Adam. Pour me sauver, il a abandonné ce Mogadorien qui avait réussi à développer un Don, Dieu sait comment. Je décide de laisser de côté mes pensées mesquines pour me concentrer sur le sens de tout ça.

« Comment as-tu rencontré Adam ? je demande tandis que mon père déverrouille la porte.

– C'est lui qui m'a libéré. Les Mogadoriens me retenaient prisonnier. Ils se livraient à des expériences, sur moi. »

La chambre d'hôtel est exiguë et aussi crade que je m'y attendais. Aussitôt que nous allumons la lumière, un cafard se carapate sous le lit. La pièce sent l'humidité. Il y a une toute petite salle de bains, et la baignoire a beau être tapissée de plaques de moisissures, j'ai hâte de prendre une douche. Comparé à mon seau en fer rempli d'eau croupie, cet endroit, c'est le paradis.

« Quel genre d'expériences ? »

Il s'assied au pied du lit. Je prends place à côté de lui et nous fixons notre reflet dans le miroir souillé. On peut dire qu'on fait la paire – tous deux crasseux et émaciés, tout juste sortis du cachot. Père et fils.

« Ils essayaient de pénétrer dans mon cerveau, pour en extraire tout ce que je pourrais savoir d'utile, concernant les Gardanes.

– Parce que tu étais l'un de ceux qui les ont accueillis à leur arrivée sur Terre, pas vrai ? On a trouvé ton bunker, dans le jardin. Et j'ai assemblé les pièces du puzzle.

– Des Guides, oui, acquiesce mon père d'un air triste. Nous étions là pour recevoir les Lorics à l'atterrissage, les aider à démarrer et à prendre la fuite. Je me rappelle ces neuf enfants, tous effrayés. Et pourtant, l'arrivée de ce vaisseau, c'est l'une des choses les plus incroyables auxquelles j'aie assisté de ma vie. »

Je souris en repensant à la première fois que j'ai vu John utiliser ses Dons. C'était comme si un rideau se déchirait et que derrière apparaissaient une infinité de possibles. Tous ces livres ringards que j'avais lus, sur les extraterrestres, et dont je rêvais tellement qu'ils soient vrais – tout à coup, tout se réalisait.

« Nous avons visiblement été plus faciles à pister que les Gardanes. Chacun de nous avait une famille. Une vie, des repères. Tout ça ne s'efface pas du jour au lendemain. Les Mogadoriens nous ont retrouvés.

– Qu'est-ce qui est arrivé aux autres ? »

Les mains de mon père tremblent un peu. Il pousse un soupir. « Ils ont tous été tués, Sam. Je suis le dernier. »

Dans le miroir, je fixe ce regard hanté qu'il a. Après toutes ces années à la merci des Mogs, j'ai des scrupules à lui demander de se replonger dans ces souvenirs atroces.

« Je suis désolé. On n'est pas obligés d'en parler.

– Non, répond-il avec détermination. Tu mérites de savoir pourquoi je n'étais pas... pourquoi je n'ai pas été aussi présent dans ta vie que je l'aurais dû. »

Il fronce les sourcils, essayant visiblement de fouiller dans sa mémoire. Je le laisse prendre son temps et me penche pour dénouer mes lacets. J'ai les orteils gonflés d'avoir frappé ce Mog au visage. Je me les masse doucement, pour vérifier qu'il n'y a pas d'os fracturé.

« Leur but était de nous arracher des renseignements puisés dans notre passé. N'importe quoi qui aurait pu les aider à traquer les Gardanes. » Il passe la main dans sa tignasse et se frotte le cuir chevelu. « Ce qu'ils m'ont fait... ça a laissé des blancs. Il y a des choses dont je ne me souviens pas. Des choses importantes – dont je sais que je devrais me les rappeler, mais je ne peux pas.

– On trouvera les Gardanes et peut-être qu'eux auront un moyen, je ne sais pas, d'inverser le processus, je suggère en lui donnant une petite tape dans le dos.

– Un peu d'optimisme, constate mon père en me souriant. Ça faisait longtemps que je n'avais plus ressenti ça. »

Il se lève pour se saisir de son sac à dos. Il en sort un de ces téléphones à carte bas de gamme qu'on trouve dans les stations-service et scrute l'écran d'un air abattu.

« Adam avait ce numéro. Il aurait déjà dû appeler pour donner des nouvelles.

– C'était la folie, là-bas. Peut-être qu'il a perdu son téléphone. »

Mon père est déjà en train de composer le numéro. Il porte le combiné à son oreille et écoute. Au bout de quelques secondes de silence, il raccroche.

« Rien, dit-il en se rasseyant. Je crois bien que j'ai fait tuer ce garçon, Sam. »

CHAPITRE 4

Dans cette salle de bains de motel minable, je prends ce qui est sans doute la douche la plus géniale de toute mon existence. Même les moisissures noires qui s'étendent le long du tuyau et du tapis de douche en caoutchouc ne suffisent pas à me gâcher ce plaisir. Le contact de l'eau chaude est une bénédiction, qui vient laver des semaines de captivité aux mains des Mogadoriens.

Après avoir essuyé la buée sur la glace craquelée, je contemple longuement mon reflet. J'ai les côtes saillantes et les muscles apparents sur mon abdomen me donnent l'air d'un animal affamé. J'ai des cernes noirs et profonds et mes cheveux n'ont jamais été aussi longs.

C'est donc à ça que ressemble un combattant pour la liberté humaine.

J'enfile un T-shirt et un jean trouvés dans le sac d'Adam ; même en serrant la ceinture jusqu'au dernier cran, le pantalon est encore trop large aux hanches. J'ai l'estomac qui gargouille et je me demande en passant quel genre de *room service* un établissement aussi sordide peut bien proposer. Je suis prêt à parier que le vieux bonhomme au comptoir nous enverrait volontiers un sandwich fromage-mégots de cigarettes.

Je retourne dans la chambre, où mon père a installé une partie de son équipement. Posé sur le lit, il y a un ordinateur portable sur l'écran duquel défilent les gros titres de la presse. Mon père est déjà en train de planifier la suite. Il est tard, bien plus de minuit, et je n'ai pas encore fermé l'œil. J'ai beau avoir hâte de rejoindre les Gardanes, j'avais espéré qu'on irait d'abord dévorer des pancakes dans le premier café venu.

« Alors ? » je demande en plissant les yeux pour essayer de distinguer les mots sur l'écran.

Mon père ne prête aucune attention au logiciel. Il est assis contre le mur, l'air indécis, le téléphone toujours à la main. Il lance un regard las en direction de l'ordinateur. « Rien pour l'instant.

– Il n'appellera sans doute pas avant d'être en lieu sûr », je fais remarquer. Je me penche pour lui retirer le mobile des mains, mais il m'en empêche.

« Ce n'est pas ça. Nous avons un autre coup de fil à passer. J'ai ressassé les mots que je dirais pendant tout le temps où tu étais sous la douche. Et je ne sais toujours pas comment le formuler. »

Du pouce, il survole une suite de touche qui ne m'est pas étrangère, comme s'il essayait de se donner le courage d'appeler pour de bon. Je suis tellement obsédé par l'idée de retrouver les Gardanes et de combattre les Mogadoriens que je mets un moment à saisir de qui il parle. Je finis par comprendre et m'affale sur le lit, aussi impuissant que lui.

« Il faut qu'on appelle ta mère, Sam. »

Je hoche la tête, sans savoir non plus ce que je pourrais lui dire, en cet instant. La dernière fois qu'elle m'a vu, c'était à Paradise, en pleine nuit. Je sortais d'un combat contre les Mogadoriens, et je me suis enfui avec John et Six. Je crois lui avoir crié par-dessus mon épaule que je l'aimais. Pas vraiment ma sortie la plus élégante, mais je pensais sincèrement revenir rapidement. Jamais je n'aurais imaginé que j'allais finir prisonnier d'une race d'aliens hostiles.

« Elle va être furax, pas vrai ?

– C'est contre moi, qu'elle est furieuse, rectifie mon père. Pas contre toi. Elle sera heureuse d'entendre ta voix et de savoir que tu es sain et sauf.

– Attends – tu l'as revue ?

– On a fait un arrêt à Paradise, avant de mettre le cap sur le Nouveau-Mexique. C'est comme ça que j'ai su que tu avais disparu.

– Et elle va bien ? Les Mogs ne s'en sont pas pris à elle ?

– Il faut croire que non, mais ça ne veut pas dire pour autant qu'elle aille bien. Ta disparition a été éprouvante. Elle me l'a reprochée, et elle n'avait pas tout à fait tort. Elle n'a pas voulu me laisser entrer, alors on a dû dormir dans mon bunker.

– Avec le squelette ?

– Oui. Encore un de mes trous de mémoire – je n'ai aucune idée de qui il s'agit. » Mon père me dévisage en plissant les paupières. « Ne change pas de sujet, je te prie. »

Je crains que ma mère ne me passe un savon au téléphone ; mais plus encore, je redoute que le son de sa voix ne me donne envie d'oublier toute cette histoire de guerre et de rentrer à la maison sur-le-champ. Je déglutis avec difficulté.

« On est en pleine nuit. Peut-être qu'on devrait attendre le matin ? »

Mon père secoue la tête. « Non. On ne peut plus repousser l'échéance, Sam. Qui sait ce qui nous arrivera, demain ? »

Sur ces paroles, pris d'une détermination subite, il compose le numéro de chez nous. Le téléphone contre l'oreille, il attend, l'air nerveux. J'ai des souvenirs de mes parents – qui datent d'avant la disparition de mon père. Ils étaient heureux, ensemble. Je me demande ce qui se passe dans la tête de mon paternel en cet instant, alors qu'il s'apprête à annoncer à ma mère que nous ne sommes pas encore prêts à rentrer. Sans doute se sent-il aussi coupable que moi.

« C'est le répondeur. » Il a presque l'air soulagé. Puis couvre le micro de sa main. « Est-ce que je... ? »

J'entends le bip assourdi de la machine. Mon père remue les lèvres en silence, essayant de trouver les mots.

« Beth, c'est... » Il bégaie, passe nerveusement sa main libre dans ses cheveux. « C'est Malcolm. Je ne sais pas par où commencer – sur répondeur, ce n'est sans doute pas la meilleure idée –, mais... je suis vivant. Je vais bien. Je te demande pardon, et tu me manques terriblement. »

Il lève la tête vers moi. Il a les yeux qui brillent. « Notre fils est avec moi. Il... Je te promets de veiller à sa sécurité. Un jour, si tu veux bien, je t'expliquerai tout. Je t'aime. »

Il me tend l'appareil d'une main tremblante, et je m'en saisis.

« Maman ? » J'essaie de ne pas trop réfléchir à ce que je vais dire, de laisser venir les mots. « J'ai... j'ai fini par retrouver Papa. Ou plutôt, c'est lui qui m'a trouvé. On fait quelque chose de génial, M'man. Pour protéger le monde. Et, euh, on ne court aucun danger, je t'assure. Je t'aime. On sera bientôt rentrés à la maison. »

Je raccroche et fixe le téléphone quelques instants avant de me tourner vers mon père. Les yeux toujours humides, il se penche pour me tapoter le genou.

« C'était bien, conclut-il.

– J'espère surtout que c'était vrai.

– Moi aussi. »

CHAPITRE 5

Les premiers rayons de soleil se glissent entre les immeubles, repoussant l'air froid de la nuit, et le ciel de Chicago s'illumine de teintes violettes, puis roses. Depuis le toit du John Hancock Center, je regarde le jour se lever lentement sur le lac Michigan.

C'est la troisième nuit d'affilée que je monte ici, incapable de dormir.

Nous sommes revenus à Chicago il y a quelques jours. La première moitié du voyage s'est faite dans un véhicule du gouvernement, volé, puis le reste dans un train de marchandises. C'est beaucoup plus facile d'être en cavale, dans ce pays, quand l'un de vos compagnons de route peut se rendre invisible et que l'autre peut se téléporter.

Je marche sur le toit en scrutant en contrebas la ville qui s'éveille. Les rues, les artères de la mégalopole se remplissent rapidement de véhicules qui avancent pare-chocs contre pare-chocs et de piétons qui se hâtent le long des trottoirs. Je contemple ce spectacle en secouant la tête.

« En voilà qui n'ont aucune idée de ce qui se prépare. »

Bernie Kosar me rejoint, sous sa forme de beagle. Il s'étire, bâille et vient fourrer sa truffe au creux de ma main.

Je devrais me réjouir d'être en vie. Nous avons combattu Setrákus Ra au Nouveau-Mexique sans déplorer aucun mort. Les Gardanes restants – à l'exception de

Numéro Cinq, qui manque toujours à l'appel – se trouvent tous en bas, sains et saufs, pratiquement remis de leurs blessures. Et Sarah est là, elle aussi. C'est moi qui l'ai sauvée.

Je baisse les yeux vers mes mains. Au Nouveau-Mexique, elles étaient couvertes de sang. Celui d'Ella et celui de Sarah.

« La fin de leur monde est si proche, et ils n'en savent rien. »

Bernie Kosar se change en hirondelle, survole l'immeuble voisin du John Hancock Center, puis revient se poser sur mon épaule.

J'observe ces humains qui s'affairent en dessous, mais en réalité, je pense aux Gardanes. Depuis que nous sommes arrivés dans la planque *high-tech* et luxueuse de Neuf, tout le monde prend le temps de se détendre. Un peu de repos pour récupérer était nécessaire ; j'espère seulement qu'ils n'ont pas oublié combien au Nouveau-Mexique nous avons frôlé la catastrophe complète – parce que personnellement, je ne pense qu'à ça.

Si Ella n'avait pas réussi à blesser Setrákus Ra et si cette explosion dans une autre partie de la base n'avait pas repoussé le reste des Mogs, je ne suis pas certain qu'on s'en serait sortis. Si je n'avais pas développé un Don de guérison, Sarah et Ella ne seraient plus en vie. Je n'arrive pas à effacer la vision de leurs visages brûlés de ma mémoire.

Jamais plus nous n'aurons autant de chance. Si la prochaine fois que nous affronterons Setrákus Ra nous ne sommes pas mieux préparés, certains d'entre nous n'en reviendront pas.

Lorsque je redescends du toit, la plupart des autres sont réveillés.

Marina est dans la cuisine, et se sert de sa télékinésie pour battre des œufs et du lait dans un saladier, tout en essuyant les carreaux du comptoir jadis immaculés. Depuis que nous avons emménagé tous les sept (sans oublier BK), nous n'avons pas franchement pris soin de l'appartement chic de Neuf.

En m'apercevant, Marina m'adresse un signe. « Salut. Des œufs ?

— Salut. Ce n'est pas déjà toi qui as cuisiné, hier soir ? Quelqu'un d'autre est censé prendre le relais.

— Ça ne me dérange pas » répond-elle avec bonne humeur, en attrapant un batteur sur une étagère. « Je n'arrive toujours pas à y croire, à cet endroit. Je suis un peu jalouse que Neuf ait vécu ici, tout ce temps. C'est tellement différent de ce à quoi je suis habituée. Est-ce que c'est bizarre que j'aie envie de tout essayer ?

— Je ne trouve pas. Pas du tout. » Je l'aide à finir de nettoyer le comptoir. « Tant qu'on restera ici, on devrait au moins établir un roulement, pour la cuisine et le ménage.

— Ouais, acquiesce Marina en me jetant un regard de côté. Il faut mettre au point une organisation.

— Pourquoi tu fais cette tronche ?

— Oh, pour rien. La répartition des tâches, c'est une bonne idée », répond-elle avant de détourner nerveusement les yeux. Il est évident qu'elle a quelque chose en tête.

« Allez, Marina. Qu'est-ce qui se passe ?

— C'est juste que je… » Elle se saisit d'un torchon et le tord entre ses mains. « Pendant tout ce temps, j'ai vécu sans aucun but, sans savoir ce qu'était censé être un

Gardane. Et puis un jour, Six est venue me chercher en Espagne, et elle m'a montré. Ensuite on vous a retrouvés, Neuf et toi, et vous nous avez propulsés dans la bataille contre le Mogadorien le plus diabolique qui ait existé. C'était un peu : "Waouh, ces trois-là, ils savent vraiment ce qu'ils font. Ils ont le mode d'emploi."

— Euh, merci.

— Mais maintenant, ça fait des jours qu'on est rentrés, et je recommence à me sentir égarée. Comme si on ne savait pas bien ce qu'on faisait. Alors, disons que je me demande s'il y a un plan précis, derrière ces histoires de tâches ménagères.

— J'y travaille », je marmonne.

Je ne veux pas avouer à Marina que ce plan – ou plutôt, cette absence de plan – est justement ce qui m'empêche de dormir. Nous n'avons pas la moindre idée de l'endroit où Setrákus Ra peut bien se terrer, depuis le combat au Nouveau-Mexique ; et même si on le savait, je n'ai toujours pas le sentiment qu'on soit prêts à l'affronter. On pourrait partir à la recherche de Numéro Cinq : la tablette de localisation que nous avons trouvée dans le bunker souterrain de Malcolm Goode nous a indiqué un point au large de la Floride qui doit être lui. Et puis, il y a Sam. Sarah jure qu'elle l'a vu au Nouveau-Mexique, mais pas la moindre trace de lui, à Dulce. Sachant que Setrákus Ra est capable de prendre la forme d'autres personnes, je commence à croire que c'est *lui* qu'elle a vu, et que Sam est retenu prisonnier ailleurs. À condition qu'il soit toujours en vie.

Tant de décisions à prendre, sans parler de l'entraînement, auquel on devrait déjà s'être remis. Pourtant, ces derniers jours, je traîne les pieds, trop plombé par notre quasi-défaite au Nouveau-Mexique pour me concentrer sur un plan d'action. Peut-être est-ce dû au confort de cet appartement, après avoir frôlé la mort, et avoir passé toutes ces années à fuir, tous autant que nous sommes, mais il semble que tout le groupe avait besoin de faire une pause. Si les autres se torturent de ne pas avoir de plan, en tout cas ils n'en montrent rien.

Et puis, il y a autre chose qui me tracasse. C'est un peu comme quand Marina a envie d'essayer tout l'électroménager dans la cuisine de Neuf. Mon rêve à moi, c'est de passer du temps en tête à tête avec Sarah. Je me demande ce qu'Henri en penserait. Il serait déçu par mon manque de volonté, je le sais, mais je n'y peux rien.

Comme si elle avait lu dans mes pensées, Sarah se glisse derrière moi pour me passer les bras autour de la taille et enfouit son nez dans les cheveux sur ma nuque. Je suis tellement absorbé dans mes pensées que je ne l'ai pas entendue entrer dans la cuisine.

« Salut, beau gosse. » Je me retourne pour lui donner un long baiser doux.

Après toute cette tension nerveuse, je m'habitue bien à des matins comme celui-ci, où je peux l'embrasser au réveil, passer une journée normale en sa compagnie, et me coucher le soir en sachant que je la retrouverai le lendemain matin.

Elle pose son visage contre le mien et me chuchote à l'oreille : « Tu t'es encore levé tôt, aujourd'hui. »

Je grimace : je croyais avoir été discret en sortant du lit pour aller réfléchir sur le toit.

« Tout va bien ? demande-t-elle.

— Ouais, bien sûr. » J'essaie de détourner la conversation en l'embrassant de nouveau. « Tu es là. Comment ça pourrait ne pas aller ? »

Marina se racle la gorge, sans doute par crainte qu'on ne se mette à se rouler par terre dans la cuisine. Sarah me lance un clin d'œil et se retourne pour saisir au vol le fouet de Marina, en suspension dans l'air en train de battre les œufs tout seul, et elle prend le relais. « Au fait, Neuf te cherche.

— Super. Qu'est-ce qu'il me veut ? »

Sarah hausse les épaules. « Je ne lui ai pas demandé. Peut-être partager des conseils vestimentaires. » Elle pose l'index sur ses lèvres d'un air songeur. « D'ailleurs, ce ne serait pas une mauvaise idée.

— Comment ça ?

— Il a perdu sa chemise, répond-elle avec un clin d'œil. Une fois de plus. »

Je lâche un grognement et sors de la cuisine.

Je sais bien qu'il est chez lui et qu'il a le droit de se mettre à l'aise, mais il se balade torse nu à la moindre occasion. J'ignore s'il espère que les filles se mettent subitement à le harceler, ou bien s'il exhibe sa musculature uniquement pour m'agacer. Sans doute un peu des deux.

Je tombe sur Six, assise sur un canapé en peluche blanc dans l'immense salon. Elle a les jambes repliées sous elle, une tasse de café entre les mains. Depuis le retour du Nouveau-Mexique, nous n'avons pas beaucoup discuté. Je ne suis toujours pas très à l'aise de me retrouver avec elle et Sarah dans le même lieu. Six doit ressentir la même chose, parce que j'ai clairement le sentiment qu'elle m'évite. Elle lève la tête en me voyant entrer, et elle a le regard ensommeillé. Elle semble aussi épuisée que je le suis.

« Salut, je lance. Comment s'est passée sa nuit ?

— Elle est restée debout tout le temps. Elle vient juste de se coucher pour se reposer. »

Il faut ajouter les cauchemars d'Ella à la liste de nos problèmes. Ils la hantent chaque soir depuis la bataille, et sont si violents que Six et Marina se succèdent à son chevet pour qu'elle ne soit pas trop terrorisée.

Je baisse la voix. « Elle t'a dit ce qu'elle voyait ?

— Par bribes, oui. Elle n'est pas du genre bavard, tu as remarqué ?

— Avant le Nouveau-Mexique, Neuf et moi, on avait des rêves qui ressemblaient beaucoup à des cauchemars.

— Huit aussi a parlé d'un problème similaire.

— Au début, on a cru que c'était une manœuvre de Setrákus Ra pour nous torturer, mais ça ressemblait aussi à une sorte d'avertissement. Du moins, c'est comme ça que je les percevais. Peut-être qu'on devrait essayer de comprendre ce que signifient ceux d'Ella.

— Évidemment, il pourrait y avoir un message codé, commente Six d'un ton sec, mais est-ce qu'il ne t'est jamais venu à l'esprit qu'il y a peut-être une explication beaucoup plus simple ?

— Du style ? »

Elle lève les yeux au ciel. « Du style : Ce n'est qu'une enfant, John. Son Cêpane vient de mourir, elle-même a failli se faire tuer il y a quelques jours à peine, et qui sait ce qui l'attend ensuite ? Bon sang, ce qui me surprend, c'est qu'on n'ait pas *tous* des cauchemars toutes les nuits.

— C'est rassurant, dit comme ça.

— On ne peut pas dire qu'on traverse une époque rassurante. »

Avant que j'aie pu répondre, Huit se matérialise sur le canapé à côté de Six, la faisant sursauter. Elle manque de renverser son café et lui lance instantanément un regard noir. Huit lève les mains en signe de défense.

« Waouh, désolé. Pitié, ne me tue pas.

— Il faut que tu arrêtes de faire ça », réplique Six en reposant sa tasse.

Huit est en tenue de sport, ses cheveux bouclés maintenus par un bandeau en éponge. Il m'adresse un signe de tête, puis dégaine son sourire le plus désarmant à l'intention de Six.

« Allez, quoi, tu n'as qu'à venir te venger en salle de conférences. »

Visiblement attirée par l'idée, Six se lève. « Je vais t'atomiser.

— Vous travaillez sur quoi, les gars ? je demande.

— Le corps-à-corps, répond Huit. Comme Six m'a pratiquement tué de ses mains au Nouveau-Mexique, je me suis dit que…

— Pour la dernière fois, je te répète que ce n'était pas moi, l'interrompt Six, agacée.

— … que le moins qu'elle pouvait faire, c'était me montrer de nouveaux coups, histoire de savoir me défendre, la prochaine fois qu'elle attaquera. »

Six essaie de le frapper à l'épaule, mais il se téléporte derrière le canapé.

« Tu vois ? lance-t-il en souriant de toutes ses dents. Je suis déjà trop rapide pour toi ! »

Six bondit par-dessus le divan après lui et Huit pique un sprint en direction de la salle. Avant de se lancer à sa poursuite, Six se retourne vers moi.

« Peut-être que tu devrais essayer de parler à Ella, suggère-t-elle.

— Moi ?

— Ouais. Tu es sans doute en mesure de décider si ses visions ont un sens, ou bien si elles sont simplement dues au traumatisme. »

À peine Six a-t-elle quitté la pièce que j'entends un coup sourd sur le sol derrière moi. Je pivote et me retrouve nez à nez avec Neuf, tout sourire, torse nu comme Sarah m'en avait prévenu, tenant dans ses grosses mains un bloc à dessins. Je lève les yeux vers le plafond. « Tu es resté accroché là combien de temps ? »

Neuf hausse les épaules. « C'est la tête en bas que je réfléchis le mieux, mec.

— Je ne m'étais pas rendu compte que tu réfléchissais.

— OK, un point pour toi, en général c'est toi qui cogites assez pour nous tous réunis. » Il me lance son bloc. « Mais mate un peu ça. »

J'attrape le cahier au vol et commence à le feuilleter. Ce sont des plans de niveau, tous d'une grande précision. On dirait l'architecture d'une base militaire, et pourtant tout cela m'est étrangement familier.

« Est-ce que c'est…

— La Virginie-Occidentale, déclare fièrement Neuf. Avec tous les détails que j'ai pu me rappeler. Ça pourrait se révéler utile, quand on lancera l'assaut. Je suis sûr que c'est là que ce gros branleur de Setrákus Ra se planque. »

Je m'assieds sur le canapé et jette le bloc à côté de moi. « Quand j'ai voulu attaquer la grotte, tu étais carrément contre.

— Tu venais juste de foncer droit dans un champ magnétique, comme un crétin. J'ai dit qu'on avait besoin de renforts. On les a, maintenant.

— À propos, tu as vérifié la tablette, ce matin ? »

Neuf hoche la tête. « Cinq ne bouge pas, pour l'instant. » Depuis notre retour à Chicago, nous gardons un œil sur notre outil de localisation. Cinq – le seul Gardane avec lequel nous ne soyons pas entrés en contact – se trouve donc depuis quelques jours sur une île au large des côtes de la Floride. Avant notre départ pour le Nouveau-Mexique, il était en Jamaïque. Ses déplacements suivent à la lettre le protocole de cavale loric. Même avec la tablette pour nous guider, le retrouver ne sera pas chose facile.

« Maintenant qu'on a pu se reposer un peu, je pense qu'on devrait en faire notre priorité numéro un. Plus on est nombreux, mieux c'est, pas vrai ?

— Et peut-être que pendant qu'on cherchera Cinq, Setrákus Ra aura bouclé une invasion massive de la Terre, s'emporte Neuf en faisant claquer sa paume sur le cahier. On a réussi à le mettre en fuite. Autant en finir tout de suite.

— À le mettre en fuite ? je répète en fixant Neuf. Ce n'est pas exactement comme ça que je me rappelle les choses, personnellement.

— Quoi ? Il a bien battu en retraite, non ? »

Je secoue la tête. « Tu te crois prêt pour une revanche ?

— À toi de me le dire. » Neuf plie un bras dans son dos et brandit l'autre devant lui pour faire gonfler ses biceps. Je ne peux pas m'empêcher d'éclater de rire.

« Je suis certain que ta chorégraphie de body-building va beaucoup l'impressionner.

— C'est toujours mieux que de rester assis à ne rien faire, en tout cas, réplique Neuf en s'affalant sur le divan à côté de moi.

— Tu penses vraiment qu'on devrait lancer l'attaque en Virginie-Occidentale ? Après la raclée qu'on a prise à Dulce ? »

Neuf baisse les yeux sur ses poings, les serre et les desserre plusieurs fois en se remémorant sans doute combien il est passé près de la fin. Combien nous avons tous failli nous faire exterminer par Setrákus Ra.

« Je n'en sais rien, répond-il après une pause. Je voulais juste te donner ça pour que tu saches que c'était un plan possible, OK ? Tu te dis peut-être que je suis incapable d'apprendre les limites, ce genre de conneries – mais tu te rappelles le Nouveau-Mexique ? J'étais peut-être un peu inconscient, à essayer de combattre Setrákus Ra tout seul, mais Six s'est lancée toute seule elle aussi, et Huit s'est fait atomiser, et tous les autres se sont fait flinguer. Mais tu nous as tous fait tenir, mec. Tu nous as maintenus tous ensemble. Tout le monde le sait. Je ne gobe toujours pas tes salades comme quoi tu serais la réincarnation de Pittacus, mais ce qui est sûr, c'est que tu as la *vibe* du chef d'équipe. Alors tu fais le boss, et moi je dégomme tout ce qui bouge. C'est là qu'on est les meilleurs.

— Les meilleurs ? Pas si sûr. Six est sacrément bonne, au dégommage, aussi. »

Neuf lâche un petit rire sarcastique. « Ouais, c'était la tueuse du siècle, dans son petit cocon au plafond. Peu importe, Johnny. Ce que je veux dire, c'est que j'ai besoin que tu me dises où cogner. Et que tu me le dises vite, parce que je vais devenir dingue, enfermé ici. »

Je jette un nouveau coup d'œil à son carnet de croquis. Vu la quantité de dessins, il a dû s'y mettre dès notre retour du Nouveau-Mexique. En dépit de ses fanfaronnades, lui fait de son mieux pour trouver un moyen de vaincre les Mogadoriens. Alors que je reste embourbé dans une ornière, incapable de dormir, à tourner en rond tout seul sur mon toit.

« J'aimerais qu'Henri soit là, ou Sandor, je réponds. N'importe lequel de nos Cêpanes. Eux au moins pourraient nous dire quoi faire.

— Ouais, eh bien, ils sont tous morts, lâche Neuf sans prendre de pincettes. Maintenant tout dépend de nous, et c'est toujours toi qui as les bonnes idées. Bon sang, la dernière fois que j'ai été en désaccord avec ton plan, il a pratiquement fallu que je te jette du haut d'un toit.

— Je ne suis pas un Cêpane.

— Non, mais tu es un je-sais-tout de première, vieux. » Neuf me balance une grande claque dans le dos, et je sais maintenant que c'est sa manière à lui d'exprimer de l'affection. « Arrête de geindre, vas-y mollo sur les mamours avec ta petite copine humaine et ponds-nous un plan qui déchire. »

Il y a une semaine encore, je me serais hérissé en entendant Neuf me traiter de geignard et me titiller au sujet de Sarah. Mais je sais désormais qu'il essaie simplement de me remettre sur les rails. C'est sa façon à lui de m'encourager et, même si c'est plutôt gênant, je dois bien avouer que j'en ai besoin.

« Et si je n'en ai pas, de plan ? je demande à voix basse.

— Ça, mon petit Johnny, ça n'est pas une option. »

CHAPITRE 6

Je suis de retour sur le toit du John Hancock Center. Mais cette fois-ci, je ne suis pas seul.

« On n'est pas obligés d'en parler, si tu n'es pas prête », je suggère d'une voix douce en regardant la forme blottie en tailleur non loin de moi.

Il ne fait pas si froid, sur le toit, pourtant Ella s'est enroulée une couverture autour des épaules. Elle a l'air encore plus petite que d'habitude, et je me demande si le stress ne la fait pas retourner à un âge plus jeune. Sous sa couverture, elle porte une chemise en flanelle appartenant à Neuf, et qui lui descend jusqu'aux genoux. Ces derniers temps, elle n'arrive à dormir paisiblement que l'après-midi. Et elle ne se serait sans doute pas levée aujourd'hui, si Marina ne lui avait pas gentiment conseillé de monter ici me parler.

« Je vais essayer, annonce-t-elle d'une voix difficilement audible, dans le vacarme du vent. Marina dit que tu sauras peut-être quoi faire. »

Je remercie intérieurement Marina. Depuis notre rencontre au Nouveau-Mexique, j'ai à peine pu adresser la parole en tête à tête à Ella. J'imagine que c'est une bonne occasion d'apprendre à la connaître, même si je préférerais que les circonstances soient différentes. J'aimerais tant pouvoir l'aider. Je ne sais pas bien comment – je ne suis ni psychiatre, ni expert en visions, si c'est ce dont elle a besoin. C'est le genre de discussion qui devrait incomber à un Cêpane, mais comme me l'a fait remarquer Neuf, nous sommes tous à court, désormais.

J'essaie d'avoir l'air confiant. « Marina a raison. J'ai fait des rêves, moi aussi.

— Tu as rêvé de lui ? demande Ella et, au ton de sa voix, je n'ai aucun doute sur l'identité de celui dont elle parle.

— Ouais. Cette ignoble erreur de la nature a passé tellement de temps dans ma tête que je devrais lui réclamer un loyer. »

Un petit sourire se dessine sur ses lèvres. Elle se lève et envoie voler des gravillons du bout du pied. Je lui pose timidement la main sur l'épaule. Elle pousse un soupir, comme de soulagement.

« Ça commence toujours de la même manière, explique-t-elle. On est de retour à la base, à combattre Setrákus Ra et ses larbins. Et tu vois, on est en train de perdre. »

Je hoche la tête. « Oui, je me rappelle cette partie-là.

— Je ramasse un morceau de métal par terre. Je ne sais pas ce que c'est, exactement, peut-être une épée brisée. Quand je le touche, il se met à briller entre mes doigts.

— Attends. » Je m'y perds un peu. « Est-ce que ça s'est réellement passé, ou bien c'est juste dans le rêve ?

— Non, c'est vraiment arrivé. J'avais peur, et j'ai attrapé la première chose qui me tombait sous la main. Ma brillante idée, c'était de balancer des trucs à cette ordure, pour qu'il arrête de frapper Neuf.

— De là où j'étais, ça ressemblait à une sacrée fléchette, dis-je en essayant de me rappeler le combat, au milieu de toute cette fumée et du chaos général. Une fléchette scintillante. J'ai cru que tu l'avais sortie de ton coffre.

— Je n'ai jamais eu de coffre, répond-elle d'une voix morne. J'imagine qu'ils ont oublié de m'équiper.

— Ella, tu sais ce que je crois ? » J'essaie de me montrer réconfortant, mais j'ai surtout du mal à contenir mon excitation. « Je crois que tu as développé un nouveau Don, là-bas, et qu'on était tous trop paniqués pour s'en rendre compte. »

Ella baisse les yeux vers ses paumes. « Je ne comprends pas. »

J'attrape une poignée de cailloux et les lui tends. « Je pense que tu as fait quelque chose à ce morceau d'épée. Et que quand tu as frappé Setrákus Ra avec, tu as réussi à le blesser.

— Oh. » Elle n'a pas l'air du tout emballée.

« Tu penses que tu pourrais le refaire ? je demande en lui tendant les pierres.

— Je ne veux pas, répond-elle d'un ton cassant. J'ai eu l'impression que c'était… mal, je ne sais pas comment l'expliquer.

— Tu avais peur, c'est tout… » Je tente de l'encourager, mais en la voyant s'éloigner d'un pas, je mesure mon erreur. Elle est encore ébranlée par la bataille, et par ces rêves, et aussi ses Dons. Je lâche les gravillons. « On avait tous peur. C'est normal. On s'occupera de ça plus tard. Termine de me raconter tes rêves. »

Pendant un moment, elle reste silencieuse, et je crains qu'elle ne se replie complètement. Mais elle finit par reprendre son récit.

« Je lui lance un morceau de métal, et il se plante dans sa chair. Comme à la base. Sauf que, dans mon rêve, au lieu de battre en retraite, Setrákus Ra se retourne pour me faire face. Tout le monde disparaît – vous tous, les gars –, et je me retrouve seule face à lui, dans cette pièce enfumée. »

Ella serre ses bras autour de sa poitrine en frissonnant. « Il arrache la fléchette et me sourit. Avec ses dents horribles. Je suis plantée là comme une idiote, pendant qu'il s'approche et vient me toucher le visage. Comme une caresse, avec le dos de sa main. Il a la peau glaciale. Et alors il me parle. »

Pour tout dire, j'en ai le frisson, moi aussi. La simple image de Setrákus Ra s'avançant vers Ella pour poser sa main répugnante sur elle suffit à me retourner l'estomac.

« Qu'est-ce qu'il dit ?

— Hum, répond-elle en baissant la voix. Il dit : "Te voilà", et il ajoute : "Je te cherche depuis longtemps."

— Et qu'est-ce qu'il se passe, alors ?

— Il… il se met à genoux. » La voix d'Ella s'éteint presque en un murmure glacial. « Il me prend la main et me demande si j'ai lu la lettre.

— Quelle lettre ? Tu sais de quoi il parle ? »

Sans me regarder, Ella resserre la couverture autour de ses épaules.

« Non. »

À sa manière de répondre, je sens bien qu'elle ne me dit pas toute la vérité. Il y a quelque chose dans cette lettre qui la bouleverse presque autant que ces visions de Setrákus Ra. D'après ce qu'elle décrit, difficile de savoir s'il s'agit du même genre de rêves que ceux que j'ai faits, dans lesquels le monstre me faisait assister au supplice de Sam pour me convaincre de venir l'affronter, ou bien si, comme l'a suggéré Six, ces cauchemars ne sont que la conséquence de toutes les épreuves qu'a récemment traversées Ella. Je ne veux pas la harceler : elle est déjà au bord des larmes.

« J'aimerais pouvoir te dire que je sais comment faire disparaître ces images… » Je me surprends à reproduire les comportements rassurants d'Henri. « … Mais ce serait un mensonge. J'ignore ce qui les provoque. Je sais seulement combien elles peuvent être douloureuses. »

Ella hoche la tête d'un air déçu. « D'accord.

— S'il t'apparaît de nouveau, rappelle-toi bien que ce n'est qu'un rêve, et qu'il ne peut pas te faire de mal. Et quand il essaiera de te prendre la main, balance-lui une droite dans sa sale tête. »

Elle laisse échapper un petit sourire. « J'essaierai. »

Je ne suis pas convaincu d'avoir su aider Ella, mais un détail de notre conversation m'obsède. Quel que soit le projectile avec lequel elle a frappé Setrákus Ra, je suis certain qu'elle s'est servie d'un nouveau Don. Elle a chargé ce morceau de métal et il a réussi à le blesser, ou du moins à le distraire suffisamment pour que nous récupérions nos propres Dons. Tout ce qu'il me reste à faire, c'est à la persuader de recommencer et, avec un peu de chance, je pourrai comprendre en quoi ce pouvoir consiste, exactement. Si ça a fonctionné une fois, peut-être que le phénomène pourra se reproduire. Si je veux mettre au point un plan pour exterminer notre ennemi mortel, je vais avoir besoin de toutes les armes à ma disposition.

Je redescends dans la salle de conférences en espérant trouver dans mon coffre ou dans l'arsenal de Neuf quelque chose qui pourrait m'aider à faire émerger le Don d'Ella. Je me rappelle le jour où Henri s'est servi de la pierre brûlante, pour m'apprendre à maîtriser le Lumen. Je me demande si ce genre de pierre serait utile à Ella.

Soudain, le bruit assourdi de coups de feu me tire de mes pensées.

Je sursaute et me jette à terre sans réfléchir, et la chaleur fuse dans mes paumes tandis que le Lumen s'active. C'est du pur instinct. Je sais différencier les canons mog des armes de la collection de Neuf, que certains des Gardanes se sont appropriés pour s'entraîner. Je sais aussi que nous sommes en sécurité, ici, du moins pour l'instant. Si les Mogs savaient où nous nous trouvons, tous ensemble qui plus est, leur assaut serait bien plus bruyant que cette malheureuse rafale. Mais j'ai beau être conscient de tout cela, j'ai le cœur qui tambourine et je me sens prêt à combattre. Il faut croire qu'Ella n'est pas la seule à avoir les nerfs à vif, depuis la bataille au Nouveau-Mexique.

Je pousse les lourdes portes de la salle de conférences, les paumes encore éclairées car je n'ai pas complètement recouvré mon calme. Je m'attends à trouver Neuf en train de faire tourner son revolver sur un doigt façon western et de trouer des cibles en carton pour passer le temps.

Mais c'est Sarah qui est en train de tirer. Elle vide le chargeur d'un petit pistolet dans le cou d'un Mogadorien en papier accroché à l'autre bout de la pièce.

« Pas mal, commente Six en retirant son casque antibruit. Elle se tient à côté de Sarah et regarde par-dessus son épaule. Elle se sert de la télékinésie pour rapprocher la silhouette du Mog. La plupart des impacts n'ont fait que déchirer le bord ou bien toucher les bras et les jambes. Néanmoins, l'une des balles est venue se planter droit entre les deux yeux. Sarah passe le doigt dans le trou.

« Je peux faire mieux que ça.

— Pas aussi facile que de faire la majorette, pas vrai ? » demande Six d'un air enjoué.

Sarah retire le chargeur vide et en enclenche un neuf. « À l'évidence, tu n'as jamais essayé d'effectuer un *full twist*.

— Je ne sais même pas ce que c'est. »

Devant cette scène, je me sens brusquement nerveux. Je dois admettre qu'il y a quelque chose de sexy dans le spectacle de Sarah en train de manier une arme, quelque chose de dangereusement séduisant que je n'avais jamais envisagé jusqu'ici. Mais je me sens aussi coupable, car si elle se trouve ici en train de s'entraîner au tir au lieu de vivre une vie normale à Paradise, c'est bel et bien ma faute. Il y a aussi le fait de ne pas avoir informé Sarah du baiser échangé avec Six et de ne même pas en avoir discuté avec cette dernière. Et voilà que ces deux-là sont en train de copiner. Je sais que je devrai tout avouer à Sarah. Tôt ou tard. Peut-être quand elle n'aura pas une arme chargée dans les mains.

Je me racle la gorge et essaie de prendre un air décontracté. « Salut, qu'est-ce qui se passe ? »

Les deux filles se retournent vers moi. Sarah m'adresse un grand sourire et me fait signe de sa main libre.

« Salut, bébé. Six est juste en train de m'apprendre à tirer.

— Ouais, cool. Je ne savais pas que c'était un de tes rêves. »

Six me lance un regard bizarre du genre *mais c'est le rêve de tout le monde, vieux.* Un instant de malaise s'installe, et je suis presque en colère contre Six, d'avoir décidé de donner cette leçon à Sarah sans me prévenir. Non pas que Sarah ait besoin de ma permission pour quoi que ce soit, mais cette situation me trouble et ça doit se lire sur mon visage, car Six retire l'arme des mains de Sarah. Elle réenclenche la sécurité et rengaine le pistolet.

« Je pense que ça suffira pour le moment. On reprendra demain.

— Oh, répond Sarah, l'air déçu. D'accord. »

Six lui tapote le bras. « Belle performance. » Puis elle me fixe avec un petit sourire tendu que je ne sais pas trop comment interpréter. « À plus tard, les gars. » Et elle sort en me frôlant.

Avec Sarah, nous restons plantés en silence quelques instants. Au-dessus de nos têtes, le plafonnier ronronne.

« Bon, je commente avec maladresse.

— Tu es tout bizarre », fait-elle remarquer en me dévisageant, la tête penchée sur le côté.

Je ramasse le Mogadorien en papier et examine le travail de Sarah en essayant de trouver les mots. « Je sais, désolé. C'est juste que je ne te voyais pas comme une fille armée et dangereuse. »

Sarah fronce les sourcils. « Si je dois rester avec vous, je ne veux pas être une pauvre demoiselle en détresse.

— Ce n'est pas le cas.

— Allez, quoi, ricane-t-elle. Qui sait combien de temps j'aurais moisi dans cette cellule, si vous n'étiez pas venus me libérer ? Et puis, John, tu m'as pratiquement ramenée d'entre les morts. »

Je l'entoure de mes bras pour chasser la vision de son corps allongé à terre, inerte. « Je ne peux pas laisser quoi que ce soit t'arriver. »

Elle se dégage d'un coup d'épaule. « On ne peut pas décider de tout. Tu n'es pas tout-puissant, John.

— En effet, je commence à m'en rendre compte. »

Sarah lève les yeux vers moi. « Tu sais, j'ai songé à appeler mes parents, aujourd'hui. Ça fait des semaines. Je voulais leur dire que j'allais bien.

— Ce n'est pas une bonne idée. Les Mogadoriens ou le gouvernement ont sans doute mis leurs téléphones sur écoute. Ils pourraient retrouver notre trace. »

Je les ai à peine prononcées que je regrette ces paroles dures, et la rapidité avec laquelle je bascule en mode « chef paranoïaque et pragmatique ». Mais Sarah ne semble pas s'en offusquer. On dirait même que c'est exactement la réponse à laquelle elle s'attendait.

« Je sais, elle acquiesce. C'est ce que je pensais, et c'est pour ça que je ne l'ai pas fait. Je ne veux pas rentrer. Je veux rester avec vous tous, et me battre. Mais je n'ai pas de superpouvoirs loric. Je ne suis qu'un poids mort. Je veux m'entraîner au tir pour devenir plus que ça. »

Je lui prends la main. « Tu *es* plus que ça. J'ai besoin de toi près de moi. Tu es à peu près la seule chose qui m'empêche de m'effondrer totalement.

— Je comprends. Tu vas sauver ce fichu monde, et moi je vais t'aider. Tu sais ce qu'on dit, que derrière tout grand homme, il y a une femme d'exception ? Je peux être ta femme d'exception. C'est ce que je désire le plus. Et en prime, savoir viser comme une championne. »

Je ne peux pas m'empêcher de rire, et toute tension entre nous s'évanouit. J'embrasse la main de Sarah. Elle me passe les bras autour de la taille et nous restons enlacés. J'ignore pourquoi je me tracasse à ce point : la présence de Sarah auprès de moi rend tout plus facile. On me demande un plan de bataille contre les Mogadoriens ? Aucun problème. Quant à cet unique baiser partagé avec Six, il n'a soudain plus d'importance.

Huit se téléporte dans la pièce dans un brusque appel d'air. Il a les yeux exorbités et paraît tout excité, mais en nous voyant il adopte un air penaud.

« Ouah. Désolé, je ne savais pas que c'était la saison des mamours. »

Sarah ricane et je lance un faux regard noir à Huit. « Ça a intérêt à valoir le coup.

— Tu devrais aller à l'atelier pour te forger ta propre opinion. Moi, il faut que je trouve les autres. »

Sur ce message énigmatique, il nous abandonne et disparaît. Avec Sarah nous échangeons un regard, puis nous nous ruons hors de la salle de conférences, pour rejoindre l'ancien atelier de Sandor.

Neuf est déjà là, à contempler les bras croisés le mur entier d'écrans de télévision. Ils sont tous réglés sur le même canal, un flash info d'une chaîne locale en Caroline du Sud. Neuf arrête l'image lorsque nous entrons, et le présentateur à cheveux gris nous dévisage, immobile.

« L'autre jour, j'ai rallumé un vieux programme de Sandor, explique Neuf. Il passe au crible les infos à la recherche de trucs chelou qui pourraient avoir un lien avec les Lorics.

— Ouais, Henri avait installé le même.

— Tu m'étonnes, typiquement un truc bien lourd de Cêpane. Sauf que voici ce qui est sorti ce soir. »

Neuf relance la vidéo et le présentateur reprend sa lecture au téléprompteur.

« Les autorités ne trouvent pas d'explication à l'acte de vandalisme qui a endommagé les récoltes d'un fermier de la région, hier matin. Les enquêteurs penchent pour une farce d'adolescents, mais d'autres sources suggèrent… »

Je coupe intérieurement le son, écartant les théories énumérées par le type et me concentre sur l'image qui apparaît : une vue d'avion d'un emblème compliqué rappelant un labyrinthe, brûlé dans les cultures. Pour un présentateur télé, le résultat ressemble peut-être à une bonne blague, mais pour nous, aucun doute possible. Ce qui se détache avec une précision inouïe au milieu de ce champ, c'est le symbole loric de Cinq.

CHAPITRE 7

« Si Cinq essaie de nous trouver, elle a vraiment choisi le moyen le plus stupide qui existe, fait remarquer Neuf.

— Elle est peut-être seule et effrayée, riposte Marina d'une voix douce. Et en cavale.

— Aucun Cêpane digne de ce nom ne prendrait le risque d'aller griller du maïs comme ça, alors j'imagine qu'il est seul. Cela dit... » Neuf fronce brusquement les sourcils. « Comment ça, *elle* ? Cinq est une poulette ? »

Le terme fait lever les yeux au ciel à Marina, et elle secoue la tête. « Je n'en sais rien. Une intuition, rien de plus.

— Mettre le feu à un champ, ça ressemble plus à un truc de garçon, objecte Six.

— Je me rappelle qu'Henri avait lu un article sur une fille qui avait soulevé une voiture, en Argentine, j'interviens. On s'est toujours dit que ça pouvait être Cinq.

— On dirait plutôt une histoire à sensation pour faire vendre un torchon, riposte Six.

— Fille ou garçon, peu importe, nous interrompt Neuf en désignant les écrans au mur. La peur n'est pas une excuse pour se comporter de manière stupide. »

Je dois dire que je suis d'accord avec lui. En supposant que ce message provienne bien de Cinq et ne soit pas un piège mogadorien particulièrement retors, c'est une bien mauvaise façon d'attirer notre attention. Parce que si nous sommes tombés dessus, il y a fort à parier que les Mogadoriens aussi.

Nous sommes tous entassés dans l'atelier de Sandor. Neuf a gelé l'image du symbole, tandis que nous cherchons désespérément quoi faire. J'ai sorti mon macrocosme de mon coffre, et le système solaire loric en hologramme flotte paisiblement au-dessus de la table.

« Son coffre ne doit pas être ouvert, j'en déduis. Si c'était le cas, les planètes se réuniraient pour former le globe. »

Huit se tient près de moi, tenant dans sa paume un cristal rouge de communication qu'il a extrait de son coffre. C'est le même que celui que nous avons trouvé dans le coffre de Neuf et que nous avons utilisé pour essayer d'envoyer un message à Six, quand elle se trouvait en Inde.

« Est-ce que tu m'entends, Cinq ? demande Huit en plaçant le cristal devant sa bouche. Si tu es là, sache que tu devrais arrêter de mettre le feu à tout ce qui t'entoure.

— Je pense qu'il ne peut t'entendre que si son coffre est ouvert, j'explique. Auquel cas, il apparaîtrait sur le macrocosme.

— Ah, répond Huit en abaissant le cristal. Ils n'auraient pas pu nous équiper de téléphones portables, plutôt ? »

Pendant ce temps, Neuf a branché notre tablette sur l'un des ordinateurs de Sandor. Le symbole loric disparaît de l'écran, pour être remplacé par une carte de la Terre. Un amas de voyants bleus clignotent sur la ville de Chicago – c'est nous. Plus au sud, il y a un autre point, qui se déplace à très grande vitesse, depuis la Caroline en direction du centre du pays. Neuf me lance un regard.

« Il a fait un paquet de kilomètres, depuis que j'ai regardé où il était, ce matin. C'est la première fois qu'il quitte son île, aussi. »

Six tend le doigt vers l'écran, dessinant une ligne imaginaire entre la pointe lumineuse et l'emplacement du symbole. « Ça se tient. Qui qu'il soit, il est en cavale.

— Mais il bouge vraiment très vite, fait remarquer Sarah. Est-ce qu'il est possible qu'il soit en avion ? »

À l'écran, la petite lumière prend un tournant abrupt en direction du nord et coupe par le Tennessee.

« Je ne pense pas que les avions volent de cette manière, objecte Six en fronçant les sourcils.

— Super-vitesse ? » suggère Huit.

Nous fixons le point bleu tandis qu'il traverse Nashville, sans ralentir ni dévier de sa trajectoire.

« Impossible de passer par une ville aussi vite et en ligne droite, tranche Six.

— Salopard, gronde Neuf. Je pense que cet idiot sait voler.

— On va devoir attendre qu'il s'arrête, je conclus. Peut-être qu'alors il ouvrira son coffre et qu'on pourra lui envoyer un message. On se relaiera. On doit absolument entrer en contact avec Cinq avant les Mogs. »

Marina se porte volontaire pour veiller la première. Après le départ des autres, je traîne un peu dans l'atelier. Malgré toute l'excitation autour de l'apparition de Cinq, je n'ai pas oublié les problèmes qui nous préoccupent, notamment Ella et ses mauvais rêves.

« J'ai discuté avec Ella, aujourd'hui. Dans ses cauchemars, Setrákus Ra lui demande si elle a ouvert une lettre. Tu as une idée de ce que ça peut signifier ? »

Marina détourne les yeux du point qui pulse à la hauteur de l'Oklahoma. « La lettre de Crayton, peut-être ?

— Son Cêpane ?

— En Inde, juste avant de mourir, Crayton lui a donné une lettre, acquiesce Marina en fronçant les sourcils. Avec tout ce qui s'est passé, je l'avais presque oubliée.

— Elle ne l'a pas lue ? » Je sens l'exaspération me gagner. « On est en guerre, je vous signale ; ça pourrait être important.

— Je pense que ce n'est pas si facile, pour elle, John, répond Marina sans s'emporter. Ce sont les derniers mots de Crayton. Les lire, ce serait admettre qu'il est réellement parti, pour ne jamais revenir.

— Mais il *est* parti », je réponds. Trop vite. Je me tais un instant en me remémorant la mort d'Henri. Il était comme un père, pour moi ; plus encore qu'un père. C'était ma seule stabilité, dans une vie passée à fuir. Pour moi, Henri représentait mon foyer – où il se trouvait, j'étais en sécurité. Le perdre, c'était sentir le monde se déchirer sous moi. J'étais plus âgé qu'Ella, quand c'est arrivé. Comment m'attendre à ce qu'elle dépasse si vite un traumatisme pareil ?

Je m'assieds près de Marina en soupirant. « Henri – mon Cêpane –, il m'a laissé une lettre, à moi aussi. Il me l'a donnée en mourant. Nous avons repris la route et j'ai mis des jours à me décider à l'ouvrir.

— Tu vois ? C'est difficile. En plus, si Setrákus Ra débarquait dans mes rêves pour m'ordonner quelque chose, je m'empresserais de faire le contraire. »

Je hoche la tête. « Pigé. Si, vraiment. Elle a besoin de temps pour surmonter ce deuil. Je ne veux pas paraître sans cœur. Quand tout ça sera terminé, quand on aura gagné, on prendra le temps qu'il faudra pour pleurer ceux qu'on a perdus. Mais d'ici là, on doit impérativement réunir toutes les informations et tout ce qui pourrait jouer en notre faveur. » D'un geste de la main, je désigne l'écran où Cinq continue son périple. « Il faut qu'on arrête d'attendre la prochaine catastrophe, et qu'on passe à l'action. »

Marina réfléchit à mes paroles en fixant le macrocosme holographique de la Terre que nous avons laissé tourner, au cas où Cinq ouvrirait son coffre. C'est sans doute le discours auquel s'attendait Marina, ce matin, en me demandant gentiment si j'avais un plan. Ce n'était pas le cas, à ce moment-là – et ça n'est pas franchement plus clair maintenant –, mais la première étape, c'est à coup sûr de recenser les moyens dont nous disposons, et Ella a un rôle crucial à jouer, dans ce domaine.

« Je parlerai à Ella, finit-elle par dire. Mais je ne la forcerai à rien. »

Je lève les mains en signe de défense. « Et je ne te le demande pas. Je sais que vous êtes proches, toutes les deux. Peut-être que tu pourrais l'encourager dans sa décision ?

— J'essaierai », finit-elle par répondre.

Huit apparaît dans l'embrasure de la porte avec deux tasses de thé. Le visage de Marina s'illumine en le voyant, même si elle détourne rapidement le regard, feignant subitement de se passionner pour le macrocosme. Je remarque également qu'elle a le rose aux joues.

« Salut, dit Huit en posant ses tasses. Désolé de n'en avoir préparé que deux.

— Pas de problème. » Huit m'adresse un regard lourd de sens qui me donne tout à coup l'impression d'être de trop. « Je m'en allais, de toute manière. »

Je me lève et Huit s'installe à ma place, face au macrocosme. Avant même que j'aie atteint la porte, Huit murmure à l'oreille de Marina une blague qui la fait instantanément glousser. Ces derniers temps, j'étais tellement concentré sur Sarah et sur mon calvaire pour essayer d'imaginer un plan que je n'ai pas vraiment remarqué que ces deux-là passaient beaucoup de temps ensemble. C'est une bonne nouvelle. Compte tenu de ce qu'on doit affronter, on a tous le droit à un peu de bonheur.

Il fait presque jour lorsque Huit vient nous réveiller dans notre chambre, Sarah et moi. Les autres sont déjà réunis dans l'atelier. Six est assise face aux ordinateurs, Marina à ses côtés.

« Encore une manœuvre débile de notre *compadre* en cavale », lance Neuf en guise de bonjour. Il se tient à la perpendiculaire contre le mur, grâce à son Don d'antigravité. Ella est assise en tailleur sur son dos, enroulée dans une couverture. Je hausse un sourcil en la voyant.

« Tu as dormi, un peu ?

— Je ne veux pas dormir.

— Elle m'aide à m'entraîner », intervient Neuf. Il hausse les épaules, secouant Ella qui manque de tomber, puis rétablit son équilibre en riant – une rareté. Puis elle lui flanque une tape sur le dos.

« J'ai rien senti. »

Ignorant les autres, Six se tourne vers moi. « Cinq s'est immobilisé il y a environ une heure. Puis il est reparti. »

Je me focalise sur l'écran auquel est reliée la tablette. Depuis la dernière fois, le point de Cinq a bifurqué et poursuivi sa course vers l'ouest. Il rôde à présent près de la frontière est de l'Arkansas.

« Ce génie s'est arrêté juste le temps de nous envoyer un autre message », râle Neuf.

Marina le fixe en plissant les paupières d'un air irrité. « On est vraiment obligés de critiquer tout ce que fait

Cinq ? Il ou elle est probablement livré à lui-même et mort de peur.

— Chérie, ma stupidité m'a valu de moisir des mois dans une cellule mogadorienne. J'ai gagné le droit de faire des commentaires si je… Waouh ! »

Ella lui assène une nouvelle claque dans le dos, et il se tait. Je reste concentré sur Six et l'écran.

« Raconte-moi ce qui s'est passé.

— Il y a une heure, voici ce qui a été envoyé dans les commentaires sur un article au sujet du dessin dans le champ », explique Six en ayant la bonne idée de s'en tenir aux faits. Elle ouvre une fenêtre et la fait glisser au milieu du grand écran, pour que nous puissions tous la voir.

Anonyme a écrit : Cinq recherche les cinq. Vous êtes là ? Il faut qu'on se voie. Je serai avec les monstres en Arkansas. Trouvez-moi.

« Qu'est-ce que ça veut dire ? demande Sarah. On dirait une devinette. »

Six ouvre un navigateur Internet et fait apparaître la page d'accueil d'un site kitsch intitulé « Le Monstre de Boggy Creek ». « On a trouvé ça sur Google. C'est une petite attraction touristique ringarde appelée “Le Repaire du Monstre”. Et c'est en Arkansas.

— Tu penses que c'est là que va Cinq ?

— On ne le saura que quand il aura arrêté de bouger, indique Six en désignant le point mouvant à l'écran. Mais je dirais que oui.

— Il croit que les Mogadoriens n'ont pas Google, ou quoi ?

— Les Mogadoriens maîtrisent Internet comme personne, et je parle d'expérience. Si nous avons vu ce commentaire, on peut être certains qu'ils l'ont vu aussi et sont déjà en train d'essayer de résoudre l'énigme. Ils vont vraisemblablement commencer par tracer son adresse IP et perdre un peu de temps à le situer, ce qui est une bonne chose, car nous savons grâce à la tablette qu'il ne se trouve plus à l'endroit d'où il a envoyé le message. Quoi qu'il en soit, ils vont finir par y arriver.

— Alors on ferait mieux d'être rapides, je conclus.

— Tu l'as dit, vieux », acquiesce Neuf en sautant du mur et en rattrapant Ella derrière lui. Il la repose à terre et fait craquer ses jointures. « Enfin un peu d'action, bon sang. »

C'est comme si un déclic se produisait en moi et, après toutes ces journées passées à réfléchir à notre situation, voilà que je me retrouve comme par miracle avec un plan. « Notre avantage, c'est que nous connaissons la localisation précise de Cinq. Avec un peu de chance, ça nous donnera de l'avance sur les Mogs. On doit faire vite et se montrer habiles. Six et moi, on ira en Arkansas. Grâce à son Don d'invisibilité, on devrait pouvoir exfiltrer Cinq sans alerter les Mogadoriens. Et on emmène Bernie Kosar.

— Ah, parce que le chien part aussi ? demande Neuf d'un ton cassant.

— En changeant de forme, il pourra faire l'éclaireur, j'objecte. Et venir vous avertir, si ça tourne mal. Si on est capturés, Huit, j'attends de toi que tu téléportes notre ami le bulldozer ici présent jusqu'à ma cellule dans les vingt-quatre heures. Et si le pire se produit…

— Ça n'arrivera pas, m'interrompt Six. On a les choses en main. »

Je balaie la pièce du regard. « Tout le monde est d'accord ? »

Huit et Marina acquiescent, l'air sombre mais confiant. À côté de Marina, Ella m'adresse un petit sourire. Neuf n'est visiblement pas emballé de ne pas faire partie de cette mission, mais il grogne en signe d'approbation. Sarah ne dit rien et détourne le regard.

« Bien. On devrait être rentrés dans deux jours maximum. Six, rassemble ce dont tu as besoin, et on décolle. »

Il m'aura fallu quelques jours, mais pour la première fois, je me sens vraiment l'âme d'un chef.

Comme il fallait s'y attendre, ce sentiment ne dure guère. Je retourne dans ma chambre et fourre quelques vêtements dans mon sac à dos, ainsi que des articles tirés de mon coffre : mon poignard, mon bracelet, une pierre guérisseuse. Sarah entre, un pistolet appartenant à l'arsenal de Neuf entre les mains, et elle le glisse sans un mot avec son étui dans son propre sac à dos, avant de le recouvrir de vêtements.

« Qu'est-ce que tu fais ?

— Je viens avec vous », répond-elle en me lançant un regard de défi, comme si elle s'attendait à une dispute. Je secoue la tête d'un air incrédule.

« Ce n'est pas ce qui est prévu. »

Sarah se hisse le sac sur l'épaule et se plante face à moi, les poings sur les hanches. « Ouais, très bien, ce n'était pas prévu non plus que je tombe amoureuse d'un extraterrestre, mais parfois, il faut savoir faire face à l'imprévu.

— Il pourrait y avoir du danger. On essaie de prendre les Mogadoriens de vitesse et de rejoindre Cinq avant eux, mais on n'est pas certains d'y arriver. On va devoir avancer à couvert, et Six ne peut rendre que deux personnes invisibles à la fois. »

Elle hausse les épaules. « Six dit qu'on n'a qu'à emporter le Xithi-machin. Cette pierre, là. Elle peut s'en servir pour dupliquer ses pouvoirs. »

Je hausse les sourcils. C'est une bonne idée. Mais ce n'est pas ce qui me chiffonne. « Tu en as déjà parlé à Six ?

— Ouais, et elle n'a rien contre, réplique Sarah. Elle comprend. Maintenant le danger est partout, de toute manière. Je m'habitue doucement à l'idée que mon petit ami mène une guerre intergalactique, mais ce à quoi je ne me ferai jamais, c'est à rester sur le banc de touche en espérant que tout finira bien.

— Mais on est en sécurité, sur le banc de touche, je réponds d'une petite voix, tout en sachant que l'argument ne changera rien.

— Je me sentirai plus en sûreté avec toi. Avec tout ce qui s'est passé, je ne veux plus qu'on soit séparés, John. Quels que soient les dangers que tu auras à affronter, je veux être à tes côtés. »

Avant que j'aie pu ajouter quoi que ce soit, Sarah s'approche et me fait taire d'un baiser furtif. C'est vraiment injuste, qu'elle ait le droit de faire ça au beau milieu d'une dispute.

« Tu peux arrêter, maintenant, suggère-t-elle en me souriant. Tu as rempli tous tes devoirs de preux chevalier, OK ? C'est adorable, ça me plaît beaucoup, mais ça ne me fera pas changer d'avis. »

Je pousse un soupir. Je suppose qu'être un bon chef, c'est aussi savoir accepter la défaite. J'imagine que je ferais mieux d'embarquer aussi le Xitharis.

Neuf descend avec nous par l'ascenseur jusqu'au parking souterrain. Je vois bien qu'il est toujours furax, surtout maintenant que Sarah se joint à nous pour cette mission.

« On laisse la tablette ici, au cas où ça se passerait mal, et où vous auriez besoin de nous retrouver, j'explique à Neuf. Avec un peu de chance, Cinq restera en place. Si on n'arrive pas à le localiser une fois en Arkansas, on vous contactera pour faire le point.

— Ouais, ouais, répond-il en lançant un regard de côté à Sarah. Ça ressemble de moins en moins à une mission de sauvetage, tout ça. On dirait plutôt que tu pars en vacances avec deux bombes », grommelle-t-il.

Sarah lève les yeux au ciel, et je me tourne vers Neuf d'un air furieux. « Tu sais bien que non. On a besoin de toi ici, au cas où ça tournerait au vinaigre.

— Ouais, je suis les renforts, ricane-t-il. Johnny, est-ce qu'il faut vraiment sortir avec toi pour avoir droit à un peu d'action, dans le coin ?

— Ça peut aider », répond Sarah avec un clin d'œil.

Neuf me jauge des pieds à la tête. « Nan. Ça n'en vaut pas la peine. »

Six nous attend déjà en bas avec Bernie Kosar. Neuf nous guide jusqu'à la section réservée à l'impressionnante collection de Sandor et, après réflexion, tire la bâche qui recouvre une Honda Civic gris métallisé. C'est le véhicule le moins voyant qui reste : inutile d'attirer l'attention en chemin. Tout excité à l'idée de reprendre la route, BK bondit instantanément sur le siège passager.

« Elle est rapide, explique Neuf. Sandor les a toutes équipées pour qu'on puisse déguerpir fissa, en cas de nécessité.

— Elle a le système NOS ? demande Sarah.

— Qu'est-ce que tu sais du système NOS, chérie ? » réplique Neuf.

Sarah hausse les épaules. « J'ai vu *Fast and Furious*. Montre-moi comment ça fonctionne. J'ai toujours rêvé de piloter un engin qui va vraiment vite.

— Comme tu voudras, répond Neuf en m'adressant un large sourire. Peut-être que ta copine se révélera utile, après tout, mon petit Johnny. »

Pendant que Neuf détaille à Sarah les commandes de la Civic, je rejoins Six et nous chargeons nos affaires dans le coffre. Je me sens toujours un peu déstabilisé par le fait que Sarah nous accompagne, et apparemment, c'est à Six que je le dois.

« Tu es en colère contre moi, me lance-t-elle avant que j'aie pu ouvrir la bouche.

— J'apprécierais d'être prévenu à l'avance, la prochaine fois que tu inviteras ma petite amie pour une mission dangereuse. »

Six lâche un grognement, fait claquer le coffre et riposte sur-le-champ. « Oh, je t'en prie, John. C'est elle qui voulait venir. Elle est assez grande pour penser par elle-même.

— Je n'ai pas dit le contraire, je chuchote, pour éviter que Sarah ne nous entende. Neuf aussi voulait venir. On doit prendre en compte ce qui est le mieux pour le groupe.

— Tu ne veux pas qu'elle ait l'impression d'être un poids mort, pas vrai ? Voilà une bonne façon de lui prouver que ce n'est pas le cas.

— Attends. Un poids mort ? » Je me remémore la conversation avec Sarah, dans la salle de conférences. Elle avait utilisé la même expression. « Tu nous as espionnés ? »

Visiblement démasquée, Six adopte un air un peu coupable. Mais elle semble surtout de plus en plus furieuse contre moi, et me fusille du regard. « Et alors ? Je pensais que tu allais peut-être avoir enfin les couilles de lui dire qu'on s'était embrassés.

— Et pourquoi je le ferais ? je siffle, en essayant de ne pas lever la voix.

— Parce que plus tu attends, plus l'atmosphère devient pesante, et je commence à en avoir assez. Et aussi parce qu'elle mérite… »

Au même moment, le moteur de la Civic se met à gronder. Neuf s'extirpe du véhicule par la fenêtre passager, manifestement ravi de la manière dont s'y prend Sarah. Elle se penche à son tour par la vitre. « Vous venez, ou quoi ? »

CHAPITRE 8

Depuis le départ de John, Six et Sarah, l'appartement paraît encore plus grand. Je ne m'habitue toujours pas aux proportions des lieux : ils pourraient presque contenir le monastère de Santa Teresa tout entier. Je sais que c'est idiot, mais je me surprends à marcher sur la pointe des pieds, comme si je risquais de déranger toutes ces richesses amassées par Neuf et son Cêpane.

Le sol de la salle de bains est chauffant – les carreaux sont tièdes et on a presque les pieds secs sitôt qu'on sort de la douche. Je repense à toutes les fois où, assise sur mon matelas, je retirais les échardes que je m'étais plantées dans les pieds à cause des parquets mal rabotés de Santa Teresa. Je me demande ce qu'Héctor dirait de cet appartement, et l'idée me fait sourire. Ensuite je réfléchis au genre de personne que je serais, si j'avais eu Sandor pour Cêpane, au lieu d'Adelina – un Cêpane plein d'ostentation mais dévoué, frivole dans ses goûts matériels, et en même temps incapable d'abandonner ses devoirs. De telles pensées sont stériles, mais je ne peux pas m'empêcher d'y songer.

Cependant, si je n'étais pas restée coincée si longtemps à Santa Teresa, jamais mon chemin n'aurait croisé celui d'Ella. Jamais je n'aurais parcouru les montagnes avec Six, ni rencontré Huit.

Parce que, au fond, toutes ces épreuves valaient la peine.

Je dissimule un bâillement du dos de ma main. Aucun de nous n'a beaucoup dormi, la nuit dernière, avec toute cette excitation autour de Numéro Cinq. C'était censé être mon tour de monter la garde dans la chambre d'Ella, pour la réveiller si les cauchemars devenaient trop violents. En fait, je ne crois pas qu'Ella ait fermé l'œil, depuis qu'on s'est tous réunis pour faire le point. Quand Neuf a pris la relève pour surveiller les mouvements de Cinq sur la tablette, Ella l'a suivi. Apparemment, elle préfère passer du temps avec lui au lieu de se reposer. J'aimerais savoir comment l'aider, mais mes pouvoirs de guérison n'ont pas prise sur le royaume des rêves.

Je trouve Ella dans le salon, roulée en boule dans un fauteuil. Neuf est allongé sur le divan voisin, en train de ronfler bruyamment, accroché au tube de métal qui se transforme en lance, et dont je l'ai vu se servir avec tant de dextérité. Il a dû le sortir de son coffre quand il espérait encore convaincre John de l'emmener avec lui. Il se cramponne à son arme comme à un nounours, et sans doute rêve-t-il qu'il extermine des Mogadoriens.

« Tu devrais dormir un peu, toi aussi », je chuchote à l'intention d'Ella.

Elle pose le regard sur la silhouette allongée. « Il a dit qu'il voulait seulement se reposer un peu les yeux, et qu'après il me montrerait des techniques de psychopathe. »

Je glousse. Entendre le vocabulaire de Neuf dans la bouche d'Ella, c'est à se tordre.

« Allez, viens. Tu auras le temps de t'entraîner plus tard. »

Neuf marmonne quelque chose dans son sommeil avant de se tourner sur le côté et d'enfouir le visage dans les coussins. Ella se lève lentement et nous quittons la pièce à pas de loup.

« J'aime bien Neuf, annonce-t-elle en descendant le couloir. Il s'en fiche, de tout ça. »

Je fronce les sourcils. « Qu'est-ce que tu veux dire ?

— C'est le seul à ne pas me demander comment je vais, à ne pas s'inquiéter pour moi. Il fait juste des blagues dégoûtantes et il veut bien que je monte sur ses épaules quand il marche au plafond. »

J'éclate de rire, mais au fond, je me sens un peu blessée. On se tracasse tous tellement, au sujet d'Ella. On fait de notre mieux pour qu'elle s'ouvre à nous, depuis la mort de Crayton – et je dois encore faire ce que John a demandé, et tirer au clair cette histoire de lettre –, et voilà que Neuf débarque et qu'il lui change les idées avec ses pitreries.

« On se fait du souci pour toi, c'est tout.

— Je sais, répond Ella. Mais parfois ça fait du bien de ne pas y penser. »

Peut-être est-ce le bon moment pour lui donner le coup de pouce dont parlait John. « Ma Cêpane, Adelina, pendant longtemps elle a tout fait pour ne pas penser à son destin – à notre destin. Et au bout du compte, elle n'a plus eu le choix. Elle a dû affronter les choses en face. »

Ella ne répond rien mais, à sa manière de plisser le nez et de froncer les sourcils, je vois bien que mes paroles la font réfléchir.

Je contourne les chambres et prends la direction de l'atelier de Sandor. Je me penche sur la tablette encore connectée et observe les points représentant Quatre et Six qui rampent lentement vers le voyant de Cinq, stationnaire en Arkansas.

« Et pour eux, tu t'inquiètes ? demande Ella.

— Un peu. » Même si je sais qu'ils vont s'en sortir. Neuf est un sacré dur, mais Six reste la personne la plus courageuse et la plus résistante que j'aie rencontrée de ma vie. Quant à Quatre, il est exactement tel que Six l'avait décrit – un chouette type, le chef qu'il nous faut, même si je vois bien qu'il a parfois le sentiment d'être totalement dépassé.

« J'espère que Cinq est un garçon, lâche Ella. Il n'y en a pas assez pour nous toutes. »

Je me retrouve bouche bée, puis j'éclate de rire. « Tu es déjà en train de former les couples, Ella ? »

Elle hoche la tête d'un air malicieux. « Il y a déjà John et Sarah, bien sûr. Et puis toi et Huit.

— Attends une seconde, j'objecte. Il ne se passe rien entre Huit et moi.

— Tssss, m'interrompt-elle. Et si une fois adulte j'épouse Neuf, qui restera-t-il pour Six ?

— Qui est-ce qui va se marier ? »

Huit se tient derrière nous, dans l'embrasure de la porte, avec ce charmant petit sourire qui lui éclaire le visage. Depuis combien de temps est-il planté là ? Ella et moi échangeons un regard de surprise, avant de pouffer en chœur.

« Parfait, commente Huit en se glissant près de nous pour vérifier la tablette. Si vous ne voulez pas me le dire, tant pis. »

Nos épaules se frôlent et je ne me recule pas. Je pense toujours à ce baiser éperdu que nous avons échangé au Nouveau-Mexique. C'était sans doute le plus grand coup d'audace de ma vie. À mon grand regret, on ne s'est plus embrassés, depuis. On a beaucoup discuté, on s'est raconté nos années de cavale et on a comparé nos bribes de souvenirs de Lorien. L'occasion d'être plus intimes ne s'est pas présentée.

« Ils prennent vraiment leur temps, hein ? fait-il remarquer en fixant la lente descente de Quatre et de Six vers le sud.

— Ça fait une trotte, je réponds.

— Tant mieux, réplique-t-il avec un grand sourire. Ça devrait nous laisser un peu de marge. »

Il est vêtu d'un jean et d'un T-shirt rouge et noir à l'effigie des Chicago Bulls. Il recule et agite les bras, comme s'il nous demandait notre avis sur sa tenue. « Est-ce que j'ai l'air assez américain, comme ça ? »

« Tu es sûr que c'est une bonne idée ? »

Tandis que l'ascenseur nous emmène vers le hall de l'immeuble, je sens la nervosité me gagner. Huit se tient à côté de moi, et il sautille quasiment d'excitation.

« On est enfermés ici depuis des jours et on n'a toujours rien vu de la ville. J'aimerais visiter autre chose que des bases militaires et des appartements, dans ce pays.

— Mais s'il se passe quoi que ce soit pendant qu'on est dehors ?

— On sera rentrés avant même qu'ils approchent de l'Arkansas. Et il ne leur arrivera rien en route. Et dans le pire des cas, Ella pourra se servir de la télépathie pour nous prévenir. »

Je songe à Neuf, toujours profondément endormi sur son canapé quand Huit et moi avons quitté les lieux. Ella nous a regardé partir avec un petit sourire complice, avant de reprendre sa place, pelotonnée dans son fauteuil à côté de lui.

« Est-ce que Neuf ne sera pas furieux, en découvrant à son réveil qu'on n'est plus là ?

— Pourquoi ? C'est notre nounou ? réplique joyeusement Huit en me secouant gentiment par les épaules. Détends-toi. Jouons les touristes pour une heure ou deux. »

En l'observant depuis les baies vitrées du duplex de Neuf, je ne m'étais jamais rendu compte de l'activité tourbillonnante du centre-ville de Chicago. En émergeant de l'immeuble, sous le soleil de midi, nous sommes instantanément frappés par le bruit assourdissant – les éclats de voix, les klaxons. Ça me rappelle l'ambiance des jours de marché, en Espagne, mais multipliée par mille. Huit et moi tendons le cou vers le ciel, fascinés par les immeubles qui se dressent autour de nous. Nous marchons lentement, et les passants obligés de nous contourner nous lancent des regards noirs.

C'est un peu trop d'intensité pour moi, tout ça. Tout ce monde, ce bruit, je n'ai pas l'habitude. Je glisse la main au creux du bras de Huit pour m'assurer que nous ne serons pas séparés par la foule. Il me sourit.

« On va où ?

— Par ici », je réponds en choisissant une direction au hasard.

Nous nous retrouvons au bord de l'eau. C'est beaucoup plus paisible, ici. Les humains qui déambulent au bord du lac Michigan sont comme nous – pas pressés, n'ayant l'air d'aller nulle part. Certains sont assis sur des bancs, en train de déjeuner, d'autres font leur jogging ou passent à vélo. Je me sens soudain triste, pour ces gens. Ils ont tellement à perdre, et ils ne se doutent de rien.

Huit me touche doucement le bras. « Tu fronces les sourcils.

— Désolée, je réponds avec un sourire forcé. Je réfléchissais.

— Terminé, ordonne-t-il en feignant la sévérité. On fait un petit tour. Pas d'inquiétude. »

J'essaie de chasser toutes ces images et ces pensées moroses de mon esprit pour me comporter en touriste, comme le suggère Huit. Le lac est splendide, cristallin, et quelques bateaux glissent paresseusement à la surface. Nous déambulons entre les sculptures et les cafés en plein air, et Huit s'intéresse à tout, essayant d'assimiler tout ce qu'il peut de la culture locale, et il fait de son mieux pour m'entraîner dans le mouvement.

Nous passons devant une œuvre argentée qui ressemble à un croisement entre une parabole satellite et une pomme de terre à moitié épluchée. « Il me semble que ce travail humain a été secrètement influencé par l'œuvre du grand artiste loric Hugo von Lore, fait remarquer Huit en se caressant le menton d'un air songeur.

— Tu inventes. »

Huit hausse les épaules. « J'essaie juste d'être un guide touristique à la hauteur. »

Son enthousiasme et son entrain sont communicatifs, et je me prends bientôt au jeu, à inventer des anecdotes idiotes pour chaque monument que nous croisons. En me rendant brusquement compte que nous avons passé plus d'une heure au bord de l'eau, je me sens un peu coupable.

« On devrait peut-être rentrer. » J'ai beau savoir que nous n'avons rien d'autre à faire qu'attendre, c'est un peu comme si nous fuyions nos responsabilités.

« Attends un peu, me dit Huit en tendant le bras. Regarde-moi ça. »

À son air mystérieux, je m'attends à apercevoir un Mogadorien à nos trousses. Mais en suivant son regard, je ne distingue qu'un vieux type bedonnant derrière un petit chariot, vendant « le véritable hot-dog de Chicago ». Il en tend justement un à un client. La saucisse est couverte de cornichons, d'oignons et de tomates émincés et tient à peine dans son petit pain.

« C'est le truc le plus monstrueux que j'aie vu de ma vie », commente Huit.

Je glousse, et lorsque mon estomac se met subitement à gargouiller, je suis carrément prise d'un fou rire. « Moi je trouve que ça n'a pas l'air si mal.

— Est-ce que je t'ai déjà dit que j'étais végétarien ? souligne Huit en affichant le dégoût le plus total. Mais si ton désir le plus cher est de déguster cet effrayant "véritable hot-dog de Chicago", alors je m'incline. Je ne t'ai jamais remerciée comme il se doit. »

Huit se dirige vers le vendeur, mais je le rattrape par le bras et le tire en arrière. Il me lance un grand sourire.

« Changé d'avis ?

— Qu'est-ce que tu veux dire par là ? Que tu ne m'as jamais remerciée comme il se doit ? Remerciée de quoi ?

— De m'avoir sauvé la vie, au Nouveau-Mexique. Tu as rompu le Sortilège, Marina. Setrákus Ra m'a passé son épée à travers le corps, et toi... tu m'as ramené à la vie. »

Je fixe mes pieds en rougissant. « Ce n'était rien.

— Pour moi, c'était tout. Littéralement. »

Je relève les yeux et tente d'imiter ce sourire taquin dont il a le secret. « Dans ce cas, je mérite plus qu'un hot-dog dégoûtant. »

Huit se frappe la poitrine des deux paumes comme si je l'avais blessé. « Tu as raison ! Quel idiot de croire que je pouvais marchander ma vie contre un hot-dog. » Il m'attrape par la main et met un genou en terre, puis pose le front contre le dos de ma main. « Ma sauveuse, que puis-je faire pour payer ma dette ? »

Je suis toute gênée, mais je ne peux pas m'empêcher de rire. Je lance des regards d'excuse aux passants, dont la plupart observent le manège de Huit avec un sourire amusé. Pour eux, nous devons ressembler à deux adolescents normaux en train de flirter et de faire les imbéciles.

Je fais se relever Huit et, sans lui lâcher la main, je me remets à marcher le long du lac. Le soleil fait miroiter l'eau. Le spectacle ne vaut pas la mer qui m'a donné mon nom, mais c'est tout de même ravissant.

« Tu peux me promettre d'autres journées comme celle-ci », je réponds à Huit.

Il me serre la main, fort. « Marché conclu. »

Nous finissons par rentrer à l'appartement, rassasiés par de la pizza bien grasse. Il faudra encore des heures à Quatre et à Six pour arriver en Arkansas, et Ella ne nous a pas envoyé d'alerte télépathique. Tout est tel que nous l'avons laissé.

Hormis un petit détail : Neuf est réveillé, et s'est planté tellement près de la porte de l'ascenseur que nous manquons de lui rentrer dedans lorsqu'elle s'ouvre. Il ne bouge pas d'un poil et nous fixe d'un regard noir, les bras croisés en travers de la poitrine. « Où est-ce que vous étiez, tous les deux ?

— La vache ! s'exclame Huit en contournant tant bien que mal la silhouette massive de Neuf. Depuis combien de temps tu es planté là, à nous attendre ? Tu n'as pas mal aux pieds ?

— On est juste sortis prendre un peu l'air », j'explique, comme toujours intimidée en présence de Neuf. Cela me rappelle l'orphelinat, quand je me faisais prendre en rentrant après le couvre-feu, et j'imagine fugitivement Neuf en train de me taper les jointures avec une règle. « Tout va bien ?

— Tout va bien, aboie-t-il en se concentrant sur Huit. Sauf que vous ne pouvez pas aller vous balader en ville comme ça sans me prévenir.

— Et pourquoi ça ? objecte Huit.

— Parce que c'est de la pure connerie », gronde Neuf. Je vois qu'il réfléchit dur, qu'il essaie de trouver une repartie plus efficace. « C'est irresponsable, c'est une prise de risques inutile. Et c'est stupide.

— C'était juste pour une heure ou deux, se plaint Huit en roulant les yeux. Épargne-moi le sermon de Cêpane. »

Voir Neuf tellement en colère à cause de notre petite escapade est franchement comique, vu les histoires que Quatre m'a racontées sur leurs aventures quand ils étaient sur la route. Mais bizarrement, c'est assez touchant. Il joue les francs-tireurs coriaces, mais quand il ne nous a pas vus au réveil, il s'est sincèrement fait du souci pour nous.

Je lui touche le bras pour essayer de détendre l'atmosphère. « Désolée de t'avoir inquiété.

— Laisse tomber, j'étais pas inquiet. » Il se dégage d'un geste brusque et se tourne de nouveau vers Huit. « Parce que, pour toi, c'était un sermon ? Je pourrais peut-être te montrer le genre de sermons que je recevais, à l'époque où je n'étais qu'un petit con prétentieux. »

Huit agite les doigts à hauteur des yeux de Neuf, ce qui ne fait que le provoquer davantage. La plupart du temps, cette façon de plaisanter en permanence est charmante, mais cette fois-ci, j'aimerais bien qu'il la mette en sourdine. Neuf vient se planter nez à nez avec lui ; d'ailleurs ils se toucheraient même, si Huit était plus grand de quelques centimètres. Huit ne recule pas et continue à sourire comme si tout ça n'était qu'un jeu.

« Allez, gronde Neuf d'une voix grave. Je t'ai vu jouer à la dînette avec Six, en salle de conférences. On voit que tu n'as pas encore bossé avec moi. »

Huit consulte sa montre imaginaire et réplique : « Pas de problème, vieux. J'ai justement du temps à tuer. »

Neuf sourit et me jette un regard par-dessus son épaule. « Toi aussi, Infirmière Marina. Ton petit copain va avoir besoin de toi. »

CHAPITRE 9

« Je vais te remettre en forme rapido, déclare Neuf. Comme ça, la prochaine fois qu'il y aura une mission, on se retrouvera pas assis là sur le cul. »

Huit et moi nous tenons côte à côte dans la salle de conférences, à fixer Neuf qui nous tourne autour en nous jaugeant du regard comme un instructeur de l'armée. J'ai envie de lever les yeux au ciel, et je vois bien que Huit retient à grand-peine un éclat de rire. Néanmoins, je me sens un peu coupable d'avoir faussé compagnie aux autres, et quelques échauffements ne pourront pas faire de mal. Et je pense que Neuf est toujours dépité d'avoir été tenu à l'écart de la mission de Quatre, et cette idée d'entraînement a l'air de vraiment lui tenir à cœur. Je décide donc de lui faire plaisir.

« À moins que vous ne préfériez rester sur la touche ? À vous gaver de pizza pendant que nous autres, on extermine Setrákus Ra ? grommelle-t-il en s'arrêtant en face de nous pour nous faire baisser les yeux.

— Non, chef », je réponds en essayant de garder mon sérieux. Huit explose instantanément de rire.

Neuf préfère l'ignorer et se concentre sur moi. « Guérison et vision nocturne. Et c'est à peu près tout, c'est bien ça ?

— Je sais aussi respirer sous l'eau, j'ajoute.

— Très bien. Peut-être qu'un jour tu sauras développer un vrai Don utile au combat. Ou peut-être pas. Mais disons que, sans toi, on serait tous morts. J'imagine. Johnny est censé avoir aussi le truc de guérison, maintenant, cela dit comme je crois que ça marche seulement sur les filles avec qui il sort, on a encore besoin de toi. Mais il faudra quand même te faire travailler la rapidité et l'agilité. Comme ça, le jour où l'un de nous tombera, tu pourras arriver jusqu'à lui. Et peut-être qu'avec un peu de pratique ton Don de guérison évoluera en quelque chose d'autre, va savoir. »

À ma grande surprise, ce que raconte Neuf a du sens. Une seule chose me titille. « Comment on va faire, pour travailler mon Don ? »

Un sourire sinistre apparaît sur ses lèvres, du genre qui me terroriserait sur le champ de bataille. « Oh, tu vas voir. Quant à toi, ajoute-t-il en pivotant vers Huit, j'ai d'abord cru que tu étais un vrai dur, quand on s'est rencontrés, et puis tu t'es pris une épée dans la poitrine à la première occasion. Beau boulot. »

Au souvenir de son affrontement avec Setrákus Ra, l'expression de Huit s'assombrit. « Il m'a piégé.

— Ouais, ouais, commente Neuf. Si je me rappelle bien, tu étais tellement occupé à pelot... - euh, à enlacer la fausse Six que tu t'es fait embrocher. Tu distribues beaucoup de câlins, au milieu de la bataille, frangin. Utilise plutôt ta tête.

— On dirait qu'un petit câlin ne te ferait pas de mal, là tout de suite », réplique Huit avec un sourire malicieux.

Avant que Neuf ait pu réagir, Huit prend sa forme de Vishnu à quatre bras, bondit en avant et serre Neuf très fort contre lui. Je vois les muscles du cou et des épaules de Neuf se tendre.

« Lâche-moi, grogne-t-il, la mâchoire serrée.

— C'est toi le patron. »

Huit se téléporte en emmenant Neuf, réapparaît à quelques centimètres du plafond et libère son passager. Désorienté, Neuf n'a pas le temps de se ressaisir et s'écrase par terre, sur le dos. Juste avant qu'il atterrisse, Huit se téléporte à mes côtés.

« Ta-da ! conclut-il en reprenant sa forme normale.

— Tu vas juste réussir à l'énerver encore plus », je murmure. Huit hausse les épaules.

Neuf bondit sur pied et bascule la tête de droite à gauche pour faire craquer sa nuque. Il hoche la tête, l'air presque impressionné. « Joli.

— Peut-être que c'est moi qui devrais t'entraîner, le raille Huit.

— Essaie encore. »

Haussement d'épaules de Huit. Puis il change encore de forme et enlace de nouveau Neuf, mais avec méfiance, comme s'il craignait une contre-attaque. Je m'attends moi aussi à ce que Neuf lui balance son coude en pleine figure, mais étrangement, il ne se défend pas du tout.

Huit les téléporte une nouvelle fois au plafond, mais cette fois-ci, lorsqu'il lâche Neuf, ce dernier tend vivement la main. Rien qu'à regarder, j'en ai le vertige. Grâce à l'anti-gravité, au lieu de s'effondrer, il fait des pompes au plafond. Toute la scène prend moins d'une seconde.

Huit s'est déjà téléporté, pour réapparaître à côté de moi. Exactement comme Neuf l'avait anticipé. Si bien qu'il prend appui sur le plafond pour piquer droit sur Huit, pile au moment où il se matérialise. Ce dernier n'a que le temps de voir que Neuf n'est pas affalé par terre, comme il s'y attendait. Puis il reçoit un coup de pied impressionnant dans le sternum qui le propulse à plusieurs mètres.

Il se relève sur les coudes, le souffle court et sifflant. Les poings sur les hanches, Neuf le domine de toute sa hauteur.

« Prévisible. Pourquoi tu t'es téléporté au même endroit ? » Huit tousse en se frottant la poitrine. Neuf se penche pour l'aider à se relever. « Tout est dans l'effet de surprise, vieux, explique-t-il. Il faut jamais qu'ils sachent sur quel pied danser. »

Huit soulève son T-shirt. Un hématome en forme de pied est déjà en train de se former en travers de ses côtes. « Bon sang. J'ai cru que je me faisais percuter par un train.

— Merci. » Neuf se tourne vers moi. « Voilà de l'entraînement pour toi. »

Je pose doucement les mains sur le torse de Huit. L'onde glaciale fourmille au bout de mes doigts, me traverse pour atteindre Huit. Ce n'est qu'un bleu, et je n'ai même pas à me concentrer pour y arriver. Ce qui tombe bien, parce que je suis incapable de garder la tête froide, au contact de sa peau. Si c'est à ça que doit ressembler l'entraînement, je pense que je vais m'y faire.

« Merci », dit Huit quand j'ai terminé.

Neuf est allé chercher l'un des mannequins mogadoriens à l'autre bout de la pièce et l'a couché par terre. Il se tient au-dessus, le regard fixé sur nous.

« OK, voici l'idée. Disons que ce mannequin est – je ne sais pas – Numéro Quatre. Il se fait mal tout le temps, pas vrai ? Donc disons qu'il est blessé et que toi, Marina, tu dois venir jusqu'à lui pour le soigner avec tes pouvoirs magiques. Huit, tu vas l'aider.

— Et toi, tu fais quoi ? je demande.

— Je vais faire le Mogadorien super canon qui compte bien t'en empêcher. »

Huit et moi échangeons un regard. « Deux contre un ? commente-t-il. Facile.

— Cool », répond Neuf en brandissant sa baguette métallique. Elle s'allonge aux deux extrémités et il la fait tournoyer au-dessus de sa tête d'un air menaçant. « Voyons un peu de quoi vous êtes capables. »

Huit m'attrape par la taille et m'attire vivement contre lui. « Il s'attend à ce qu'on lui fonce droit dessus », me chuchote-t-il.

Je hoche la tête, saisissant son plan à demi-mot. « Tu n'as qu'à aller chercher le corps et le téléporter jusqu'à moi. »

Huit lève la paume vers moi pour que je lui tape dans la main, puis fait volte-face pour affronter Neuf. « Prêt ?

— Que le spectacle commence. »

Huit s'avance et Neuf le rejoint au centre de la pièce. Dès qu'il a réussi à éloigner son adversaire du mannequin de quelques mètres, Huit disparaît pour se matérialiser juste à côté du faux Mogadorien. Neuf remarque la tactique - mais il s'en moque éperdument. Il bondit dans ma direction. Prise au dépourvu et plutôt nerveuse de le voir foncer sur moi, je recule. Neuf est bien trop rapide pour moi.

Lorsque Huit réapparaît avec le mannequin, Neuf me tient en respect, la pointe de sa lance contre mon cou.

« Beau boulot, lance-t-il à Huit. Maintenant tu as un ami blessé et une guérisseuse morte. »

Jamais je ne me suis entraînée de cette manière, c'est pourquoi voir Neuf m'arriver dessus m'a tellement intimidée. Il faut que je dépasse cette peur. Je sais que jamais Six ne l'aurait laissé lui mettre son arme sous la gorge. Il faut que je prouve à ces garçons que, bien que n'ayant pas la même force d'attaque qu'eux, je suis tout de même capable de riposter.

Tandis que Neuf est occupé à sermonner Huit, du revers de la main je fais sauter la lance.

« Pas encore morte », je corrige en plongeant en avant pour le frapper à la bouche. Une onde douloureuse me transperce immédiatement la main et le poignet.

Neuf recule en titubant et Huit bondit de joie et de surprise. Neuf tourne vivement la tête pour me regarder, et lorsqu'il sourit, du sang lui dégouline entre les dents.

« Très bien ! explose-t-il, enchanté. Tu commences à piger !

— Je crois que je me suis cassé le pouce, je réponds en considérant mes jointures enflées.

— La prochaine fois, garde le pouce à l'extérieur des autres doigts, pour cogner », conseille Huit en fermant le poing en guise de démonstration.

Je hoche la tête, non sans me sentir un peu stupide d'avoir commis une erreur aussi élémentaire. Mais j'avoue qu'avoir frappé Neuf en pleine tête est aussi très grisant. Et il a l'air d'avoir apprécié, lui aussi : c'est avec un respect tout neuf qu'il me regarde, tout en essuyant le sang qui lui coule au menton. Je palpe mes doigts et sens le frisson de mon Don s'intensifier en passant dans ma propre main.

Neuf a ramassé le mannequin pour le balancer à l'autre bout de la pièce. « Prêts à remettre ça ? »

Huit et moi nous blottissons de nouveau l'un contre l'autre. « Je devrais peut-être le présenter à notre vieil ami Narasimha ?

— C'est lequel, déjà ?

— Plein de pattes, plein de griffes.

— Ça me paraît parfait. Occupe-le, et j'attaquerai par le côté. »

Nous nous séparons et Huit se transforme en l'un de ses puissants avatars. Ses beaux traits se tordent et prennent l'apparence d'une gueule rugissante, auréolée de la crinière dorée d'un énorme lion. Il grandit jusqu'à atteindre près de quatre mètres et dix bras surgissent de ses flancs, chacun hérissé de griffes aiguisées comme des lames de rasoir. Neuf lâche un sifflet admiratif entre ses dents.

« Là tu commences à m'intéresser. L'un de tes parents devait être une Chimæra. Sans doute ta mère.

— Très drôle », réplique Huit dans un grondement de gorge.

Je le laisse s'avancer vers Neuf, guettant l'occasion de bondir en direction du mannequin. Huit plonge en avant en frappant Neuf de toutes ses pattes, l'obligeant à se baisser pour esquiver ou à contrer certains coups avec sa lance. Il essaie de maintenir Huit à distance en le poussant du bout de sa pique, et attend lui aussi le bon moment pour foncer.

Alors qu'il se concentre sur son adversaire et fait tournoyer la lance pour contre-attaquer, je saisis ma chance de marquer un point. Je tends la main et me sers de la télékinésie pour lui arracher son arme. Je le prends au dépourvu, aussi se retrouve-t-il déséquilibré, avant d'atterrir dans les griffes tendues de Huit. Neuf se fait taillader en travers du torse, sa chemise réduite en lambeaux, et sous le tissu les entailles profondes nécessiteraient des points de suture. À la vue de ses blessures, Huit et moi avons un mouvement d'hésitation.

« Je ne voulais pas te faire mal à ce point », s'excuse Huit, même si le rugissement ne se prête pas vraiment à la compassion.

Mais le regard de Neuf s'est brusquement illuminé. « C'est rien, ça ! s'écrie-t-il. Continuez ! »

Je n'ai jamais vu personne être aussi emballé par la vue de son propre sang.

En un clin d'œil, il pique un sprint. Huit se lance à ses trousses, mais sous cette forme il se traîne, alors que Neuf est redoutablement rapide, grâce à son Don de supervitesse. Il grimpe sur le mur le plus proche et exécute un salto arrière au-dessus de Huit. Il réussit à atterrir sur son dos et lui bloque le cou au creux de son coude. Huit est si massif qu'il lui est presque impossible d'atteindre son propre dos, et c'est visiblement ainsi que l'avait prévu Neuf. De sa main libre, ce dernier se met à frapper les oreilles pointues qui émergent de l'épaisse crinière.

Huit pousse des rugissements de douleur. Il finit par reprendre sa forme normale et s'écroule sous le poids de son adversaire.

Je profite de la diversion pour me précipiter vers le mannequin.

« Attention, Marina ! » me crie Huit.

J'entends les pas lourds de Neuf derrière moi. Et aussi au-dessus. Je roule sur le côté au moment où Neuf fond sur moi en tentant le coup de pied sauté avec lequel il a pris Huit par surprise. Il manque son but et saute à terre, pour s'interposer entre le mannequin et moi.

Sa lance n'est qu'à un mètre ou deux. Alors qu'il avance vers moi, j'empoigne l'arme par la télékinésie et la lui envoie à la tête.

Je l'atteins à l'arrière du crâne. Il vacille, ce qui me donne l'occasion de le contourner en courant. Il se remet rapidement de l'impact et se précipite derrière moi.

Du coin de l'œil, je vois que Huit s'est remis maladroitement sur pied.

« Plonge ! » me lance-t-il.

Sans réfléchir, je m'exécute et glisse au sol comme un joueur de base-ball. Huit brandit le poing comme pour frapper dans le vide, puis se téléporte au beau milieu du mouvement. Il réapparaît juste devant moi. Je glisse entre ses jambes et sa main passe au-dessus de ma tête, pour atterrir contre la mâchoire de Neuf. Cueilli au milieu de sa course par l'uppercut, notre instructeur se retrouve les quatre fers en l'air.

Je me relève tant bien que mal et m'accroupis à côté du mannequin. Je pose les deux mains sur une blessure imaginaire et m'écrie : « Guéri ! »

Pendant un moment, un silence total envahit la pièce, seulement rompu par nos trois respirations haletantes. Huit s'assied lourdement en se massant la joue. Je remarque qu'il a l'oreille qui a doublé de volume et le cou tuméfié d'écorchures – j'en déduis que les dommages qu'il subit sous ses autres formes persistent quand il redevient lui-même.

Allongé sur le dos, Neuf pousse des grognements. Lui a le torse tailladé, un bel œil au beurre noir et je crois apercevoir un filet de sang, là où je l'ai frappé avec la lance. Brusquement, ses grognements se transforment en fou rire.

« C'était génial ! » beugle-t-il.

J'ai beau trouver que son amour pour la violence fait de lui une sorte de psychopathe, je ne peux pas m'empêcher de sourire et de lui donner raison. C'est ce que j'appelle un sacré bon entraînement. Se donner à fond de cette manière sans que le moindre geste soit une question de vie ou de mort est totalement grisant.

« Mon pote, annonce Neuf en se relevant avec difficulté, j'étais incapable de contrer ton dernier coup. Bien joué, mec. »

Huit tourne vers lui son visage violacé. « Ouais. Je t'en devais un. Ou plutôt dix. »

Je m'agenouille près de Huit et me mets à soigner ses blessures. La sensation de froid n'est plus aussi intense qu'auparavant. Elle me paraît même de plus en plus naturelle.

« Pourquoi tu as rechangé de forme ? demande Neuf en palpant les balafres en travers de sa poitrine. Ce gros guignol à crinière commençait à me donner du fil à retordre.

— Il faut que je reste très concentré, pour maintenir un avatar, explique Huit. Me faire cogner la tête n'aide pas, en général.

— OK, acquiesce Neuf en y réfléchissant. Sandor a stocké des armes non mortelles, quelque part. Ce serait pas mal que je te balance des trucs, et qu'on bosse ta concentration.

— Ouais, répond Huit d'un ton sarcastique. Ça serait l'éclate totale. »

Une fois que le visage de Huit a retrouvé son état normal et bien plus séduisant, je passe aux blessures de Neuf. « Tu sais, tu es vraiment bon, là-dedans.

— Pour me battre ? Euh, ouais, je sais.

— Pas juste te battre. Je veux dire, réfléchir au combat.

— La tactique, précise Huit. Elle a raison. Je ne pense pas que j'aurais inventé ce coup de poing téléporté, si tu ne m'y avais pas poussé. Et même si la perspective que tu me lances des projectiles à la tête ne m'emballe pas, je me dis que cette histoire d'entraînement est peut-être une bonne idée.

— Ouais, y a pas de quoi, commente Neuf, avec encore plus d'arrogance qu'à son habitude.

— Que ça ne te monte pas à la tête. » Je contemple sa dernière estafilade en train de se refermer sous mes doigts.

En levant les yeux, je constate que Huit regarde derrière moi. « Salut, Ella. On t'a réveillée ? »

Je me retourne vers la porte. Ella se tient là, habillée normalement. C'est la première fois depuis des jours qu'elle quitte son pyjama ou la chemise en flanelle prêtée par Neuf. J'aurais tendance à penser que le fait de s'être habillée est un bon signe, si elle n'avait pas les yeux rougis par les larmes. Ella ne nous adresse pas un regard et fixe le sol.

« Qu'est-ce qui ne va pas, Ella ? je demande en m'avançant vers elle.

— Je... je voulais juste vous dire au revoir. Je m'en vais.

— Pas question, ordonne Neuf. Plus d'excursions pour aujourd'hui. Tu restes là. »

Ella secoue la tête, faisant voleter ses cheveux autour de son petit visage. « Non. Il le faut. Et je ne reviendrai pas.

— Qu'est-ce qui te prend ? » Et c'est alors que je comprends. Dans la main d'Ella, toute chiffonnée tellement elle la serre fort, se trouve une feuille de papier. La lettre de Crayton.

« Je ne suis pas l'une d'entre vous », murmure-t-elle en laissant les larmes rouler sur ses joues.

CHAPITRE 10

Ma chère Ella,

Si tu lis cette lettre, alors je crains que le pire ne se soit déjà produit. Je veux que tu saches que je t'ai aimée autant que si tu étais ma propre fille. Il n'était pas prévu que je devienne ton Cêpane. On m'a assigné ce rôle le jour où notre planète est tombée aux mains de l'ennemi, et je n'avais reçu ni préparation, ni entraînement. Malgré cela, je n'échangerais contre rien au monde ou sur Lorien les années que j'ai passées avec toi. J'espère avoir fait assez pour toi. Je sais qu'un grand destin t'attend.

J'espère qu'un jour tu comprendras ce que j'ai fait, les mensonges que je t'ai racontés et que tu trouveras dans ton cœur la générosité de me pardonner.

Quand tu étais petite, je t'ai menti. Bientôt, ce mensonge en a entraîné beaucoup d'autres, et toute notre vie en est devenu un. Je suis désolé, Ella. Je ne suis qu'un lâche.

Vous êtes dix, puisque seuls dix Gardanes ont survécu à l'attaque de Lorien, mais tu n'es pas Numéro Dix. Tu ne fais pas partie du plan des Anciens pour préserver la race loric, et c'est pour cette raison que tu n'as pas été envoyée sur Terre avec les autres. C'est pourquoi tu ne portes pas les mêmes cicatrices que Marina ou Six. Jamais tu n'as été placée sous la protection du Sortilège loric.

Ce ne sont pas les Anciens qui t'ont choisie. C'est ton père.

Tu descends de l'une des plus vieilles et des plus prestigieuses familles de Lorien. Ton arrière-grand-père était l'un des dix Anciens qui régnaient autrefois sur le monde.

C'était à l'époque où notre planète n'avait pas atteint son épanouissement total, où notre peuple n'avait pas encore libéré toute la puissance de Lorien et, en vivant en harmonie avec elle, reçu des Dons. Notre jeune civilisation se trouvait à la croisée des chemins, prise entre le désir de se développer rapidement et le besoin de protéger la nature et les sources de vie.

C'était un temps de mort, une époque encore voilée de mystère, même pour nos historiens les plus éminents. Pendant cet âge de ténèbres, la guerre faisait rage au sein de notre peuple. Nombreux furent ceux qui périrent dans ces combats vains, mais la paix finit par triompher. Une nouvelle ère s'ouvrit pour Lorien – l'âge d'or qui t'a vu naître, et auquel les Mogadoriens ont mis fin avec tant de brutalité.

Ton arrière-grand-père fut l'une des victimes des Guerres Secrètes, ces conflits entre Lorics et Mogadoriens que notre gouvernement dissimula pour préserver l'illusion d'une utopie sur Lorien.

Quand il était jeune, ton père, Raylan, était obsédé par cette guerre. Car après les combats, lorsque les Anciens se sont réunis, ils limitèrent leur nombre à neuf, au lieu des dix originels. Ton père a toujours pensé que la place vacante revenait à ta famille. Nos Anciens n'avaient pas été choisis pour des raisons de descendance ou d'hérédité, pourtant ton père n'a jamais cessé de croire que ta famille avait été bafouée par l'Histoire.

Ses idées fixes firent de lui un homme amer et méfiant, et bientôt il se replia pour vivre comme un ermite. Il alla s'installer au plus profond des montagnes – dans une forteresse plutôt qu'une maison. Pour seuls compagnons, il s'entoura d'une ménagerie de Chimæra.

Il m'engagea pour m'occuper de ses bêtes. Hormis ses histoires secrètes et ses animaux, rien n'avait d'importance, pour lui.

Jusqu'au jour où il rencontra ta mère.

Erina était une Gardane, désignée par les Anciens pour garder un œil sur ton père. Certains le considéraient comme un danger pour notre peuple. Erina perçut autre chose, en lui. Elle vit un homme qu'on pouvait sauver de ses démons.

Ta mère était belle. Tu me la rappelles un peu plus chaque jour. Elle avait le Don de voler et l'Elecomun, le pouvoir de manipuler les courants électriques. Elle survolait la maison de ton père pour illuminer le ciel de spectacles incroyables, comme des feux d'artifice d'éclairs.

Ton père ne faisait pas confiance à Erina et se méfiait ouvertement des raisons qui l'amenaient dans la montagne. Pourtant, nuit après nuit, il sortait dans le jardin pour regarder ta mère voler avec les Chimæra.

L'un des Dons de ton père lui permettait de maîtriser le spectre lumineux. Cela pouvait paraître accessoire – tout comme ton Æternus –, mais en réalité, ce Don offre de nombreux avantages. Ton père pouvait assombrir l'environnement d'un ennemi, lui rendant la vision impossible. Ou bien, dans le cas de la cour qu'il fit à ta mère, il était capable de changer les couleurs des éclairs qu'elle dessinait. La nuit, le ciel resplendissait de zébrures roses et orange vif. Pour la première fois depuis tant d'années, ton père s'amusait.

Ils tombèrent amoureux et se marièrent rapidement. Puis tu es arrivée.

Erina s'était fait beaucoup d'amis, en servant parmi les Gardanes, et ils vous rendaient visite. Tes parents les accueillaient chaleureusement. Ils ont tous disparu, à présent.

Les Mogadoriens sont venus. Notre planète a été réduite en cendres.

Pendant ses années passées en reclus, ton père avait amassé une collection impressionnante de reliques ayant jadis appartenu à ta famille. Il avait même dépensé une vraie fortune à faire restaurer un vieux vaisseau spatial à carburant dont il pensait que s'était servi ton arrière-grand-père, lors de la dernière guerre loric. Lorsque Erina s'est installée chez lui, elle a convaincu ton père de léguer la plupart de ces objets à un musée, y compris le vaisseau.

Quand les Mogadoriens ont débarqué, ils ont commencé par détruire nos ports, réduisant ainsi à néant tous nos moyens de fuir. Ton père s'est immédiatement souvenu du vieux vaisseau qui sommeillait au musée.

Tandis que d'autres se battaient contre l'invasion, ton père projetait de s'évader. Il avait apparemment compris que notre peuple était condamné.

Ta mère refusait de quitter Lorien. Elle insistait pour qu'ils rejoignent tous deux les combats. Ils se sont disputés, et ce fut leur querelle la plus féroce.

C'est toi qui as servi de compromis. Raylan a promis de rester seulement si tu pouvais partir. Je revois encore le visage baigné de larmes de ta mère, lorsqu'elle t'a donné son baiser d'adieu. Ton père t'a mise dans mes bras et m'a ordonné de courir jusqu'au musée. Les Chimæra de Raylan se sont jointes à nous, jouant le rôle de gardes du corps, et beaucoup ont péri en chemin.

C'est ainsi que je suis devenu ton Cêpane.

J'ai regardé notre planète mourir par les hublots d'un vaisseau qui décollait. Je me suis senti un lâche. Les seules fois où ce sentiment de honte s'évanouit, c'est quand je te regarde, Ella, et que je vois ce que cette couardise a permis de sauver.

Ce qui est fait est fait. Tu ne faisais pas partie du plan des Anciens. Tu n'en es pas moins loric, et une Gardane. Les chiffres n'ont pas d'importance. Tu es capable de grandes choses, Ella. Tu es une survivante. Un jour, je sais que tu rendras notre peuple fier.

Je t'aime.

Ton fidèle serviteur, à tout jamais,

Crayton

J'arrête la lecture à haute voix et, les mains tremblantes, abaisse la lettre de Crayton. J'ai les larmes aux yeux. Je n'ose pas imaginer l'effet que cela me ferait, de me faire brusquement arracher la plus grande partie de mon identité. Personne ne dit mot, même Neuf. Ella renifle doucement, les bras serrés autour de sa poitrine.

« Tu restes l'une des nôtres, je lui murmure. Tu es loric. »

Ella se met à sangloter, et des mots hachés s'échappent entre les hoquets. « Je... je suis un imposteur. Je ne suis pas comme vous. Je ne suis qu'une fille à papa qui n'a pu monter dans ce vaisseau que parce que son père était un sale type.

— Ce n'est pas vrai, objecte Huit en lui passant le bras autour des épaules.

— Je n'ai pas été choisie, s'écrie Ella. Je ne suis pas... tout ça n'était qu'un mensonge. »

Neuf m'arrache la lettre des mains pour la parcourir. « Et alors ? » commente-t-il d'un air désinvolte.

Ella le dévisage, les yeux écarquillés. « Comment ça, et alors ?

— Le Sortilège est rompu. Les chiffres, c'est des conneries, maintenant. Que tu sois Dix ou Cinquante-quatre, ça ne veut plus rien dire. Qu'est-ce qu'on en a à faire ? »

Neuf se montre vraiment sans cœur, à balayer ainsi d'un revers de main une nouvelle tellement traumatisante pour Ella. Elle a l'air abasourdie, et je ne suis même pas certaine qu'elle entende ce qu'il lui raconte.

« Ce que Neuf essaie de dire, avec un manque de tact total, intervient Huit, c'est que peu importe comment tu es arrivée ici. Le fait d'avoir fait le voyage dans des vaisseaux différents ne signifie pas qu'on ne soit pas pareils.

— Merde, acquiesce Neuf, j'aurais bien aimé qu'il y ait plus de mecs égoïstes comme ton vieux. On serait une armée entière, à l'heure qu'il est. »

Je lance un regard réprobateur à Neuf, qui lève les mains pour faire semblant de se faire coulisser une fermeture Éclair en travers de la bouche. Malgré ses arguments grossiers, il semblerait qu'à nous trois, on ait réussi à calmer Ella. Les sanglots s'apaisent lentement et, au bout d'un moment, elle finit par lâcher au sol son sac fait à la va-vite.

« Je me sens tellement perdue, sans Crayton, me chuchote-t-elle, la voix rauque, tandis que je la prends dans mes bras. Il est mort en se croyant lâche parce qu'il ne m'avait jamais dit la vérité, et... ce n'était pas un lâche. C'était un homme bon. J'aimerais juste pouvoir le lui dire. »

Sa voix s'éteint et je sens ses larmes sur mon cou alors qu'elle se remet à pleurer. C'est donc ça : ce qui tourmente Ella, ce n'est pas tant ce qu'elle a appris sur elle-même et qui a dû la bouleverser que ce qu'elle a appris au sujet de Crayton. Je lui caresse les cheveux et laisse le chagrin couler.

« Chaque jour, je rêve d'une dernière discussion avec mon Cêpane, glisse Huit.

— Moi aussi, renchérit Neuf.

— Ça ne s'apaise pas, ajoute Huit. Il faut continuer à avancer, on n'a pas le choix. Pour devenir ce qu'ils attendaient de nous. Crayton avait raison, Ella. Un jour, tu rendras notre peuple fier. »

Ella nous attire contre elle, Huit et moi, et nous serre dans ses bras. Nous restons ainsi pendant un long moment, jusqu'à ce que Neuf finisse par approcher pour donner une petite tape maladroite dans le dos d'Ella. Elle lève les yeux vers lui.

« C'est ton maximum, ça ? »

Neuf pousse un soupir théâtral. « Très bien. »

Il enroule les bras autour de nous trois et serre fort, nous décollant pratiquement du sol. Huit lâche un grognement et Ella un rire étouffé. Je suis moi aussi complètement écrasée, mais je ne peux m'empêcher de sourire. Je plante le regard dans celui d'Ella et, en cet instant, je vois bien que c'est le seul endroit sur Terre où elle ait envie d'être.

CHAPITRE 11

Il est à peine midi lorsque nous traversons le Missouri, à quelques heures à peine de l'Arkansas. Il nous a fallu plus longtemps que prévu pour quitter Chicago, le super-engin de Neuf n'ayant pas d'option spéciale permettant de faire disparaître les embouteillages. Au début, je suis un peu nerveux de voir Sarah au volant, slalomer entre les files et coller au train du véhicule de devant, jusqu'au moment où je m'aperçois que tout le monde conduit comme ça. J'imagine que c'est la coutume, dans les grandes villes.

Une fois Chicago derrière nous, l'autoroute s'ouvre. De part et d'autre de la voie, rien que des champs de céréales. Nous dépassons des semi-remorques qui se traînent, et notre moyenne est bonne, même sans utiliser le kit NOS installé par Sandor. Il faut absolument éviter de nous faire arrêter. J'imagine que je suis toujours sur la liste noire de la plupart des bases de données du gouvernement, sans compter qu'aucun de nous n'a de permis à montrer à un motard en patrouille, ce qui est un autre problème en soi. Quand nous retournerons à Chicago, il faudra que je voie si Sandor n'a pas laissé de matériel de faussaire. Nous avons besoin de pièces d'identité, et vite.

« Tu as déjà essayé de rendre toute une voiture invisible ? » demande Sarah à Six, qui n'a pas dit grand-chose depuis le départ. Elle est allongée sur la banquette arrière, Bernie Kosar sur ses genoux. « Parce que, techniquement, tu la touches.

— Nan, répond Six en se redressant. Jamais tenté.

— Eh bien évite, j'interviens, d'un ton un peu trop cassant. Quelqu'un pourrait nous rentrer dedans.

— Merci, John. Si tu n'avais rien dit, je pense que je nous aurais immédiatement rendus invisibles, en public, au beau milieu de la route, alors qu'on fonce à plus de cent à l'heure. Heureusement que tu es là pour me surveiller, et pour empêcher Sarah de conduire trop vite. »

Je m'apprête à riposter, en mettant en avant le côté franc-tireur et imprévisible de Six – comme quand elle invite ma petite amie pour une mission dangereuse –, mais je me ravise en croisant le regard de Sarah. Elle lève les sourcils, visiblement surprise par la réaction de Six. Elle a forcément remarqué la tension qui s'accumule entre Six et moi, depuis que nous avons quitté Chicago. Et clairement, c'est un point sur lequel je n'ai pas envie de m'expliquer, alors je me contente de hausser les épaules, histoire d'écarter le sujet.

Là où Six a raison, c'est que je suis obsédé par la limite de vitesse. Dès que Sarah appuie un peu trop sur l'accélérateur, je lui tapote gentiment la jambe. Elle ralentit avec un regard d'excuse, comme si ce n'était pas sa faute, et que ce soit la voiture qui la suppliait d'accélérer. Peut-être que je devrais me montrer moins maniaque et la laisser filer sur l'autoroute, et au diable les conséquences. C'est sans doute ce que Neuf et Six feraient, eux.

À chaque instant, je redoute de sentir une nouvelle cicatrice s'imprimer dans la chair de ma jambe. Et si les Mogadoriens trouvent Cinq avant nous, tout ça parce que je n'aurai pas laissé Sarah foncer ?

Voilà le genre de pensées qui me privent de sommeil, depuis quelques nuits – pas uniquement à propos de Cinq, mais aussi de la manière de diriger le groupe. Quels que soient mes efforts, il est impossible de tout prévoir. Tout serait tellement plus facile, si j'adoptais l'attitude de Neuf et si je pouvais sortir faire un tour et m'entraîner à cogner.

Et pour couronner le tout, il y a maintenant cette histoire avec Six. Tout ça à cause d'un stupide baiser.

Pour résumer, je me sens débordé dans absolument tous les aspects de ma vie, en ce moment.

Nous nous arrêtons dans une station-service du Missouri. Six s'occupe de faire le plein. Bernie Kosar se dérouille les pattes sur le parking en reniflant le bitume. Sarah et moi nous dirigeons vers la boutique pour acheter quelques bouteilles d'eau et payer l'essence. Au milieu du parking, elle s'arrête brusquement.

« Tu devrais peut-être aller parler à Six. »

Pris au dépourvu, je la dévisage en clignant bêtement les paupières. Je jette un coup d'œil vers Six. Je ne croyais pas possible de faire le plein d'une voiture avec fureur, eh bien, il faut croire que je me trompais. À la voir enfourner le bec du tuyau dans le réservoir, on dirait qu'elle est en train de poignarder un Mogadorien. « Pourquoi ?

— À l'évidence, vous êtes tous les deux en colère, répond Sarah. Va régler ça avec elle. »

Je ne sais quoi dire, alors je reste maladroitement planté là. Je ne peux pas révéler à Sarah les raisons de notre différend, à Six et à moi. D'abord, parce que je ne suis pas complètement certain de les connaître moi-même, et ensuite, parce que cela aurait des répercussions sur notre relation. Je n'ai vraiment pas envie de me plonger là-dedans pour le moment ; surtout avec toutes les choses beaucoup plus importantes dont nous avons à nous préoccuper.

Devant mes réticences, Sarah ne flanche pas et me pousse en direction de Six avec un petit sourire. « Allez. Il faut que vous soyez capables de coopérer, tous les deux. »

Elle a raison, évidemment. On ne peut pas laisser ce sentiment de malaise plomber notre mission.

Six me regarde approcher en plissant les yeux d'un air méfiant. Elle remet le bec du tuyau en place en le faisant claquer. Nous nous fixons, elle d'un côté de la voiture, et moi de l'autre.

« Il faut qu'on parle, je propose.

— C'est Sarah qui t'a persuadé de venir, pas vrai ?

— Écoute, je sais que tu ne l'aimes pas beaucoup…

— Ça suffit, John, m'interrompt-elle. Si, j'aime bien Sarah. Et elle est amoureuse de toi. »

Je la dévisage, perplexe. « D'accord, je comprends que tu sois furieuse contre moi parce que je n'ai pas parlé de tout, depuis qu'on est arrivés à Chicago. Maintenant que Sarah est là, ça m'a paru… bizarre.

— John, je ne suis pas en colère contre toi parce qu'on s'est embrassés et que maintenant tu es retourné auprès de ta petite amie. J'ai cru que je tenais à toi, John. Pas comme ami, tu vois. Mais alors je me suis retrouvée dans cette cellule avec Sarah, et j'ai vu comment elle parlait de toi. Et maintenant, je vous vois tous les deux ensemble, tous les jours. Quels que soient les sentiments qu'on ait partagés en cavale, ils n'ont rien à voir avec ce que vous vivez. Quand je vous regarde, je suis à deux doigts de croire les conneries d'Henri sur l'unique amour des Lorics. »

Je hoche la tête. Ce qu'elle dit est tout à fait vrai, mais qu'est-ce que je suis supposé répondre ? *Ouais, tu as raison, j'aime vraiment Sarah plus que toi* ? Il vaut sans doute mieux que je n'ouvre pas la bouche.

« J'imagine que je me sens merdique de t'avoir embrassé alors que tu étais censé être avec Sarah.

— À notre décharge, on croyait vraiment qu'elle nous avait vendus au gouvernement.

— C'était aussi la première fois qu'on rencontrait d'autres Gardanes. Une fois l'excitation retombée, tout ce que tu attendais, c'était de la retrouver, pas vrai ?

— Ce n'est pas du tout comme ça que ça s'est passé, Six. Je ne prévoyais rien, je n'avais pas de stratégie, ou je ne sais quoi. » Je me remémore la promenade au clair de lune avec Six, main dans la main pour rester invisibles. « Quand on était ensemble, je crois que jamais je ne m'étais senti aussi à l'aise avec qui que ce soit. Comme si je pouvais simplement être moi-même.

— Ouais, moi aussi, répond-elle avec un brin de nostalgie.

— Mais avec Sarah ? C'est différent, j'ajoute doucement. Je l'aime. J'en suis encore plus certain qu'avant. »

Six tape dans ses mains comme si le problème était réglé. « Parfait. Alors oublions tout ça. Toi et moi, on est juste amis, et Sarah et toi, vous êtes les jeunes mariés. Ça me va. Toutes ces conneries de triangle amoureux me donnent envie de gerber.

— Six… » Je ne sais quoi ajouter. On dirait presque qu'elle me plaque, ou qu'elle essaie de me repousser.

« Non, écoute, John. Je suis désolée d'avoir mis les pieds dans ton histoire avec Sarah. Que tu décides de lui parler de notre baiser ou non, c'est ton affaire. Je m'en fiche. Tout ce que je veux… » Elle jette un œil vers la boutique, dont Sarah sort juste. « Quand je me suis retrouvée enfermée avec elle, cette manière qu'elle avait de parler de toi… Elle abandonne tout pour être avec toi, John. En gros, elle mise sa vie sur toi. Peut-être que je me mêle de ce qui ne me regarde pas, mais je veux être bien sûre que tu te sentes d'attaque.

— J'essaie », je réponds en pivotant pour regarder Sarah approcher. Les paroles de Six sonnent juste. Je sais que Sarah a sacrifié une vie normale pour être ici avec moi, confrontée au danger. Je l'aime, mais je n'ai pas encore réussi à trouver le juste équilibre entre mon désir de la protéger et la nécessité de la laisser s'impliquer dans ma vie chaotique. Et je n'y arriverai peut-être jamais. Pour l'instant, le simple fait qu'elle soit près de moi me suffit.

Six rappelle Bernie Kosar et ils remontent en voiture. Sarah s'immobilise en face de moi en haussant les sourcils.

« Tout va bien ? »

Je cède à la pulsion soudaine de la serrer contre moi. Elle lâche un petit soupir de surprise et je l'embrasse sur la joue. Elle me rend mon étreinte.

« Tout va bien », je confirme.

Je prends le volant pour quitter la station-service. BK vient s'installer sur les genoux de Sarah et gratte à la fenêtre pour qu'elle fasse descendre la vitre. L'air vif et printanier s'engouffre dans l'habitacle. BK passe la tête dehors, langue pendante. Qu'on soit un chien ou une Chimæra, que ça doit être bon de sentir le vent, en filant sur l'autoroute.

À moi aussi, l'air frais fait du bien. Je ne sais pas si on réussira jamais à régler les choses, Six et moi, mais au moins je sais à quoi m'en tenir, maintenant. Dans la voiture, l'atmosphère a changé : la tension entre nous trois s'est apaisée. Je me détends un peu et me recule dans mon siège pour regarder défiler les bornes kilométriques.

Sarah me tapote gentiment la cuisse. « Moins vite. »

Je souris d'un air coupable et lève le pied. Sarah a sorti le bras par la fenêtre et surfe avec sa paume sur le courant d'air. Ses cheveux blonds volent follement autour de son visage. Elle est belle. L'espace d'une seconde, je fais comme s'il n'y avait que nous deux, en balade, comme un couple normal qui va s'amuser. Je crois toujours que ce sera possible, un jour. Sinon, je ne trouverais plus de raison de me battre.

Sarah tourne les yeux vers moi et je suis prêt à jurer qu'elle lit dans mes pensées. Elle pose la main sur ma jambe.

« Je sais bien qu'on est en route vers une mission cruciale, dit-elle, mais si on se promenait comme des gens normaux, ce serait pour aller où ?

— Euh… » Il faut que j'y réfléchisse. Ma rêverie n'avait pas vraiment de destination précise. Être dans cette voiture avec Sarah me suffisait. « Difficile de choisir… »

Avant que j'aie pu me décider, Six se penche en avant. « Je n'ai pas vraiment eu l'occasion d'en voir grand-chose, vu qu'on a passé notre temps à courir et à se battre, mais l'Espagne m'a paru un endroit très intéressant.

— J'ai toujours eu envie de visiter l'Europe, acquiesce Sarah avec un large sourire. Mes parents ont fait une virée, là-bas, avec le sac à dos, après la fac. C'est comme ça qu'ils se sont rencontrés.

— Alors pour toi aussi, ce serait l'Europe ? je demande à Sarah.

— Ouais. Même s'il y a encore des lieux que j'aimerais voir, en Amérique. Mais me faire enfermer par le gouvernement m'a un peu aigrie, je dois avouer.

— Oui, ça peut décourager », j'acquiesce en gloussant.

Sarah pivote dans son siège. « On pourrait aller en Europe ensemble, Six. Enfin, si tu n'es pas trop occupée à sauver la planète, et tout ça. »

L'enthousiasme de Sarah est tel que Six ne peut s'empêcher de sourire. « Ce serait marrant.

— Ah, voilà où je voudrais aller, j'annonce en recouvrant la main de Sarah de la mienne.

— En Europe ?

— Sur Lorien.

— Oh. » La pointe de tristesse dans sa voix me prend au dépourvu.

« J'aimerais te montrer Lorien telle que je l'ai retrouvée dans mes visions, j'explique. Celle qu'Henri m'a décrite. »

Dans le rétroviseur, je vois Six lever les yeux au ciel. « Ce n'était pas le but du jeu. Choisis quelque part où tu pourrais aller sans avoir à construire un vaisseau spatial. »

J'y réfléchis pendant un moment. « Je ne sais pas. Disney World ? »

Six et Sarah échangent un regard, puis se mettent à glousser.

« Disney World ? s'exclame Six. Tu crains un max, John.

— Non, c'est mignon, objecte Sarah en me tapotant la main. C'est l'endroit le plus magique sur Terre.

— Tu sais, je n'ai jamais testé les montagnes russes. Henri n'était pas trop fan des parcs d'attractions. Moi, je bavais devant les publicités. J'ai toujours eu envie d'y aller.

— Que c'est triste, lâche Sarah. Il faut absolument qu'on t'emmène à Disney World, alors. Ou du moins dans des montagnes russes. C'est génial. »

Six claque les doigts. « Comment ça s'appelle ? Le truc qui est censé être comme une fusée ?

— Space Mountain, répond Sarah.

— Ouais. » Six hésite un instant, craignant visiblement d'en dire trop. « Je me rappelle que j'ai vu ça sur Internet, quand j'étais petite. Je n'arrêtais pas de répéter à Katarina que c'était comme nous. »

L'image d'une Six miniature en train de faire des recherches sur Disney World, voilà qui me met en joie. On éclate tous les trois de rire.

« Ah, ces extraterrestres… murmure Sarah d'un ton taquin. Il faut vraiment que vous sortiez plus souvent. »

CHAPITRE 12

La nuit est déjà tombée quand nous franchissons la frontière de l'Arkansas. Par chance, nous savons exactement où nous allons. Les panneaux ont commencé à fleurir à environ trente kilomètres d'ici – l'énorme face poilue du Monstre de Boggy Creek nous invite à visiter l'unique, l'incroyable Repaire du Monstre de Fouke. Nous sommes tout près et l'autoroute bordée d'arbres est plutôt désolée, alors je transgresse mes propres règles et appuie sur l'accélérateur.

Sarah regarde par la vitre en tendant le cou vers un des panneaux délavés que l'on vient de dépasser. « Plus que trois kilomètres, annonce-t-elle à voix presque basse.

— Tu te sens prête ? je demande en percevant l'appréhension dans sa voix.

— J'espère. »

Je gare la voiture avant la sortie vers Fouke. Ce n'est pas vraiment florissant, comme pôle touristique. Il s'agit plutôt d'une petite attraction ringarde de province attirant les familles en goguette désirant prendre quelques photos et faire une pause pipi.

« Il me paraît plus prudent de continuer à pied, je suggère en me tournant vers Six. Et il faudra qu'on soit invisibles. »

Elle hoche la tête. « D'accord. »

Nous sortons du véhicule et nous engageons dans les bois sombres qui séparent la route de l'agglomération.

Bernie Kosar s'étire brièvement avant de prendre la forme d'un moineau. Il vient se poser sur mon épaule, attendant les instructions.

« Va faire un tour en éclaireur, BK. Qu'on sache ce qu'il y a, là-bas. »

Tandis qu'il s'élance dans la nuit, nous nous préparons nous-mêmes, et je me passe mon bracelet au poignet. Je dois dire que le picotement douloureux que je ressens en l'enfilant ne m'a pas manqué, mais je sais que je me sentirai plus en sécurité en le portant. Je glisse mon poignard dans mon dos et le coince dans ma ceinture. Sarah m'observe, puis sort le pistolet de son sac et en fait autant. Toutes les images idylliques du petit couple en balade ont bel et bien disparu. L'heure est venue de passer à l'action. Nous avançons dans les bois, guidés par les faibles lumières de Fouke entre les arbres, à deux kilomètres de là. Sarah m'attrape le bras.

« Tu crois qu'on verra le Monstre de Boggy Creek ? demande-t-elle en écarquillant les yeux et en feignant la terreur. Si on en croit les photos, il ressemble à Bigfoot. Peut-être qu'on pourra faire ami-ami. »

Six scrute les bois autour de nous avec méfiance. « Je vais te dire, cette pauvre légende des campagnes n'est pas le monstre que je redoute le plus de croiser.

— En plus, j'ajoute pour dédramatiser et pour détendre Sarah, qu'est-ce qu'on ferait d'une espèce de yéti, alors qu'on a Neuf qui nous attend à Chicago ? »

Tout comme Six, j'inspecte les sous-bois, à l'affût du moindre signe d'embuscade des Mogadoriens. Tout est tellement silencieux que c'en est inquiétant, et que les branches mortes qui craquent sous nos pas nous font l'effet de pétards. J'espère sincèrement que nous serons les premiers à trouver Cinq et que les Mogs n'auront pas été aussi rapides à décrypter sa devinette étrange. Le fait qu'aucune nouvelle cicatrice ne soit apparue autour de ma cheville et que la petite ville devant nous ne soit pas la proie des flammes me paraît bon signe. Quoi qu'il en soit, il nous faut rester sur nos gardes. Impossible de prédire ce qui nous attend là-bas.

Nous approchons vraiment, et Six tend les mains vers nous. Sarah doit lâcher mon bras pour s'arrimer à elle. J'aimerais qu'on ait le temps de s'enlacer une dernière fois, rien qu'un instant, pour la rassurer. Tous les trois main dans la main, nous devenons invisibles et reprenons notre progression.

Nous nous enfonçons dans la forêt, laissant l'autoroute loin derrière. Soudain, entre les arbres, j'aperçois BK en train de décrire des cercles dans le ciel.

Par ici, je lui indique par la télépathie.

Je lâche la main de Six pour qu'il puisse nous voir. Il volette dans notre direction, puis se change en écureuil à la seconde où il atteint le sol.

« BK dit qu'il y a un type, plus loin, j'annonce aux autres. Aucun signe d'embûche.

— Bien. Allons-y. »

Je reprends la main de Six et nous redémarrons à plus vive allure, pour émerger bientôt des bois, dans la petite ville de Fouke. Qui se résume à presque rien. La bretelle reliée à la sortie d'autoroute se poursuit vers l'est. Je distingue quelques petites maisons dans cette direction, sans doute la ville en elle-même. Nous semblons nous trouver à l'entrée, là où n'importe qui arriverait, par la route. Il y a deux pompes à essence et, en face, un bureau de poste. Toutes les fenêtres sont plongées dans l'obscurité, et tout semble fermé pour la nuit.

Et puis il y a le Repaire du Monstre.

Les panneaux publicitaires le long de l'autoroute en ont vraiment fait des tonnes pour pas grand-chose. Il s'agit en substance d'une épicerie avec un coin T-shirt et casquettes dans la vitrine. L'attraction principale est la statue en bois de trois mètres cinquante à l'effigie du Monstre de Boggy Creek, une bête poilue qui ressemble à un mélange entre un humain, un ours et un gorille. Même à cette distance, je vois qu'elle est presque entièrement recouverte de fientes d'oiseaux.

« Là ! » chuchote Sarah, surexcitée.

Je l'aperçois au même moment. Un garçon, droit devant nous, assis en tailleur au pied de la statue. Il a l'air de s'ennuyer et est en train de déballer un sandwich. Un sac à dos est posé à côté de lui, mais aucune trace de coffre loric. Je m'attendais à ce qu'il ait au moins ça, ce qui aurait facilité son identification. Mais pour les Mogadoriens aussi, évidemment.

Je me dirige vers lui, mais Six ne bouge pas et ne me lâche pas la main.

« Qu'est-ce qui se passe ? je murmure.

— Je ne sais pas, répond-elle d'une voix calme. Il est là comme ça, tout seul ? Ça paraît trop facile. Ça ressemble à un piège.

— Peut-être bien », j'acquiesce en inspectant les alentours d'un air dubitatif. À part nous et ce gars, aucun signe de vie. Si les Mogadoriens nous guettent, ils sont devenus très forts, en technique d'embuscade.

« Peut-être qu'il a eu de la chance, tout simplement, suggère Sarah. Finalement, il a réussi à rester caché plus longtemps que vous tous.

— Comment vérifier qu'il est bien qui il prétend ? » objecte Six.

Je lâche sa main et me mets à traverser la rue.

Je n'essaie pas de dissimuler mon approche. Il me remarque dès que je m'engage sous la lueur jaune des réverbères. Il laisse tomber son sandwich et se relève d'un bond en enfonçant les deux mains dans ses poches. Pendant une seconde, je crains qu'il ne me lance un projectile quelconque, et je sens mon Lumen s'échauffer, en anticipation. Mais il sort deux billes de sa poche, l'une en caoutchouc et l'autre apparemment en métal. Il les fait rouler habilement sur ses jointures en me regardant approcher d'un air tendu. Un peu comme un tic nerveux.

Je m'immobilise à quelques mètres de lui.

« Salut.

— Euh, salut », il répond.

De si près, je peux enfin dévisager notre Cinq potentiel. Il a l'air d'avoir à peu près mon âge, il est plus petit et plus trapu, pas vraiment potelé mais clairement bâti comme un tonneau. Il a les cheveux bruns et courts, coupés en brosse. Il porte un T-shirt local crétin et un jean ample.

« C'est moi, que tu attends ? » J'évite de lui demander de but en blanc s'il est loric. Après tout, ça pourrait être un gamin du coin en train de manger un sandwich tout seul au clair de lune.

« Je ne sais pas. Montre-moi ta jambe. »

J'hésite un instant, puis me baisse pour remonter mon pantalon. Il pousse un soupir de soulagement en apercevant mes cicatrices. À son tour, il dévoile sa cheville, en miroir. Avec dextérité, il range les deux billes dans sa poche et s'avance vers moi en tendant la main.

« Je suis Cinq.

— Et moi Quatre. Mes amis m'appellent John.

— Un nom humain. Mon vieux, j'en ai eu tellement que je les ai tous oubliés. »

Nous nous serrons la main. Il est tellement surexcité qu'il m'écrabouille les doigts. Pendant une seconde, j'ai peur qu'il ne me lâche plus. Je me racle la gorge et essaie discrètement de me dégager.

« Désolé, dit-il en me libérant avec maladresse. Je suis juste intimidé. Ça fait tellement longtemps que j'attends ça. Je n'étais pas sûr que quelqu'un verrait mon message. C'est pas évident, de faire un cercle dans un champ, tu sais. Je ne voulais pas avoir à recommencer.

— Ouais, c'était pas une très bonne idée. » J'inspecte de nouveau les environs, craignant de voir apparaître les Mogadoriens à tout moment. Les grillons stridulent autour de nous, et je perçois l'écho des moteurs, sur l'autoroute. Pas de quoi s'angoisser, mais je me sens quand même à découvert.

« Pas une bonne idée ? réplique Cinq, comme une pile électrique. Mais tu m'as trouvé ! Ça a marché. J'ai fait quelque chose de mal ? »

Il a clairement envie de faire plaisir, comme s'il s'attendait à ce que je le félicite pour ses talents d'horticulteur. On dirait qu'il n'a même pas envisagé que ça puisse attirer nos ennemis, et sa naïveté me frappe. Peut-être suis-je un peu dur dans mon jugement, mais ce gars m'a l'air du genre mou. Comme s'il avait été surprotégé. Ou peut-être ai-je passé trop de temps avec des cas lourds comme Six et Neuf.

« Ne t'inquiète pas pour ça. Tout va bien. Il faut qu'on y aille.

— Oh », marmonne-t-il, visiblement déçu. Il regarde autour de lui. « Tu es tout seul ? J'espérais que tu avais retrouvé certains des autres. »

Pile à ce moment-là, Six et Sarah se matérialisent près de moi. Cinq recule et manque de trébucher sur son sac à dos.

Six s'avance vers lui. « Je suis Six, annonce-t-elle de but en blanc. John est trop délicat pour te dire que tes petits dessins dans les champs auraient pu te faire tuer. C'était stupide. Tu as de la chance qu'on soit arrivés les premiers. »

Cinq fronce les sourcils et nous dévisage à tour de rôle, Six et moi. « Waouh. Je suis désolé. Je ne voulais pas causer de problèmes. Je... je ne savais pas quoi faire d'autre.

— Ça va, je conclus en désignant son sac d'un signe de tête. Prends tes affaires. On discutera en route.

— Où on va ?

— On t'amène aux autres. On est tous réunis, à présent. L'heure est venue de combattre.

— Vous êtes tous ensemble ? »

Je hoche la tête. « Tu es le dernier.

— Waouh, répète Cinq, presque gêné. Désolé d'arriver en retard à la fête.

— Allez, je répète en lui montrant son sac. Il faut vraiment qu'on bouge. »

Cinq se penche pour le ramasser, puis fixe Sarah, qui n'a pas dit mot. « Et tu es quel numéro ? »

Elle secoue la tête. « Je suis juste Sarah, répond-elle en souriant.

— Une alliée humaine ? lâche Cinq en secouant la tête. Les gars, c'est officiel, vous m'en bouchez un coin. »

Six me lance un regard ébahi, et je dois dire que je ressens la même chose. Peut-être avons-nous vécu trop de combats et de traumatismes, mais la désinvolture de Cinq est vraiment déroutante. On devrait déjà être repartis, loin d'ici, et tout ce qu'il veut, c'est rester planté là à discuter.

« Écoute, aboie Six, on ne peut pas s'éterniser ici, à déblatérer. Ils vont débarqu... »

Elle est interrompue par un grondement, au-dessus de nous. Impossible qu'une machine terrienne produise un son pareil. Nous levons tous les yeux au moment où le vaisseau mogadorien argenté allume ses projecteurs, nous aveuglant temporairement. Cinq se protège les yeux de la main et se tourne vers moi.

« C'est votre vaisseau ?

— Les Mogadoriens ! » je lui crie. Des ombres noires sont déjà en train de descendre, une première vague de soldats mog prêts à attaquer.

« Oh, commente Cinq en fixant bêtement l'engin. Alors c'est à ça qu'ils ressemblent. »

CHAPITRE 13

« Sors le Xitharis, je crie à Six. Si on devient tous invisibles, on peut encore leur échapper. » Elle fouille fébrilement dans son sac et brandit la pierre, mais trop tard. Avant qu'elle ait pu faire quoi que ce soit, les premiers tirs de canons mog se mettent à crépiter tout autour de nous.

Mon bracelet s'ouvre juste à temps pour faire dévier deux projectiles qui m'auraient percuté en pleine poitrine. Au lieu de quoi, ils vont se planter dans le sol non loin de Six et la font basculer en arrière. Dans sa chute, elle lance le Xitharis à Cinq, qui se contente de le fixer, ignorant visiblement à quoi il peut servir. Pas le temps de faire son éducation de Gardane pour l'instant. Au-delà du premier groupe de Mogs, j'en vois d'autres se déverser du vaisseau le long de cordes. Bientôt nous serons méchamment débordés.

Sarah a bondi derrière une voiture garée. Couchée sur le côté dans la poussière, elle réussit à tirer avec son pistolet. Les deux premières balles font voler la poussière au pied du Mogadorien le plus proche, mais la troisième l'atteint en plein dans le sternum. Il se désintègre et Sarah n'attend pas pour en viser un autre.

Six s'est rendue invisible en percutant le sol. Je ne sais pas bien où elle se trouve mais des nuages d'orage se mettent brusquement à tourbillonner dans le ciel nocturne, encore calme et clair il y a quelques secondes à peine. Aucun doute, elle se prépare à frapper.

Cinq est près de moi, cloué sur place, à fixer le caillou au creux de sa main. Mon bouclier encaisse un feu nourri. S'il ne se tenait pas à mes côtés, Cinq aurait été abattu depuis longtemps.

« Qu'est-ce que tu fais ? je lui hurle en l'attrapant par le bras. Il faut qu'on bouge ! »

Il a les yeux écarquillés et le regard vide. Il se laisse tirer en arrière. Je le pousse à terre derrière la statue du Monstre de Boggy Creek. La silhouette de bois explose presque aussitôt en un millier d'éclats calcinés, mais la base en ciment tient bon contre les tirs, du moins pour l'instant. Je laisse mon Lumen s'activer dans ma paume libre et forme une grosse boule de feu. Cinq me fixe, complètement abasourdi par la vision des flammes. Je fais comme s'il n'était pas là et sors à découvert pour lancer la boule vers le groupe de Mogs le plus proche. Elle en piège trois, qui se désintègrent instantanément en cendres. Les autres se dispersent.

J'entends des gouttes de pluie tomber, bien qu'aucune ne me touche. Il semble que l'averse soit localisée au-dessus du vaisseau mogadorien. Le tonnerre gronde. Quelle que soit la stratégie de Six, je lui fais confiance.

« Ça va ? » je crie en direction de Sarah. La voiture derrière laquelle elle s'est retranchée ne se trouve qu'à quelques mètres, mais on dirait qu'un champ de bataille immense nous sépare.

« Je vais bien ! elle hurle. Et toi ?

— Ça va, mais je crois que Cinq est commotionné, ou un truc dans le genre ! »

Je remarque trois Mogadoriens qui traversent la rue, essayant de surprendre Sarah par les côtés. Je les devance et me sers de la télékinésie pour leur arracher leurs canons des mains. En les apercevant, Sarah tire sur le plus proche et l'atteint pile entre les deux yeux. Avant que les autres aient pu dégainer leurs poignards, une petite silhouette tapie dans l'ombre leur saute dessus.

Bernie Kosar a pris la forme d'une panthère et dans l'obscurité on distingue à peine sa fourrure noire. Il bondit à la gorge d'un soldat qu'il a cloué au sol et griffe l'autre au visage. Ce groupe éliminé, BK se glisse furtivement derrière la voiture, pour rester près de Sarah.

Veille sur elle, je lui demande par la télépathie.

Les Mogs que j'avais fait battre en retraite se regroupent de nouveau, ou peut-être s'agit-il d'un nouvel assaut en provenance du vaisseau. Je lance deux autres boules de feu dans leur direction. Voilà qui devrait les occuper un petit moment.

J'attrape Cinq et le secoue pour qu'il me regarde. Ma main encore brûlante sous l'effet du Lumen laisse une empreinte carbonisée sur l'épaule de sa chemise. Il grimace et me dévisage les yeux écarquillés.

« Mais c'est quoi, ton problème, bordel ? je hurle.

— Je… je suis désolé, bégaie-t-il. Je n'avais jamais vu de Mogadorien. »

Je le fixe d'un air incrédule. « Tu plaisantes ?

— Non ! Albert, mon Cêpane, il m'en a parlé. On s'est entraînés au… au combat. Mais je n'ai jamais eu l'occasion de pratiquer.

— Génial, grommelle Six en se matérialisant subitement à côté de nous. On se retrouve avec un bleu sur les bras, maintenant.

— Je peux être utile, marmonne Cinq. C'est seulement que j'ai été pris au dépourvu. »

Je ne suis pas très convaincu et nous avons beau avoir repoussé une première ligne de Mogadoriens, je les vois tout de même approcher dans l'ombre.

« C'est fini ? crie Sarah, toujours à couvert. Parce que je vais être à court de munitions !

— Il y en a d'autres qui arrivent, je lui réponds en me tournant vers Six. Tu peux descendre leur vaisseau ? »

Six se concentre quelques instants. Des éclairs déchirent le ciel nocturne et viennent percuter le flanc de l'engin. Il oscille d'avant en arrière et je vois des soldats lâcher leurs cordes et choir de quinze mètres de haut. Six prépare un orage de titan et attend juste le bon moment pour le déclencher.

« Ces salopards ont peut-être réussi à arriver jusqu'ici commente-t-elle, mais je peux vous assurer qu'ils ne repartiront pas là-dedans ! »

Je vérifie l'état de Cinq. Il a récupéré ses deux billes dans ses poches et les tient entre ses mains tremblantes. Pas de quoi inspirer confiance.

Je jette un coup d'œil en direction de Sarah et la vois viser un Mogadorien qui essaie de ramper jusqu'à nous. Il n'y a pas si longtemps, c'est exactement le genre de combat que nous aurions fui, trop heureux de nous en tirer vivants. Mais maintenant, j'ai l'impression qu'on peut vraiment gagner.

Je plante mon regard dans celui de Six. « Envoyons un message à Setrákus Ra. S'il veut l'un d'entre nous, il va falloir qu'il dégaine plus d'un vaisseau.

— Ouais, merde ! » s'exclame-t-elle en tendant les deux mains vers le haut.

Les nuages noirs qui entourent l'appareil se mettent à tourbillonner et trois éclairs zèbrent le ciel tourmenté et frappent l'engin en rafales par le côté. Des morceaux métalliques se détachent de la carlingue et descendent en piqué jusqu'au sol.

Se rendant sans doute compte qu'ils sont en difficulté, les Mogs tentent de reprendre de l'altitude pour échapper à l'orage. Ceux déjà à terre redoublent d'efforts contre nous et les tirs de canons grésillent dans l'air. Je me rapproche de Six afin de la protéger avec mon bouclier. Sarah reste accroupie derrière la voiture et continue à faire feu à l'aveugle par-dessus le capot.

« Il faut que tu te dépêches ! je crie à Six, la mâchoire serrée.

— J'y suis presque », réplique-t-elle d'un ton brusque, tendue par la concentration.

Des grêlons gros comme des poings pilonnent le vaisseau, le faisant trembler dangereusement. À l'instant où il paraît sur le point de reprendre de l'altitude, Six fait tourner ses mains au-dessus de sa tête et les nuages se fondent soudain en une seule masse – même de si loin, je sens la force des vents –, et une tornade se met à vriller en dessous de l'engin. Ce dernier fait une embardée puis s'incline, et le pilote en perd le contrôle.

La fusée argentée pique vers le sol, et s'écrase dans les bois, non loin de l'autoroute, dans un fracas assourdissant. Quelques secondes plus tard, une colonne de flammes s'élance vers le ciel d'encre, suivie d'une explosion gigantesque. Puis tout se tait. L'orage au-dessus de nous se dissipe et la nuit redevient paisible.

« Ouah, murmure Cinq.

— Beau travail », je félicite Six.

Déjà, elle se concentre sur les cibles suivantes. Nous avons certes détruit leur appareil, mais il reste un escadron de Mogadoriens à l'approche. Deux douzaines, au moins. Canons et épées au poing.

« Achevons-les », assène Six en se rendant invisible.

Je me jette volontiers dans la bataille. Mais je me tourne d'abord vers Numéro Cinq, qui fixe nos ennemis d'un air incertain.

« Si tu n'es pas prêt, ce n'est pas grave, je lui dis. Tiens-toi à l'écart. »

Il hoche la tête sans un mot. Je sors de derrière la statue du Monstre de Boggy Creek – ou plutôt, ce qu'il en reste –, et un Mogadorien pointe instantanément son canon vers moi. Avant que son coup ne parte, quelque chose le frappe à l'arrière des genoux. L'épée qu'il porte en travers du dos sort de son fourreau et des mains invisibles la lui enfoncent dans la chair. Il se désintègre et, à travers le nuage de cendres, j'aperçois fugitivement la silhouette de Six.

Je fonce vers la voiture derrière laquelle Sarah est toujours accroupie. Le côté exposé au feu ennemi a fondu par endroits, mais Sarah semble indemne. J'ai à peine plongé près d'elle que Bernie Kosar déploie ses ailes et pique droit sur deux Mogs. Les soldats qui restent ont presque l'air égarés. Leur vaisseau n'est plus qu'une épave, la moitié d'entre eux se sont fait tuer – ils ne s'attendaient visiblement pas à une riposte de ce genre. Tant mieux. C'est leur tour de trembler, pour une fois.

« Ça va ? je demande à Sarah.

— Ouais », répond-elle, hors d'haleine. Elle brandit son arme. « Je suis à sec. »

Par la télékinésie, je ramasse un canon mog au milieu des cendres, et Sarah l'attrape en l'air.

« Couvre-moi. On en a bientôt terminé. »

Je me montre de nouveau, défiant ouvertement les Mogadoriens de s'en prendre à moi. Deux d'entre eux, accroupis devant les pompes à essence, ouvrent le feu. Mon bouclier se déploie instantanément, absorbant les tirs. Je suis tenté de leur envoyer une boule de feu, mais je ne veux pas faire sauter la station-service. Nous avons déjà bien endommagé la pauvre ville de Fouke, dans l'Arkansas.

Je m'empare de leurs canons par la télékinésie et les écrase par terre. Puis je lève les mains vers les Mogs et leur fais signe d'approcher. Ils retroussent les babines et leurs minuscules dents pointues scintillent dans la lumière blafarde. Ils dégainent leurs épées et foncent droit sur moi.

Dès qu'ils se trouvent à une distance suffisante des pompes, je lance une boule de feu qui les engloutit tous deux. Imbéciles.

Un autre groupe s'est reconstitué et prépare un assaut ciblé. Ils chargent tous en même temps, tentant de m'encercler. Alors que l'étau se resserre dangereusement, je sens quelque chose de caoutchouteux s'enrouler autour de ma taille et je suis projeté en arrière, hors de portée des attaquants. En baissant les yeux, je constate qu'un bras me retient. Un bras vraiment, vraiment long.

Sitôt que je suis hors du champ, Sarah bombarde les Mogs avec son canon.

Je me retourne juste à temps pour voir le bras de Cinq reprendre sa taille normale et se rétracter dans la manche de son T-shirt. Il m'adresse un regard penaud.

« Désolé pour l'interruption. J'ai eu peur que tu ne te retrouves coincé.

— C'était quoi, ce que tu viens de faire ? je demande, à la fois curieux et un peu dégoûté.

— Mon Cêpane appelait ça l'Externa. » Cinq a toujours en main la balle en caoutchouc avec laquelle il jouait quand nous sommes arrivés. « C'est l'un de mes Dons. Je peux prendre les caractéristiques de ce que je touche.

— Sympa. » Peut-être que le petit nouveau n'est pas aussi manchot qu'on pourrait le croire.

Parvenant à esquiver les tirs de Sarah, un des Mogadoriens fonce sur nous. Cinq s'interpose entre l'ennemi et moi. Sa peau se met soudain à miroiter au clair de lune, toute brillante et argentée. Je me remémore alors l'autre balle qu'il manipulait, en métal, on dirait bien. Le Mog brandit son épée et l'abat en un mouvement qui devrait fendre le crâne de Cinq en deux, mais, dans un fracas métallique, la lame rebondit sur le front de ce dernier. Le soldat reste ébahi et Cinq en profite pour lui balancer un uppercut magistral – de sa main gantée de fer, il perfore la tête du Mog, puis se retourne vers moi. « Je n'avais jamais, euh, tenté la chose en situation. » Et il se met à rire de soulagement.

« Sérieux ? » Je ne peux pas m'empêcher de rire, moi aussi. Visiblement, sa nervosité est contagieuse. « Et si ça n'avait pas marché ? »

Il hausse les épaules et se frotte le crâne, au point d'impact de l'épée du Mog.

Derrière nous, deux Mogadoriens s'enfuient vers les bois, Bernie Kosar sur leurs talons, toutes dents dehors. Avant même qu'ils atteignent la lisière de la forêt, Six apparaît devant eux et les taillade avec une épée mogadorienne confisquée.

Je passe la zone en revue. La voie est libre. Le Repaire du Monstre et ses alentours sont criblés d'impacts et une spirale de fumée monte des bois. Hormis les taches de cendre noire par terre, il ne reste aucune trace de nos agresseurs. Nous les avons littéralement rayés de la carte.

Sarah se dirige vers nous, le canon mog négligemment posé sur l'épaule. « Déjà fini ?

— On dirait bien », je réponds d'une voix neutre. Je n'ai qu'une envie, c'est de sauter en l'air et de lui taper dans la main, mais je veux garder la tête froide. « Pour une fois, je crois qu'on les a pris par surprise.

— C'est toujours aussi facile ? s'enquiert Cinq.

— Non. Mais maintenant qu'on est tous réunis… » Je laisse ma phrase en suspens, pour ne pas nous porter la poisse. Ce combat-ci s'est vraiment déroulé sans accrocs. OK, c'était juste un seul vaisseau mog, alors qu'ils ont des armées entières basées en Virginie-Occidentale et ailleurs, sans parler de Setrákus Ra lui-même. Mais quand même, on les a atomisés en un temps record, et je ne crois pas qu'aucun de nous ait été blessé. Autant hier, quand Neuf était tout remonté pour prendre d'assaut leur grotte et régler son compte à Setrákus Ra, j'essayais de lui faire comprendre qu'on n'était pas prêts, autant aujourd'hui, après cette victoire… peut-être qu'il est temps de reconsidérer notre plan.

« Où est Six ? » J'inspecte le champ de bataille. « Quelqu'un a forcément entendu le vaisseau s'écraser. Il faut qu'on dégage d'ici avant que les flics débarquent. »

Au même moment, un grondement sourd monte des arbres, en provenance du point d'impact du vaisseau mog. J'active le Lumen dans cette direction et vois Six débouler en agitant les bras. « Alerte rouge ! hurle-t-elle.

— Alerte à quoi ? demande Cinq en déglutissant.

— Au bruit, on dirait des pikens », j'explique.

Le craquement d'un arbre qu'on déracine puis qu'on brise en deux résonne en réponse. Quelque chose d'énorme se dirige droit sur nous. Je pose la main sur l'épaule de Sarah.

« Recule ! Il faut que tu restes en arrière. »

Elle me fixe en serrant fort son canon mog. L'espace d'une seconde, je crains qu'elle n'essaie d'argumenter, même si elle sait parfaitement que combattre une piken n'a rien à voir avec quelques échanges de tirs avec des Mogadoriens. Faire feu à couvert est une chose. Se retrouver nez à nez avec un monstre que les balles chatouillent à peine en est une autre. Sarah me touche la main quelques instants, puis fait volte-face et court se réfugier près du bureau de poste.

« Mais qu'est-ce que c'est que ça, bon sang ? » demande Cinq en désignant la limite des arbres.

Nous apercevons le monstre en même temps, lorsqu'il surgit des bois et se jette sur Six. Je ne réponds rien à Cinq : comment nommer cette chose ? Une sorte de mille-pattes de la taille d'un camion-citerne, avec un corps de larve géante recouverte d'une peau tannée et craquelée, hérissé de centaines de bras minuscules et ratatinés qui labourent la terre à une vitesse surprenante. La tête rappelle celle d'un pitbull – plate, avec une truffe humide et une gueule dégoulinante de bave, garnie de rangées de dents acérées. Et au centre de ce faciès, un œil de cyclope, injecté de sang et rempli de haine. L'image me revient d'une horde de ces créatures, maintenues en cage par les Mogs, en Virginie-Occidentale : en matière de bêtes féroces, je mettrais celle-ci en haut de mon top 5.

Six a beau être rapide, elle ne peut distancer le monstre. Le mille-pattes la rattrape et donne un coup de rein. La partie postérieure de son corps pivote vers le haut et se dresse au-dessus de Six avant de s'abattre. Six l'esquive de justesse en se jetant sur le côté. La queue soulève d'énormes blocs de terre et laisse un trou béant dans le sol. Six se relève d'un bond et plante son épée dans la bête. Cette dernière semble à peine s'en rendre compte et son corps se contorsionne brusquement, arrachant la lame des mains de Six.

« Comment on est censés tuer ce truc ? » s'écrie Cinq en reculant.

Je réfléchis à toute vitesse. Quels avantages avons-nous sur cette créature ? Elle est rapide, mais elle est lourde et clouée au sol...

« Tu sais voler, pas vrai ?

— Comment tu le sais ? répond-il sans quitter la piken des yeux. Oui, je sais voler.

— Soulève-moi. Il faut qu'on reste au-dessus. »

Au moment où le mille-pattes s'attaque de nouveau à Six, Bernie Kosar saute sur le dos de la bête. Il a repris sa forme de panthère et plante profondément les griffes dans le cuir du monstre. Avec un rugissement exaspéré, ce dernier roule à terre, obligeant BK à sauter en route pour éviter de se faire aplatir. Mais la diversion donne le temps à Six de s'éloigner et de se rendre invisible.

« Ce sera plus facile si tu montes sur mon dos », suggère Cinq en s'agenouillant devant moi.

Je me sens passablement ridicule, à califourchon sur un de mes congénères, mais c'est une question de vie ou de mort. Dès que je suis en place, Cinq s'envole comme une fusée. Rien à voir avec la lévitation hasardeuse par la télékinésie : Cinq est rapide, précis, et il maîtrise la trajectoire. Il nous emmène à dix mètres du sol, juste au-dessus du myriapode. Je me mets à le bombarder de boules de feu, aussi vite que je le peux. Des plaies calcinées apparaissent sur son dos et une puanteur ignoble s'élève dans l'air.

« Répugnant », marmonne Cinq.

La bête rugit de douleur et s'enroule sur elle-même. Son unique œil balaie frénétiquement le champ de bataille – son cerveau minuscule ne parvient pas à identifier l'origine de l'assaut. Je continue à pilonner la créature, en espérant réussir à l'exterminer avant qu'elle comprenne ce qui lui arrive.

Le projectile suivant manque sa cible – Cinq plonge brusquement vers le sol et je dois me raccrocher à sa chemise, le temps qu'il rétablisse l'équilibre. Entre mes doigts, le tissu est trempé de sueur.

« Ça va ? je crie au milieu des hurlements du vent et de la piken.

— Pas évident, de transporter un lance-flammes, hurle-t-il en tentant de faire de l'humour, mais à sa voix il est évident qu'il fatigue.

— Encore une minute ! Tiens bon ! »

L'œil de la bête s'enroule vers l'intérieur et elle relève la tête, et c'est alors qu'elle nous repère. Elle rugit de nouveau, presque joyeusement cette fois, et son corps se projette violemment vers le haut, avec ses bras minuscules qui s'agitent en tous sens. Sa face hideuse fonce droit sur nous, toutes dents dehors. Cinq pousse un cri et nous reculons brusquement, et l'énorme mâchoire claque dans l'air, ratant son but.

L'embardée soudaine m'éjecte du dos de Cinq et mes doigts se referment autour d'un morceau de T-shirt : le tissu se déchire sans empêcher ma chute.

Grâce à la télékinésie, je réussis à pousser contre le sol et à amortir un peu le choc – sans ça, je me serais sans aucun doute fracturé la jambe. L'impact me coupe le souffle. Et, pour arranger les choses, j'atterris pile sous le nez du monstre.

J'entends au loin les voix de Six et de Sarah qui me hurlent de fuir. Mais il est trop tard. Le myriapode n'est qu'à six mètres au plus, et il me fonce droit dessus en grondant. Des ténèbres de sa gueule béante s'échappe une puanteur infecte.

Je me ressaisis et active le Lumen sur tout mon corps. Si cette horreur compte me déguster pour son quatre heures, je vais m'assurer de lui donner de sacrées brûlures d'estomac. À condition de franchir les rangées de dents sans dommages, je peux sans doute traverser tout son corps comme une fusée. Me faire avaler par un mille-pattes mogadorien n'est pas le meilleur plan que j'aie eu, mais sachant qu'il me reste environ trois secondes avant qu'il se jette sur moi, ce n'est pas si mal.

À mesure qu'il s'approche, je remarque un point rouge se reflétant dans son unique œil, comme le rayon d'un viseur laser. D'où peut-il bien provenir ?

Un coup de feu retentit quelque part derrière moi.

L'œil du monstre explose. Il est si proche que je me retrouve aspergé de liquide visqueux à l'odeur repoussante. La bête se cabre en hurlant de douleur, oubliant totalement ma présence. J'en profite pour reculer, tout en lançant des boules de feu vers son abdomen. Le mille-pattes est secoué de convulsions et sa queue s'abat sur le sol avec une telle puissance que la terre sous mes pieds en tremble. Après un ultime et gigantesque spasme, il s'effondre dans la poussière et se désintègre lentement.

Cinq atterrit à côté de moi, les deux mains posées sur sa tête. « Désolé de t'avoir lâché, vieux.

— Ne t'en fais pas pour ça », je réponds d'une voix distraite en le poussant et en faisant volte-face en direction du Repaire du Monstre. Aucun d'entre nous ne porte d'arme de *sniper*. D'où venait ce tir ?

Six et Sarah se précipitent vers un homme barbu d'une quarantaine d'années en train de descendre du toit d'une vieille voiture défoncée. Entre les mains, il tient une carabine à viseur laser. Je me dis d'abord qu'il s'agit peut-être d'un bon Samaritain – qui hésiterait à exploser un ver géant en train de ramper dans son quartier ? Mais en le regardant bien, je lui trouve un air franchement familier.

Et c'est alors que je remarque qu'il n'est pas seul. Debout à côté de la voiture, il y a quelqu'un, qui l'aide à descendre de sa position de tir. Lorsque Six arrive à sa hauteur, elle manque de le plaquer au sol tant elle le serre fort. Je me retrouve bouche bée et pique le sprint de ma vie.

C'est Sam.

CHAPITRE 14

Six m'étreint si fort que je me retrouve presque par terre. Elle enroule les bras autour de mon cou et je pose les mains à plat dans son dos. Sa chemise est trempée de sueur, mais je m'en moque. Je suis beaucoup plus intéressé par ses cheveux blonds qui me caressent doucement la joue. Je me remémore toutes ces rêveries qui m'ont occupé l'esprit, pendant que j'étais en captivité. La plupart contenaient une scène de ce genre.

« Sam, murmure-t-elle, abasourdie, en me serrant comme si elle craignait que je ne disparaisse. Tu es là. »

Je l'enlace plus fort. Nous restons dans cette position un bon moment, sans nous soucier de tout le monde autour de nous. À côté de moi, mon père finit par se racler la gorge.

« Hé, Six, tu ne veux pas laisser un peu la place à quelqu'un d'autre ? »

Je vois Sarah s'approcher. Six me lâche d'un air penaud. Jamais je n'avais vu son armure se fissurer ainsi. Je sens le rouge me monter aux joues, et je me réjouis qu'il fasse sombre.

« Salut, Sam, lance Sarah en me prenant à son tour contre elle.

– Salut. C'est drôle de te retrouver ici. On est bien loin de Paradise.

– Sans blague. »

Par-dessus son épaule, je vois John qui s'approche en courant, bientôt rejoint par un type brun et trapu qui doit être le fameux Numéro Cinq qui a posté le message sur Internet. C'est ce qui nous a amenés en Arkansas, mon père et moi – son logiciel de surveillance a repéré l'info. Nous avons conduit d'une traite depuis le Texas pour arriver à temps pour la fin du combat.

Alors que Cinq s'attarde à l'écart du groupe, visiblement intimidé par toutes ces nouvelles têtes, John se dirige vers moi à grandes enjambées. Je sens monter un énorme sourire – au-delà de la joie immense de retrouver mon meilleur ami, il y a ce sentiment qu'on va faire de grandes choses, ensemble. On va sauver le monde.

John me sourit lui aussi, ravi de me voir, mais il y a autre chose dans son regard, que je n'arrive pas à déchiffrer. Il me serre la main avec force.

« Réponds à une question, ordonne-t-il d'une voix neutre, sans lâcher ma main. Tu te rappelles ce jour où tu t'es dit que j'étais peut-être un extraterrestre, dans ta chambre ?

– Euh, ouais.

– Qu'est-ce que tu as fait ? »

Je le dévisage en plissant les yeux. Qu'est-ce qui lui prend ? Je lance un regard à mon père, qui observe l'échange avec curiosité, en attendant que je le présente aux Lorics.

« Euh, je t'ai menacé avec un pistolet ? C'est de ça que tu parles ?

– Oh, Samuel, marmonne mon père d'un air de reproche, mais John au contraire sourit de toutes ses dents et m'attire instantanément dans ses bras.

– Désolé, Sam, mais il fallait que je vérifie que tu n'étais pas Setrákus Ra. Tu n'as pas idée de la joie que c'est de te voir.

– Pareil ici, je réponds. Ça m'a vraiment manqué, de dégommer des vers géants. »

John glousse et recule d'un pas.

Cinq tend la main en s'avançant à son tour. « Je suis perdu. Setrákus Ra peut changer de forme. »

Pour moi aussi, c'est une nouvelle. Malgré moi, je touche les cicatrices autour de mes poignets. Je suis bien placé pour savoir les horreurs dont est capable ce monstre. « Comment tu le sais ? Tu l'as affronté ? »

John acquiesce d'un air grave en jetant un coup d'œil vers Cinq. « Ouais. Je dirai qu'on a fait match nul. Je vous raconterai tout ça en temps voulu, mais d'abord... » Son regard se tourne vers mon père. « Sam, est-ce que c'est bien qui je crois ? »

Je souris de nouveau. Cela fait des années que j'attends de pouvoir présenter mon père à mes amis. « Les gars, j'annonce, la voix remplie de fierté, voici mon père, Malcolm. Et je peux confirmer qu'il n'est pas Setrákus Ra lui non plus, si c'est ce qui vous inquiète. »

Mon père avance d'un pas pour serrer la main de chacun des Gardanes et de Sarah.

« Merci pour votre aide, dit John en désignant la carabine. Heureux que vous ayez apporté du matériel.

– Vous aviez l'air d'avoir les choses en main, répond mon père. Cela faisait très longtemps que j'avais envie de tirer sur quelque chose de mogadorien, voilà tout.

– Les choses en main, tu parles, ricane Six en secouant la tête. J'avais plutôt l'impression que tu allais te faire avaler, John.

– J'avoue que ce n'était pas l'idée du siècle », acquiesce ce dernier en haussant les épaules, le sourire aux lèvres. Sarah lui tapote le dos d'un air compréhensif.

Cinq nous dévisage, mon père et moi. « Vous n'êtes pas loric, fait-il remarquer d'une voix neutre, comme s'il venait seulement de s'en apercevoir. Pourtant je vous ai pris pour un Cêpane, vu que vous êtes vieux, et tout ça. »

Mon père laisse échapper un petit rire. « Désolé de te décevoir. Je ne suis qu'un vieil humain, qui espère être utile. »

Cinq se tourne vers John en hochant la tête. « Tu as une véritable armée. »

Je croise le regard de Six. Je ne sais pas bien si le petit nouveau a un esprit particulièrement sarcastique, ou s'il est juste un peu simplet. À en juger par sa tête, Six se pose la question, elle aussi.

« Il y a nous six, et quatre de plus qui attendent à Chicago, explique John d'un ton patient. Je ne pense pas qu'on puisse vraiment qualifier d'armée un groupe de dix personnes, mais merci.

– Nan, c'est vrai, marmonne Cinq.

– Je veux tous les détails de vos retrouvailles », ajoute John. Il observe mon père d'un air prudent, comme s'il venait de frapper à notre porte pour demander que je vienne jouer à Space Invaders sur sa console. « Tout d'abord, monsieur Goode, je tiens à vous dire que jamais je n'ai voulu que Sam se retrouve mêlé à tout ça. Je suis désolé de l'avoir mis en danger, mais je pense que sans lui, jamais on ne serait arrivés jusqu'ici.

– C'est évident », renchérit Six en me souriant. Je détourne le regard pour ne pas piquer un nouveau fard.

Mon père a l'air touché. « Se mettre en danger pour protéger la Terre est visiblement une tradition, dans la famille Goode. Mais merci pour ces paroles. » Il pose la main sur mon épaule. « Je suis heureux que vous vous soyez trouvés, tous les deux. Et oublie le "monsieur" – "Malcolm" fera très bien l'affaire. »

Des sirènes résonnent non loin. On a beau se trouver dans une zone rurale de l'Arkansas, les autorités locales n'ont pas manqué de remarquer l'explosion d'un vaisseau spatial dans les parages. Ils seront bientôt là.

« On ferait mieux de filer, suggère Six. »

John hoche la tête et se met à courir en direction de la forêt. « Notre voiture est garée près de l'autoroute.

– Je vais avec Sam et Malcolm, annonce Six. Je leur indiquerai le chemin. »

Brusquement, quelque chose semble lui revenir à l'esprit. « Hé, qu'est-ce que tu as fait de la pierre de Xitharis ?

– Tu parles de ce truc que tu m'as lancé ? » demande Cinq, nerveux.

Six croise les bras et acquiesce. Je vois bien qu'elle n'est pas ravie du tour que prend cette conversation.

« Euh, ah oui. Ça. Eh bien je l'ai... comment dire, je l'ai lâché. »

Les sirènes se rapprochent.

« Il faut qu'on la retrouve », s'exclame Six, mais John secoue la tête.

« On n'a pas le temps. Après tout ce qui vient de se passer, je ne veux vraiment pas avoir en plus à m'expliquer avec la police.

– Mais... objecte Sarah, avant de se faire interrompre par Six.

– Très bien, capitule cette dernière en se dirigeant vers la voiture. De toute manière, on n'a aucune chance de la retrouver dans ce chaos. J'imagine qu'on va devoir faire sans. »

John hésite, lance un coup d'œil à Sarah, puis hausse les épaules. Avec Cinq, ils prennent la direction de l'autoroute et, tandis que les gyrophares commencent à illuminer Fouke, mon père et moi fonçons droit sur la Rambler, où Six nous attend déjà. Mon père bondit derrière le volant, et Six me touche la main. « Désolée si je t'ai, euh, gêné, en te prenant dans mes bras, devant ton père et tous les autres. J'espère que ça ne t'a pas embarrassé.

– Pas du tout, je m'empresse d'objecter, en espérant que Six comprenne que cette étreinte est ce qui m'est arrivé de mieux depuis très longtemps. C'était très chouette.

– Ne t'habitue pas trop à ces effusions », réplique-t-elle avec un regard moqueur. J'ai presque l'impression qu'elle m'allume. « Te voir débarquer comme ça, ça m'a prise au dépourvu.

– Tu veux dire qu'il faudra que je disparaisse encore, si je veux un autre câlin ?

– Exactement », acquiesce-t-elle en faisant mine de monter à l'arrière. Elle hésite une seconde, puis me reprend brusquement dans ses bras. « OK, juste un. »

Je la serre fort, tandis que mon père lance le moteur. Les diodes du tableau de bord éclairent son visage, et il a beau faire comme si de rien n'était, je sais qu'il nous regarde. Si ça ne tenait qu'à moi, je ne la lâcherais plus jamais – on resterait enlacés comme ça jusqu'à ce que les flics du coin viennent nous arrêter.

Six recule pour me regarder dans les yeux. J'essaie de rester cool et concentré, mais j'ai comme l'impression que c'est raté.

« Pour info, me glisse-t-elle, je n'ai jamais cru que tu étais Setrákus Ra. Je t'ai reconnu tout de suite.

– Merci », je réponds d'une petite voix. J'aimerais trouver mieux, lui dire par exemple combien elle m'a manqué, et que c'est fantastique de la revoir. Mais avant que j'aie pu articuler quoi que ce soit, elle s'est déjà installée dans la voiture.

« Ça craint, pour la pierre, je lui glisse. Le... comment tu l'appelles ?

– Le Xitharis, répond-elle en soupirant et en faisant voler sa chevelure par-dessus son épaule. Peu importe. Ce n'est qu'un caillou. Un caillou puissant, d'accord, mais on est déjà pas mal puissants nous-mêmes. »

Elle semble tellement sûre d'elle. J'aimerais tant être comme elle. Mais il va me falloir du temps pour m'habituer à tout ça.

CHAPITRE 15

« Ouah, Johnny, je t'envoie chercher des renforts, et tu me ramènes un vieillard, un binoclard et un petit Hobbit. Super boulot, vraiment. »

Nous avons à peine franchi le hall de son appartement de luxe ridicule que Neuf nous fait les honneurs. J'en conclus que ma première impression lors de notre brève rencontre en Virginie-Occidentale était fondée : ce type est bien un gros con.

Nous avons mis plus de temps que prévu à rentrer, et même si tout le monde a l'air contrarié par la disparition du Xitharis, ils essaient visiblement de ne pas mettre ça sur le dos de Cinq. Pour l'instant, du moins. Mais à l'évidence, ça n'a pas fait monter sa cote. Il s'est excusé à peu près cent fois de l'avoir perdu, et je vois bien que les autres commencent à s'agacer. Surtout Neuf.

« Sois sympa », l'a averti Sarah. On dirait que depuis la dernière fois, les Gardanes se sont finalement accoutumés à ses vannes pas vraiment subtiles. Et à voir John et lui se taper dans la main, il semble même que ces deux-là soient devenus amis. Cinq en revanche a l'air blessé. Je le vois à côté de moi qui rentre discrètement le ventre. « Un Hobbit, répète-t-il entre ses dents.

– C'est tiré d'un livre, je tente de lui expliquer, mais il me coupe la parole.

– J'ai saisi la référence. Et elle n'est pas très sympa.

– C'est tout Neuf, commente John. Tu finiras par l'apprécier. Ou disons que tu t'y habitueras. »

Cinq m'adresse un regard lourd de doute, et je ne peux pas m'empêcher de lui sourire. J'imagine qu'on se sent tous les deux un peu exclus, dans ce grand appartement. Pendant le trajet, Six a bien tenté de me résumer la situation, mais à Chicago m'attendaient un tas de nouvelles têtes et de nouvelles aventures, sans parler du lieu lui-même – la planque la plus surréaliste de l'Histoire. Je n'arrive toujours pas à croire que les Gardanes vivent dans un endroit pareil. C'est le genre d'appart qu'on pourrait voir sur MTV, dans un reportage du genre « Comment vivent nos amies les stars ». Le simple fait que Neuf et son Cêpane aient réussi à se dégotter un repaire pareil et à y vivre sans que les Mogadoriens les localisent force l'admiration.

John présente tout le monde à Neuf, qui interrompt ses blagues stupides le temps de saluer Cinq et mon père.

« Et tu te souviens de Sam, n'est-ce pas ? dit John pour finir.

– Évidemment », lance Neuf en s'approchant pour me serrer la main. Il a une sacrée poigne et il me domine d'une tête, si bien que je dois tendre le cou. Il baisse la voix pour que les autres ne l'entendent pas. « Sérieusement, mec, désolé de t'avoir laissé dans cette grotte. C'était un peu ma faute.

– Tout va bien », je réponds, un peu surpris par ses excuses.

Avant de la lâcher, Neuf fait pivoter ma main, découvrant les cicatrices rosâtres à mes poignets. « Alors tu y as eu droit aussi, hein ? » demande-t-il d'un air grave. À l'entendre, on dirait qu'il se rend seulement compte maintenant qu'on a quelque chose en commun. J'imagine que je viens de rejoindre la confrérie secrète des victimes de tortures mogadoriennes.

Ne sachant quoi dire, je me contente de hocher la tête.

« Tu as réussi à t'en sortir, ajoute Neuf en m'assenant une grande tape sur l'épaule. Bien joué, vieux. »

John nous montre le chemin en contournant Neuf, qui se tient pile dans le passage. Il me fait penser à ces gros chiens qui sautent systématiquement au cou de quiconque passe la porte. Il finit par s'écarter, et je remarque les trois autres Gardanes dont m'a parlé Six – Sept, Huit, et la petite Dix. Contrairement à Neuf, ils font preuve de patience et attendent à l'entrée du salon, pour nous laisser au moins le temps d'entrer.

« Si tu te demandes d'où vient cette horrible odeur, c'est le plat végétarien que Marina nous prépare pour ce soir, m'informe Neuf.

– Salut, répond gentiment Sept – Marina –, une fille aux cheveux noirs. Ce sera bon, c'est promis, ajoute-t-elle.

– Mais on s'en fiche, du dîner, ricane Neuf. Qu'est-ce que ça peut faire ? Toute l'équipe est réunie ! Certains sont un peu plus grassouillets et un peu moins finauds qu'on ne l'espérait, mais ça me va. Allons péter la gueule aux Mogs.

– Il va falloir que tu te calmes, mon pote. On a conduit pendant douze heures d'affilée, intervient Six en lui balançant un sac contre la poitrine. Tiens, rends-toi utile. »

Sarah l'imite, et lance à son tour son sac à Neuf. Et en deux secondes, il se retrouve avec tout le contenu des coffres des deux voitures dans les bras.

« Très bien, je vais ranger tout ça, réplique-t-il d'un air serviable en sortant de la pièce. Mais après, il faudra qu'on parle d'atomiser du Mog. »

Je remarque Cinq qui regarde Neuf sortir d'un air méprisant, avant de se tourner vers John.

« On ne va pas se remettre à se battre tout de suite, pas vrai ? »

John secoue la tête. « Neuf est tout excité, c'est tout. Se retrouver tous est un progrès énorme. Mais il faut qu'on réfléchisse sérieusement à la suite.

– Je vois, répond Cinq en fixant ses mains. Ça doit être parce que je n'ai jamais considéré la violence comme quelque chose d'excitant.

– On n'est pas tous comme Neuf », se justifie Marina en s'approchant à son tour. Elle nous accueille chaleureusement et va même jusqu'à prendre Cinq dans ses bras, ce qui a l'air de le surprendre – et aussi de le détendre un peu. L'attitude de Marina est bienvenue, après les manières de rustre de Neuf.

Huit se présente ensuite. Je reçois vraiment des ondes positives de la part de ce type ; il est facile à vivre, et ça change des poses de mâle dominant de Neuf. Je vois bien que lui non plus ne tient pas en place, mais il y met plus de tact.

« J'ai tellement de questions à poser. À vous poser à tous, dit Huit. Cinq, je meurs d'envie de savoir où tu te cachais, et tout ce que tu as vécu.

– Euh, d'accord, grogne l'intéressé.

– J'imagine ce que tu as dû traverser, pour arriver jusqu'ici, continue Huit en guise d'encouragement.

– John et moi, on n'a rien obtenu d'autre que des grognements, quand on l'a interrogé dans la voiture », me chuchote Sarah.

Je comprends que Cinq se sente un peu dépassé par la situation. Il rencontre pour la première fois les uniques survivants de son peuple, et il découvre du même coup qu'ils sont déjà unis depuis un moment. En un sens, c'est rassurant pour moi qu'il soit là, même si on ne se parle pas vraiment. C'est bon d'avoir quelqu'un d'aussi maladroit que moi, en termes de vie sociale.

« Tu vivais en Jamaïque, c'est ça ? demande Huit.

– Exact, répond Cinq. Pendant un petit moment, du moins. »

Huit attend visiblement que Cinq entre dans les détails. Mais il reste silencieux, et John vient à sa rescousse.

« Le voyage a été long et je pense que tout le monde est un peu fatigué. Peut-être qu'on pourra se raconter tout ça pendant le repas. »

Huit acquiesce et n'insiste pas. J'ai l'impression que John essaie de prendre Cinq dans le sens du poil, le temps qu'il s'acclimate aux autres, à son rythme. Je suis un peu surpris que Cinq ne pose pas plus de questions sur le reste du groupe, mais ça doit venir de sa propre réticence à se dévoiler. Sachant qu'il a débarqué sans Cêpane et sans coffre, il est vraisemblable que son parcours est tout aussi riant que celui des autres Gardanes.

Huit ayant interrompu son interrogatoire, la dernière Gardane peut venir se présenter. Six m'a prévenu qu'elle était plus jeune, pourtant sa petite taille m'étonne. Impossible d'imaginer cette enfant tenant tête à Setrákus Ra, et encore moins trouvant le moyen de lui faire peur – et pourtant, c'est bien ce qui s'est passé, à en croire Six. Je suis épaté.

« Je ne savais pas qu'il était censé y avoir un dixième Gardane », commente Cinq en serrant la main d'Ella.

C'est ce qui se rapproche le plus d'une question, depuis qu'il a ouvert la bouche.

« Ce n'était pas prévu. C'était une sorte d'accident. »

John lance un regard curieux à Marina. Elle hausse les sourcils en réponse et articule silencieusement les mots : *Je t'expliquerai plus tard.*

Cinq hoche la tête et dévisage Ella un moment avant de baisser les yeux au sol, cherchant ses mots. « Euh, c'est un peu ce que j'ai ressenti, me concernant. Ces histoires de numéro, d'Héritage, cette mission sur Terre. Je veux dire, comment ils ont décidé, les Anciens ? Vous pensez qu'ils ont juste tiré nos noms au sort ? »

Tout le monde reste interdit, les yeux fixés sur Cinq. Plutôt étrange, comme discours, surtout si on considère que c'est la première fois que les Gardanes survivants se retrouvent. Ce devrait être un moment de fête, mais Cinq semble décidé à casser l'ambiance.

C'est Huit qui brise enfin le silence. « Euh, ouais, c'est plutôt marrant, dit comme ça. »

Mon père se racle la gorge et prend la parole d'une voix douce. « Je peux vous assurer que c'était une décision réfléchie, et que rien n'a été laissé au hasard. » Il se tourne vers Ella et lui adresse ce regard rassurant qu'il me réservait quand je m'étais fait malmener à l'école. « Et ta fuite de Lorien est bien plus qu'un accident. C'est plutôt une bénédiction, je dirais.

– Ouais, d'accord, intervient Cinq en fixant ses pieds. J'imagine que le vieil humain est un expert de Lorien. » Il relève les yeux et se force à sourire en voyant les regards bizarres que nous lui jetons tous. « Désolé, s'empresse-t-il d'ajouter. Je réfléchissais à voix haute, voilà tout. Moi non plus, je ne sais pas de quoi je parle.

– Je ne me considère pas comme un expert, objecte mon père avec diplomatie. Je suis désolé si je t'ai heurté. Mais je crois au travail de vos Anciens. Si ce n'était pas le cas... » Il laisse sa phrase en suspens, se remémorant sans doute sa captivité, aux mains des Mogadoriens.

Cinq a l'air tout penaud. « Quatre – euh, John, je suis vraiment fatigué. Il y aurait un endroit où je pourrais m'allonger un peu ?

– Bien sûr, vieux, répond John en lui tapant dans le dos. Et si je vous montrais vos chambres à tous ? »

Autant il y a quelques minutes je compatissais avec ce que Cinq devait traverser, autant j'ai vraiment changé d'avis en l'entendant parler à mon père sur ce ton. Il y avait presque du mépris, dans sa voix, comme s'il était impensable qu'un humain détienne la moindre information valable au sujet des Gardanes.

Le groupe entier – à l'exception de Neuf – nous guide le long d'un couloir orné d'œuvres d'art qui rapporteraient sans doute une fortune, dans une vente aux enchères. Je n'arrive toujours pas à croire qu'un type comme Neuf vive ici. Il me faudrait un smoking, rien que pour fouler cette moquette. Tandis que nous progressons dans l'appartement, Six et Sarah s'éclipsent pour aller se rafraîchir après la longue route et Ella prend congé pour aller aider Neuf à ranger les affaires. John finit par s'immobiliser au milieu du couloir.

« Celle-ci est libre, indique-t-il à Cinq en ouvrant une porte. Il y a des vêtements de rechange dans les tiroirs, si tu en as besoin.

– Merci. » Cinq pénètre dans la pièce en traînant les pieds. Il semble sur le point de claquer la porte, mais se ravise en nous voyant tous, plantés dans le passage à le fixer. « Euh, on se voit au dîner, alors, marmonne-t-il avant de fermer derrière lui.

– Sympa, ce gars », commente Huit sèchement. Marina lui décoche un petit coup de coude dans les côtes et lui fait signe de se taire. Je contemple la porte close, derrière laquelle Cinq doit être en train de nous écouter. Je ressens à nouveau une petite pointe de compassion. Pas évident d'être l'intrus.

John se tourne vers mon père et moi. « Vous êtes crevés aussi ? Ou bien vous voulez faire la visite royale ?

– Nan, je réponds. Fais-nous la totale. C'est la première fois que je mets les pieds dans un endroit pareil.

– Moi aussi, ajoute mon père en souriant.

– Génial. » John est visiblement soulagé qu'on se montre plus sociables que Cinq. « Je pense que vous allez vraiment apprécier l'arrêt suivant. »

Mon père s'attarde un peu en arrière du groupe pour admirer les tableaux. Une fois que nous nous retrouvons à bonne distance de la chambre de Cinq, Huit pose la question qui nous brûle les lèvres à tous.

« Qu'est-ce qu'il a qui cloche, le nouveau ? » Il me lance un regard. « Pas toi, Sam. Tu as l'air parfaitement normal.

– Merci. »

John secoue la tête, l'air perplexe. « Franchement, je n'en sais rien. Il est un peu bizarre, pas vrai ? Pas exactement comme je m'y attendais.

– Il est sans doute nerveux, c'est tout, tempère Marina. Il va s'adapter.

– Où est son Cêpane ? je demande. Et qu'est-ce qu'il a fait, pendant toutes ces années ?

– Il est resté très renfermé, pendant le trajet en voiture, répond John. Même Sarah n'a pas pu lui arracher grand-chose, pourtant tu la connais.

– Ouais, elle a un talent hors pair pour vous amener à parler d'à peu près n'importe quoi, vous autres Lorics. »

John saisit immédiatement l'allusion et laisse échapper un ricanement. « Sarah est tellement charmante qu'elle saurait convaincre un extraterrestre en cavale de se faire prendre en photo pour l'album du lycée.

– Tellement craquante que ce même extraterrestre se retrouverait à lancer des cailloux contre sa fenêtre au milieu de la nuit, alors que le FBI a placé le bâtiment sous surveillance. »

Marina et Huit échangent un regard perplexe, tandis qu'avec John nous éclatons de rire.

« Tu as lancé des cailloux contre la fenêtre de Sarah ? demande Marina en haussant un sourcil d'un air amusé. Comme dans *Roméo et Juliette* ?

– Euh, il faut croire, d'après le FBI... Oh, regardez ça, on est arrivés », ajoute John, impatient de changer de sujet. Je hoche la tête en souriant à Marina d'un air narquois.

Au bout du couloir, John nous fait entrer dans une salle que les Gardanes semblent avoir utilisée comme base d'opérations. Il y a de gigantesques écrans au mur, dont l'un diffuse un programme de veille Internet semblable à celui de mon père. C'est là que sont stockés les coffres loric, ainsi que la tablette que nous avons retrouvée dans le laboratoire de mon père. La pièce est bondée de matériel technologique ; une partie de l'équipement est apparemment neuf et sort tout juste de sa boîte, le reste semble avoir été récupéré dans une décharge. Çà et là, des piles de gadgets et de pièces détachées atteignent le plafond. Devant ce spectacle, le visage de mon père s'illumine instantanément.

« Sacrée collection, que vous avez là, s'exclame-t-il en scrutant tout comme un gamin le matin de Noël.

– Sandor, le Cêpane de Neuf... c'était son atelier, explique John. Nous avons remis certains trucs en service, mais aucun de nous n'est vraiment une flèche, en matière de technologie. » Il se tourne vers mon père. « J'espérais que vous pourriez regarder s'il y a du matériel qui pourrait nous être utile, monsieur Goode. Euh, Malcolm. »

Mon père se frotte déjà les mains. « Avec plaisir, John. Ça fait tellement longtemps que je n'ai pas eu un endroit de ce genre à ma disposition. J'ai beaucoup à rattraper.

– Je me demandais aussi si vous voudriez bien jeter un coup d'œil à ça, ajoute John en nous guidant vers une autre salle, de l'autre côté d'une porte à double battant. Neuf l'appelle la salle de conférences. »

Nous pénétrons dans une pièce toute blanche, immense et haute sous plafond. À l'entrée nous accueille une impressionnante armoire à fusils, à côté desquels les armes que mon père s'est procurées au Texas ont l'air de jouets en plastique. Cette salle est aussi grande que le gymnase du lycée, et une fois de plus, je m'extasie devant les dimensions de cet appartement. Encastré dans le mur du fond, j'aperçois un gros appareil ressemblant à un cockpit et doté d'un tableau de commandes. La chaise disposée devant est toute ratatinée, comme si un poids énorme lui était tombé dessus.

« Incroyable, commente mon père.

– On s'en sert comme salle d'entraînement. Neuf dit que Sandor avait installé des pièges et des obstacles. » Il tape sur un panneau du mur ; je m'attends à voir quelque chose en surgir, mais rien ne se passe. « Le problème, c'est que, dans une crise de colère, Neuf a explosé les commandes. Maintenant, ça fonctionne un coup sur trois.

– Ça ne m'étonne pas. » Pas difficile d'imaginer Neuf en train de péter un câble.

« Ce truc, là, ajoute John en désignant la chaise, on l'appelle le Lectern. Si on réussissait à le refaire marcher, je pense qu'on pourrait nettement améliorer notre entraînement. »

Mon père s'est déjà agenouillé devant pour bidouiller des fils dénudés et des plaques métalliques tordues. « Très impressionnant, comme travail. »

Je jette un coup d'œil au mécanisme, mais je n'ai aucune idée de ce dont il s'agit. « Tu saurais le réparer ?

– Je peux toujours essayer, dit-il en se tournant vers John. Mon but est de me rendre aussi utile que possible.

– Moi aussi », j'ajoute en adressant un salut militaire à John. Il lâche un petit rire.

« Je sais que vous venez d'arriver. J'espère ne pas me montrer trop pressant. Franchement, c'est génial de vous avoir tous les deux ici. Et, sans vouloir faire le sentimental, je suis bien content que vous vous soyez retrouvés. »

En l'entendant parler de mon père et moi, je perçois une pointe d'envie, dans sa voix. Je me demande si lui aussi s'imagine cette même conversation à Paradise, avec mon père et Henri en train de discuter technologie comme deux gosses – si seulement les choses avaient tourné différemment.

Mon père lui serre de nouveau la main et lui tapote le bras. « Et nous sommes heureux de vous avoir trouvés, John. Je sais que c'est difficile pour vous tous, mais vous n'êtes pas seuls. Plus maintenant. »

CHAPITRE 16

Marina a vraiment fait fort, côté dîner. La table croule sous les assiettes de riz, de haricots rouges et de *tortillas* fraîches, les bols de gaspacho glacé ou d'aubergines confites, et une bonne douzaine d'autres spécialités espagnoles que je ne saurais même pas nommer. J'avais oublié combien la cuisine maison était délicieuse, et je me jette voracement sur tous les plats, sans oublier de me resservir – deux fois.

Nous sommes tous attablés sous le lustre étincelant, dans la salle à manger de Neuf, qui ressemble plutôt à une salle de banquet. John préside d'un côté et mon père de l'autre. Je suis placé entre mon père et Neuf.

« Hallucinant, marmonne ce dernier en engouffrant une tortilla. Je n'ai jamais vu autant de monde autour de cette table. »

Tout le groupe est détendu, discute et plaisante. Cinq mange comme quatre, tandis qu'Ella grignote à peine – elle semble fatiguée, mais elle sourit quand même quand quelqu'un raconte une bonne blague. Six est assise pile en face de moi. J'essaie de la jouer cool et de ne pas trop la fixer.

Une fois le repas terminé, John se lève et demande l'attention générale. Il jette un regard à Sarah, qui lui répond d'un sourire encourageant. Il se racle la gorge et je devine qu'il a beaucoup réfléchi à ce qu'il s'apprête à dire.

« C'est vraiment incroyable de voir tout le monde réuni ainsi. Nous avons tous fait tant de chemin pour arriver jusqu'ici, et traversé tant d'épreuves. Me retrouver ici – ça me donne l'espoir que nous puissions vraiment gagner cette guerre. »

Neuf laisse échapper un « yipee » haut perché qui fait rire toute la tablée, y compris John, qui perd une seconde son air grave. Cinq passe en revue tous les visages autour de lui avec un sourire serein, comme s'il commençait enfin à se sentir plus à l'aise.

« Je sais que certains d'entre nous viennent seulement de se rencontrer, poursuit John. Alors j'ai pensé qu'il pourrait être utile de faire un tour de table, et que chacun raconte son histoire.

– Quelle idée riante », commente Six à mi-voix.

John ne se laisse pas abattre. « Je sais que certaines de ces histoires – pour ne pas dire toutes, soyons honnêtes – ne sont pas vraiment joyeuses. Mais je pense qu'il serait important de nous rappeler comment nous sommes arrivés ici et ce pour quoi nous nous battons. »

Je regarde Cinq, et alors je comprends ce que John est en train de faire. Il espère qu'en poussant les Gardanes à se confier, cela encouragera notre dernière recrue à en faire autant.

« En tant que nouveau, j'aimerais vraiment entendre ce que vous avez tous vécu, acquiesce mon père.

– Ouais, renchérit Cinq, à la surprise générale. Moi aussi.

– OK, répond John. Je commence, alors. »

Il se lance dans un récit qui m'est plus que familier, qui s'ouvre sur son arrivée à Paradise, après des années sur la route. Il parle de sa rencontre avec Sarah et avec moi, et de la difficulté croissante à camoufler ses Dons.

Il conclut par la description de la bataille au lycée, l'arrivée de Six pile au bon moment, et la mort d'Henri. En réaction, nous restons silencieux un moment, ne sachant trop quoi dire.

« Oh bon sang, lâche Neuf. J'allais oublier. »

Il se penche sous sa chaise et en ressort une bouteille de champagne dans un seau à glace. Je lance un regard furtif à mon père, mais il n'a pas l'air d'humeur à jouer les adultes responsables. Pour tout dire, il tend même son verre. Neuf s'empresse de faire la tournée des convives. Même Ella a droit à une petite goutte.

« D'où tu sors ça ? demande Huit.

– De ma planque secrète. T'inquiète. » Neuf finit de servir et lève sa coupe. « À Henri. »

Tout le monde en fait autant et trinque à la santé d'Henri. Il sauve la face, mais je vois bien que John est touché par le geste ; il se tourne vers le bout de la table pour adresser un petit signe de tête à Neuf. Bon sang, même moi je me suis laissé surprendre par ce gars – entre ça et notre petit tête-à-tête à cœur ouvert devant la porte tout à l'heure, je vais peut-être devoir revoir mon jugement, et lui offrir une promotion : de « gros con », je le vois bien passer à « abruti léger ».

« Peut-être que vous devriez recruter toute la ville de Paradise pour se battre avec nous, suggère Cinq. Ça a l'air d'un vrai paradis pour extraterrestres, comme coin.

– On devrait faire faire des autocollants, je renchéris. Genre : "Avec mon club d'échecs, on a combattu des aliens au lycée de Paradise".

– Je veux bien prendre la suite », annonce Six. Elle la fait courte, en commençant par sa capture avec

Katarina, enchaînant brièvement sur sa captivité, puis sur son évasion.

« À Katarina. » Cette fois, c'est John qui porte le toast. Toute l'assemblée lève de nouveau son verre pour boire à la Cêpane disparue de Six.

« Voilà pourquoi on ne met pas de merdes sur Internet », conclut Neuf en faisant référence à l'histoire de Six, mais en dardant un regard acéré en direction de Cinq. Ce dernier lui retourne son regard sans piper mot.

« Vous étiez tous deux proches de vos Cêpanes, intervient Marina. Mon histoire à moi est un peu différente. »

Marina raconte son enfance en Espagne, négligée par sa Cêpane Adelina, n'ayant jamais eu droit à l'entraînement ou aux connaissances qui allaient de soi pour les autres Gardanes. Je suis sidéré qu'un Loric se comporte de la sorte. Il ne m'était jamais venu à l'esprit qu'ils puissent fuir leurs responsabilités. Ce pourrait être une histoire pleine d'amertume, mais c'est surtout une immense tristesse qui émane du récit de Marina. Sa voix s'anime lorsqu'elle évoque Héctor, l'humain qui a décidé de la protéger. Le plus étrange, c'est que l'histoire finit plutôt bien, quand Adelina décide enfin d'accepter sa mission, même si elle doit mourir pour elle. J'imagine que ce n'est pas le dénouement idéal, mais dans sa manière de raconter Marina lui donne une dimension héroïque.

Huit lève sa flûte. « À Héctor et Adelina. »

C'est ensuite au tour de Neuf. Si tout s'est écroulé, dans sa vie, c'est visiblement sa faute. Il a craqué pour une humaine qui travaillait en secret pour les Mogadoriens, et qui les a attirés dans un piège, son Cêpane et lui. Neuf passe sur ce qui leur est arrivé à tous les deux, après leur capture. Ayant moi-même fait l'expérience des horreurs qui se produisent en Virginie-Occidentale, je ne suis pas surpris le moins du monde par le regard sombre de Neuf, une fois son récit achevé.

« À Sandor, propose John.

– À Sandor et à son champagne, ajoute Huit, ce qui arrache un sourire à Neuf. Dis donc, tu as eu une sacrée chance, lance-t-il à John en désignant Sarah du pouce. Elle aussi aurait pu être une espionne mog.

– Hé, riposte Sarah. Pas cool.

– Ils l'ont forcée, grogne Neuf en faisant référence à la fille dont il était amoureux. Aucun humain sain d'esprit ne travaillerait de son plein gré pour ces salopards.

– Sauf que c'est ce que fait le gouvernement... » j'objecte en me remémorant les agents fédéraux qui m'ont conduit depuis la Virginie-Occidentale jusqu'à Dulce.

Neuf se tourne vers moi. « Eh bien, disons qu'aucun humain travaillant pour ces brutes albinos ne peut être sain d'esprit.

– Ou peut-être que ce n'est pas de leur plein gré, justement, suggère John. J'ai tendance à penser que la plupart des humains seraient de notre côté, s'ils connaissaient la vérité.

– Autrefois, je me méfiais des humains, intervient Huit. Reynolds, mon Cêpane, a été trahi par une femme dont il était tombé amoureux. J'ai mis un bout de temps à m'en remettre, mais maintenant je crois à la bonté intrinsèque de l'humanité. »

Huit nous raconte ensuite comment il s'est approprié ses Dons, avant d'entrer en contact avec les villageois locaux, qui le prenaient pour la réincarnation du dieu hindou Vishnu. Les Mogadoriens avaient beau savoir où il se trouvait, ils ne pouvaient l'atteindre car une armée humaine le protégeait.

Cinq dévisage Huit en hochant la tête, comme s'il venait de vivre une expérience inédite et extraordinaire. « Génial. Tu les as roulés en leur faisant croire que tu étais un de leurs dieux.

– Mon but n'était pas de les *rouler*, se défend Huit. Je regrette de ne pas avoir été plus franc.

– Il ne faut pas, poursuit Cinq. Je veux dire, c'est bien de pouvoir faire ami-ami avec les humains, quand on peut, comme John ou Marina l'ont fait. Mais sinon, il vaut mieux faire en sorte qu'ils se battent pour nous plutôt qu'ils complotent contre nous, pas vrai ? » Il jette un coup d'œil à Neuf. « Il vaut mieux maîtriser la situation, plutôt que d'aller draguer les jolies petites humaines. »

Neuf se penche en avant, comme s'il s'apprêtait à se lever de sa chaise. « Qu'est-ce que tu sous-entends ?

– Des erreurs ont été commises, intervient John d'un air prudent, mais il ne faut pas oublier que les humains combattent le même ennemi que nous, même s'ils ne s'en rendent pas encore tous compte. Nous ne pouvons mener cette bataille seuls.

– À l'humanité », je lance pour plaisanter, en brandissant mon verre. Tout le monde me regarde et je baisse le bras. La tête me tourne un peu.

Pendant un moment, la tension est palpable dans l'air. Neuf fusille Cinq du regard. Ella lève la main. « J'aimerais parler. »

Son histoire ne ressemble à aucune des autres. Ella n'a pas été envoyée sur Terre avec les Gardanes. Son père, un riche barjo, l'a fourrée dans un vaisseau avec son majordome et une poignée de Chimæra. À voir le visage des autres, j'ai le sentiment que même certains des Gardanes ne connaissent pas tous les détails. John a l'air particulièrement perplexe et Six écoute très attentivement.

« Ouah, Ella, intervient John. Quand as-tu appris tout ça ?

– Hier, répond-elle d'une voix neutre. C'était dans la lettre de Crayton. »

Marina lève sa coupe. « À Crayton. Un grand Cêpane. »

Tout le monde l'imite. Ella ne dit plus un mot. Il est évident que ce Crayton représentait beaucoup, pour elle.

« Réfléchis un peu, dit Cinq d'un ton songeur. Si notre vaisseau n'était pas arrivé jusqu'ici, tu serais obligée de sauver cette planète à toi toute seule. »

Ella écarquille les yeux. « Je n'avais pas pensé à ça.

– Tu t'en tirerais très bien, la rassure Neuf avec un grand sourire.

– Bon..., enchaîne John en se tournant vers Cinq. Nous avons tous raconté comment nous sommes arrivés ici. À toi. Comment as-tu réussi à rester caché si longtemps ?

– Ouais, mon pote, renchérit Huit. Lâche le morceau. »

Cinq s'affaisse sur sa chaise. L'espace d'une seconde, je me dis qu'il va rester silencieux dans l'espoir qu'on oublie sa présence, comme un gosse planqué au dernier rang. Il est très fort pour lancer de petits commentaires désobligeants quand ce sont les autres qui parlent, mais quand vient son tour de se livrer, il est beaucoup moins bavard.

« C'est... euh... c'est beaucoup moins excitant que tout ça, finit-il par dire. On n'a rien fait de spécial pour rester cachés. On a eu de la chance, c'est tout. On a trouvé des coins où les Mogadoriens ne venaient pas nous chercher.

– Et où ça, plus précisément ? demande John.

– Dans des îles. Des îles minuscules où personne ne penserait à aller vérifier. Certaines n'étaient même sur aucune carte. On sautait d'île en île, un peu comme vous autres quand vous passiez d'une ville à une autre. Au bout de quelques mois, on retournait dans un endroit plus peuplé – parfois en Jamaïque, ou à Porto Rico – pour vendre des pierres précieuses et se ravitailler. Sinon, on restait tous les deux.

– Qu'est-il arrivé à ton Cêpane ? demande Marina d'une voix douce.

– Euh, j'imagine que c'est mon point commun avec vous. Il est mort. Il s'appelait Albert.

– Les Mogadoriens l'ont eu ? demande Neuf d'une voix dure.

– Non, non, rien de tout ça, répond Cinq d'un ton hésitant. Pas de grande bataille ou de courageux sacrifice. Il est juste tombé malade, et au bout d'un moment il est mort. Je pense qu'il était plus vieux que vos Cêpanes à vous, d'après vos descriptions. On aurait pu le prendre pour mon grand-père. Je crois que le voyage jusqu'à la Terre ne lui a pas fait de bien. Il était tout le temps malade. Sans doute aussi à cause du climat chaud. On était sur cette petite île au sud des Caraïbes, quand ça a vraiment empiré. Je ne savais pas comment l'aider... »

Il s'interrompt. Aucun de nous ne dit mot et nous le laissons se ressaisir.

« Il... il refusait que je lui trouve un médecin. Il craignait qu'en l'examinant on ne découvre qu'il n'était pas humain et que ça alerte les Mogadoriens. Je n'en avais jamais vu de ma vie. Pour moi, c'étaient des histoires. » Il lâche un rire amer, comme s'il s'en voulait. « Pendant un temps, j'ai même cru qu'Albert était un vieux fou qui m'avait enlevé. Et que c'était lui qui m'avait fait ces cicatrices à la cheville, pendant mon sommeil. »

J'essaie de me figurer ce qu'a dû être sa vie, sans aucun échange avec qui que ce soit, hormis un vieil homme malade. Ça explique un peu pourquoi il est tellement maladroit quand il y a du monde.

« Ce n'est que quand ma télékinésie est apparue que je me suis mis à croire Albert. Et c'est au même moment que sa santé s'est dégradée. Sur son lit de mort, il m'a fait promettre qu'une fois que tous mes Dons se seraient développés, j'essaierais de vous retrouver. Il m'a fait jurer qu'en attendant ce jour, je resterais caché.

– Et tu t'en es bien sorti, fait remarquer Six.

– Désolée, pour Albert, souffle Ella.

– Merci. C'était un homme bien et je regrette de ne pas l'avoir plus écouté. Après sa disparition, ça n'a pas été difficile de rester discret. J'ai continué à sauter d'île en île, en faisant attention de ne croiser personne. C'était un peu… solitaire, comme vie. Les jours défilaient et se ressemblaient tous. Mes autres Dons ont fini par se manifester et je suis venu en Amérique, dans l'espoir de vous retrouver.

– Qu'est devenu ton coffre ? demande John.

– Oh, ouais, le coffre. » Cinq se gratte nerveusement la tempe. « J'ai surtout voyagé par bateau. Albert m'avait appris à reconnaître ceux à bord desquels on ne me poserait pas trop de questions, vous voyez. Quand je suis arrivé en Floride, il y avait beaucoup plus de monde que tout ce que j'avais vu jusque-là. Un gamin tout seul, trimballant ce gros coffre... j'avais l'impression que tout le monde me dévisageait. Comme si je venais de trouver un trésor enfoui, sur l'une de ces îles. C'était peut-être de la paranoïa, mais je pensais que la moindre personne que je croisais n'avait qu'une idée en tête, c'était de me le voler.

– Alors, qu'est-ce que tu en as fait ? insiste John.

– Je me suis dit que ce n'était pas malin de me balader avec. J'ai dégotté un coin retiré dans les Everglades, et je l'ai enterré là-bas. » Cinq passe en revue les visages autour de lui. « C'était une mauvaise idée ?

– J'ai enterré le mien quasiment pour la même raison, explique Six. Quand je suis revenue le chercher, quelqu'un l'avait déjà pris.

– Oh, bredouille Cinq. Merde.

– Si tu es aussi bon pour cacher un coffre que pour te cacher toi-même, je suis sûr qu'il y est toujours, commente Huit avec optimisme.

– Il faudra aller le récupérer dès que possible », conclut John.

Cinq hoche la tête avec enthousiasme. « Ouais, bien sûr. Je me souviens exactement de l'endroit où je l'ai laissé.

– Les coffres sont absolument nécessaires », lâche mon père. Il se pince la base du nez, comme j'ai remarqué qu'il le faisait chaque fois qu'il se creusait la tête pour réactiver sa mémoire. « Chacun des coffres contient quelque chose – je ne sais pas bien quoi, ni comment ça fonctionne –, mais il y a dans ces coffres des objets qui vous aideront à renouer avec Lorien, l'heure venue. »

À présent, tous le dévisagent d'un air fasciné.

« Comment le savez-vous ? demande John.

– Je... Je viens de m'en souvenir. »

Neuf me jette un regard furtif, puis se concentre de nouveau sur mon père. « Euh... quoi ?

– J'imagine que c'est à moi de parler, dit mon père en fixant tour à tour tous ces visages impatients. Je dois d'abord vous prévenir qu'il y aura des trous, dans mon histoire. C'est la faute des Mogadoriens. Ils ont essayé de m'arracher du cerveau tout ce que je savais. Maintenant les choses me reviennent, par bribes. Je vous dirai tout ce que je peux.

– Mais comment avez-vous découvert ça ? demande Huit. Parce qu'en ce qui nous concerne, on ne comprend pas vraiment le contenu de nos coffres. »

Mon père marque une pause et considère le groupe. « Je le sais parce que Pittacus Lore me l'a dit. »

CHAPITRE 17

On aurait entendu une mouche voler.

C'est John qui prend la parole en premier. « Comment ça ? Qu'est-ce que ça signifie ?

– Il me l'a dit en personne, confirme mon père.

– Donc vous avez rencontré Pittacus Lore ? s'exclame Neuf, sceptique.

– Comment c'est possible ? s'interroge Marina.

– Nous avons trouvé un squelette, dans votre atelier. Il portait un pendentif loric... » John s'interrompt pour déglutir avec difficulté. « C'était lui ? »

Mon père baisse les yeux. « J'en ai peur. Lorsqu'il est arrivé, il était si grièvement blessé que je n'ai rien pu faire pour lui. »

Les questions se mettent à déferler.

« Que vous a-t-il dit ?

– Comment est-il arrivé sur Terre ?

– Pourquoi vous avoir choisi, vous ?

– Vous savez que Johnny croit être la réincarnation de Pittacus ? »

Mon père fait un geste d'apaisement de la main, comme un chef d'orchestre tentant de discipliner une formation trop bruyante. Il a l'air ravi de toutes ces interrogations, et en même temps, il lutte visiblement pour se rappeler les réponses.

« Je ne sais pas pourquoi j'ai été choisi parmi toute la population de la Terre, explique-t-il. J'étais astronome.

Mon centre d'intérêt particulier était l'espace intersidéral, et plus spécifiquement les tentatives de contact avec les formes de vie extraterrestre. J'étais convaincu qu'il existait ici sur Terre des signes de passage d'extraterrestres, ce qui ne me rendait pas franchement populaire au sein de mes collègues moins imaginatifs.

– Et pourtant, vous aviez raison, intervient Huit. La Loralite est bien ici. Et puis, il y a ces fresques qu'on a découvertes en Inde.

– Exactement, renchérit mon père. La plupart de mes pairs dans la communauté scientifique m'ont traité de fou et rejeté. Je suppose que je devais avoir l'air dérangé, avec mon obsession des visiteurs d'un autre monde. » Il balaie le groupe du regard. « Et pourtant, vous voilà.

– Merci pour le CV, le coupe Neuf. Mais on peut en venir à la partie sur Pittacus ? »

Mon père sourit. « J'avais commencé à envoyer des messages depuis mon laboratoire, grâce aux ondes radio. Je croyais toucher au but. Je faisais ça sur mon temps de loisir. J'avais été, euh... remercié par l'université, dirons-nous.

– Je m'en souviens, je glisse. Ma mère était furax.

– Je ne sais pas ce que j'attendais de ces expériences. Une réponse, sans doute. Peut-être de la musique extraterrestre, ou bien des images venues d'une galaxie inconnue. » Il lâche un petit ricanement et secoue la tête, se moquant de sa propre naïveté. « Et j'ai reçu bien plus que ça. Une nuit, un homme est apparu à ma porte. Il était blessé et il divaguait – je l'ai d'abord pris pour un cinglé ou un sans-abri. Et alors, sous mes yeux, il s'est mis à pousser.

– À grandir ? demande Six en haussant un sourcil.

– On peut dire ça, oui, glousse mon père. Ça n'a l'air de rien, aujourd'hui, après tout ce que j'ai vu, mais c'était la première fois que je voyais un Don en action. J'aimerais pouvoir dire que j'ai réagi avec un sang-froid et une curiosité parfaitement scientifiques, mais il me semble me rappeler que je me suis juste mis à hurler. »

Je hoche la tête. Un bon braillement. La méthode Goode.

« Un Gardane. Sur Terre, souffle Marina. Qui était-il ?

– Il s'est présenté comme Pittacus Lore. »

Neuf décoche un regard noir à John. « Tout le monde se prend pour Pittacus ! raille-t-il.

– Vous voulez dire que vous avez rencontré un Ancien ? insiste John sans se soucier de Neuf. Ou quelqu'un qui prétendait l'être ?

– À quoi il ressemblait ? Qu'est-ce qu'il a dit ? lance Ella.

– Tout d'abord, il m'a expliqué que ses blessures lui avaient été infligées par une race alien hostile qui débarquerait bientôt sur Terre. Il a ajouté qu'il ne passerait pas la nuit et... il avait raison. » Mon père ferme les paupières, exhortant son cerveau à chercher plus profond. « Pittacus m'a beaucoup parlé, dans le peu de temps qu'il lui restait, mais je crains que les détails ne soient un peu flous. Il m'a demandé de préparer un groupe d'humains à vous accueillir, afin d'aider vos Cêpanes à prendre la fuite. De vous assister. J'ai été le premier des Guides.

– Que vous a-t-il appris d'autre ? » John s'avance sur sa chaise, ne tenant plus en place.

« Il y a une chose que je me rappelle, et elle concerne vos coffres. Vos héritages. Il m'a affirmé qu'ils contiendraient tous quelque chose – qu'il nommait les Pierres

Phoenix, je crois – en provenance du cœur de Lorien. Il les appelait des pierres, mais je ne crois pas qu'il faille le prendre au sens littéral. Les Pierres Phoenix pourraient avoir n'importe quelle forme. Une fois rendues à votre planète, elles seraient capables de relancer l'écosystème. Ma conviction, c'est que vous détenez aujourd'hui les clefs pour ramener votre planète à la vie. »

Huit et Marina échangent un regard fébrile, songeant sans doute à la Lorien luxuriante dont John parle sans cesse.

« Mais... Et les coffres qu'on a déjà perdus ? s'inquiète Six. Je croyais que leur contenu était détruit, à la mort de leurs Gardanes. »

Mon père secoue la tête. « Désolé, je n'ai pas de réponse. Tout ce que j'espère, c'est que ce qu'il reste de vos Héritages suffira.

– Écoutez, ramener Lorien à la vie, ce serait cool, je ne dis pas, objecte Neuf. Mais je n'entends rien ici qui puisse nous aider à tuer les Mogadoriens ou à protéger la Terre.

– Mon Cêpane m'a dit que chacun de nous hériterait des Dons d'un Ancien, dit Huit. J'ai toujours pensé que j'étais Pittacus, mais... » Il jette un œil en direction de John et hausse les épaules. « Est-ce qu'il vous a dit quoi que ce soit, à ce sujet ?

– Non, répond mon père. Du moins, rien dont je me souvienne en cet instant. Ton Cêpane ne voulait peut-être pas dire que vous recevriez les mêmes Dons qu'un Ancien. Il s'agissait peut-être d'une métaphore, pour désigner les rôles que vous devrez endosser, en grandissant, pour rebâtir la société de Lorien. L'explication ne peut pas être aussi simple : si vous étiez tous appelés à remplacer les Anciens, qu'adviendrait-il des trois Gardanes déjà perdus ? Et la présence d'Ella parmi nous semble indiquer que les choses ne sont pas si figées.

– Donc on n'y voit pas plus clair qu'avant, l'interrompt Six d'un ton abrupt, avant de me jeter un regard. Même si c'est intéressant, comme histoire.

– Attends un peu, intervient John en ressassant les paroles de mon père. Il y a là des informations qui peuvent se révéler utiles. Sur les coffres, par exemple. Il faut qu'on fasse un inventaire, histoire de voir si on peut découvrir quels objets sont susceptibles d'être les trucs Phoenix.

– Sans doute le premier machin avec lequel on ne puisse ni poignarder, ni tirer, ni faire tout péter, suggère Neuf.

– J'essaierai de vous aider, si je le peux, propose mon père. Voir le contenu de vos coffres me rafraîchira peut-être la mémoire.

– Qu'est-il arrivé aux autres Guides ? demande Cinq. Est-ce qu'ils sont toujours en vie ? »

Mon père se rembrunit. On arrive à la partie de l'histoire que je connais. On ne va pas tarder à avoir droit au topo sur le jeune-Mogadorien-qui-nous-a-sauvés-d'une-mort-certaine. Mon père n'a pas encore abandonné l'espoir de retrouver Adam ; hier soir encore, il a vérifié son téléphone portable, juste avant le dîner. Personnellement, vu qu'il n'est toujours pas entré en contact, j'ai tendance à penser qu'il ne s'en est pas sorti. Mais qu'il s'en soit tiré ou pas, je ne sais pas bien comment les Gardanes vont prendre l'existence d'Adam, et notre relation avec lui.

« C'est moi qui ai recruté les Guides. Tous des personnes de confiance – des scientifiques dans le même état d'esprit que moi – qui travaillaient hors des sentiers battus. Mais je ne me rappelle ni leurs noms, ni même leurs visages. Les Mogadoriens s'en sont assurés. »

Mon père saisit sa coupe de champagne d'une main tremblante et avale une brève gorgée. Puis il grimace, comme si l'alcool ne l'aidait pas à retrouver la mémoire.

« Nous mesurions tous les risques, poursuit-il. Nous les acceptions volontiers. C'était l'occasion de participer à une aventure extraordinaire. Je le crois toujours, ajoute-t-il avec une pointe de fierté en se tournant vers les Gardanes. En même temps qu'ils vous cherchaient, les Mogadoriens étaient aussi après nous. À l'évidence, nous avons été plus faciles à débusquer – nous avions vécu toute notre vie sur Terre, il faut dire. Nous avions des familles. Ils nous ont traqués, un par un. Ils nous ont enchaînés à des machines et ils nous ont arraché nos souvenirs, en quête de tout ce qui pourrait les aider dans leur chasse. C'est pour cette raison que tout reste aussi confus, pour moi. Je ne sais pas si ce qu'ils m'ont fait pourra jamais être réparé. »

Ella se tourne vers Marina, puis vers John. « Les gars, vous pensez pouvoir le soigner ?

– En tout cas, on peut essayer, acquiesce Marina en fixant mon père. Mais je n'ai jamais tenté de guérir un esprit, jusqu'ici. »

Mon père se caresse la barbe en fronçant les sourcils. « Je suis le seul à avoir survécu. Ces salopards m'ont volé des années de ma vie, ajoute-t-il en me regardant. J'ai bien l'intention de le leur faire payer.

– Comment leur avez-vous échappé ? demande John.

– J'ai eu de l'aide. Les Mogadoriens m'ont maintenu sous calmants pendant des années, dans un état de catatonie. Ils ne me réveillaient que pour tenter une nouvelle expérience sur mon cerveau. Mais un garçon a fini par me libérer.

– Un garçon ? répète Marina, l'air perplexe.

– Je ne comprends pas, renchérit Huit. Comment a-t-il réussi à pénétrer dans la base mog ? C'était un des agents du gouvernement ? Et pourquoi vous a-t-il aidé ? »

Avant que mon père puisse répondre, Cinq prend la parole. À sa manière de dévisager mon père, il semblerait qu'il ait assemblé toutes les pièces du puzzle de lui-même. « Il n'était pas humain, n'est-ce pas ? »

Mon père soutient son regard, puis se tourne vers John, et enfin vers moi. « Il se faisait appeler Adam, mais son véritable nom était Adamus. C'était un Mogadorien.

– Un Mogadorien vous a aidé ? » s'étonne Marina à voix basse, tandis que tous fixent mon père, hébétés.

Brusquement, Neuf se lève. « Mec, ça pue le piège à plein nez, lance-t-il à John. Il faut qu'on boucle les lieux. »

John lève la main pour l'apaiser. À mon grand soulagement, tout le monde reste assis. Mais les Gardanes échangent des regards tendus, et j'ai beau leur faire confiance, je redoute soudain qu'ils ne se méfient de mon père.

« Du calme, ordonne John à Neuf. On a besoin de tous les éléments. Malcolm, ce que vous nous dites là est carrément dingue.

– Je le sais, tu peux me croire. J'ai appris qu'il existait deux genres de Mogadoriens. Certains ont été conçus par manipulation génétique – ils les appellent les « Incubés ». Je pense qu'ils constituent l'essentiel des soldats jetables que vous avez souvent croisés. Ceux-là n'ont rien d'humain. Ils ont été programmés pour tuer. Et puis, il y a les autres, qui se désignent comme "Originels". La classe dirigeante. Adam en faisait partie. Il était le fils d'un général mogadorien.

– Intéressant, commente Huit. Je n'avais jamais réfléchi au fonctionnement de leur société.

– Qu'est-ce qu'on en a à faire ? s'indigne Neuf, debout les deux mains sur le dossier de sa chaise, comme s'il s'apprêtait à la balancer. Prouvez-nous plutôt que ce n'est pas un piège des Mogs.

– Ils ont testé sur Adam les mêmes machines que sur moi, explique mon père sans se laisser impressionner par la tension palpable. Ils détenaient le cadavre de l'une des Gardanes – Numéro Un, je crois – et ils ont essayé de télécharger sa mémoire dans le cerveau d'Adam. Ils espéraient que ça les aiderait à vous retrouver.

– Son cadavre, murmure Marina. Quelle horreur. »

Mon père hoche la tête. « Mais les choses ne se sont pas passées comme ils l'espéraient. Au contact des souvenirs de Numéro Un, je crois qu'Adam s'est mis à avoir des doutes, au sujet de son propre peuple. Il s'est révolté. Et ce faisant, il m'a aidé à m'évader et à trouver Sam. »

Neuf secoue la tête. « C'est exactement le genre de salades d'agent double qu'ils adorent concocter, insiste-t-il.

– Tu l'as rencontré, ce gosse mog ? » me demande Six.

À présent tous les regards suspicieux se tournent vers moi. Gêné, je me racle la gorge. « Ouais. Il se trouvait à la Base de Dulce. Il a ralenti un escadron de Mogs pour que mon père et moi on puisse filer. »

Mon père baisse les yeux vers la table, sourcils froncés. « J'ai peur qu'il n'ait pas survécu à l'affrontement.

– Eh bien, voilà qui est rassurant, grogne Neuf en se rasseyant enfin.

– Ce n'est pas tout... » Je jette un regard hésitant à mon père en me demandant comment formuler la révélation que je m'apprête à faire.

« Qu'est-ce qu'il y a, Sam ? me presse John.

– Pendant le combat, il... il a fait trembler le sol. Comme s'il avait un Don.

– Quel ramassis de conneries, ricane Neuf.

– C'est la vérité, riposte mon père. J'avais oublié. Il lui est arrivé quelque chose, pendant l'expérience.

– C'est vrai ? » La peur perce dans la voix d'Ella. « Ils savent voler nos pouvoirs ?

– Je ne crois pas qu'il ait volé un Don, rectifie mon père. Il m'a dit que c'était un cadeau des Lorics. »

Huit nous passe tous en revue. « Vous avez le souvenir d'avoir fait des cadeaux aux Mogadoriens ? »

John croise les bras en travers de sa poitrine. « Il me semble que ça n'est même pas physiquement possible.

– Je suis navré que cette nouvelle vous contrarie, s'excuse mon père. Je tenais à tout vous révéler. Même les détails désagréables.

– Est-ce que c'est vraiment si terrible ? fait remarquer Marina. Je veux dire, si un Mogadorien est capable de comprendre que ce qu'ils font est mal, pourquoi n'y en aurait-il pas d'au...

– Tu espères pouvoir compter sur leur compassion, maintenant ? » rétorque Neuf entre ses dents, la faisant taire.

C'est alors que me vient une idée – peut-être à force de parler des Dons des Gardanes et d'écouter les informations apportées par mon père sur leur planète. « Vos Dons, ils viennent de Lorien, pas vrai ?

– C'est ce que m'a dit Henri, confirme John.

– Katarina aussi, renchérit Six.

– Donc si c'est bien le cas, il est peu probable qu'il suffise d'un peu de technologie mog pour en venir à bout. Parce que, s'ils savaient faire ça, depuis le temps ils auraient dérobé tous les pouvoirs de Lorien, non ?

– Où veux-tu en venir ? demande John en haussant les sourcils.

– Eh bien… Et si Adam avait hérité de ce Don parce que c'était la volonté de Numéro Un ? »

À côté de moi, Neuf lâche un grognement sarcastique. De l'autre côté, mon père se caresse le menton d'un air pensif. « Intéressant, comme théorie, commente-t-il.

– Ouais, bref, intervient Neuf en se penchant pour voir mon père. Vous êtes sûr que ce n'était pas un piège mog particulièrement tordu ? Vous êtes certain qu'ils ne vous ont pas suivis ?

– Je suis catégorique », répond mon père d'un ton autoritaire.

Autour de la table, j'entends Cinq glousser. Il n'a pratiquement rien dit depuis le début de cette conversation, et dévisage tout le monde d'un air incrédule. « Excusez-moi mais, dans la moitié des histoires que vous venez de raconter, il y a des humains qui vous trahissent auprès des Mogadoriens. » Il agite la main dans notre direction. « Ces deux-là étaient au contact des Mogs il y a encore quelques semaines. Vingt-quatre heures sur vingt-quatre. Et vous allez leur faire confiance ? »

John n'hésite pas une seconde. « Oui, confirme-t-il en fixant Cinq droit dans les yeux. Je réponds totalement d'eux. Et si ce transfuge mogadorien est toujours en vie, nous allons le trouver. »

CHAPITRE 18

Cette nuit-là, je ne ferme pas l'œil. Allongé sur le canapé de luxe du salon de magazine de Neuf, je devrais pouvoir dormir comme un bébé. Il y a un sacré mieux, après les matelas de motels durs et infestés de puces que nous avons dû subir mon père et moi, sans parler de l'hospitalité merveilleuse de Setrákus Ra.

Mais trop de pensées me tournent dans la tête. J'ai enfin retrouvé mon père et les Gardanes, je suis prêt pour l'ultime combat contre les Mogadoriens, et pourtant je ne suis pas à l'aise. À cause de l'avenir. De mon intégration au sein des Lorics.

Je me demande comment mon père dort. Il avait l'air épuisé, après le dîner ; je sais que répondre aux questions des Gardanes avec sa mémoire mutilée l'a beaucoup éprouvé.

Peut-être que mon malaise vient simplement du fait d'avoir rencontré tant de nouveaux Gardanes en une fois. Avec John et Six, j'avais eu le temps de bâtir une amitié, de m'habituer à toute cette histoire extraterrestre. Me retrouver au milieu d'eux tous m'a déstabilisé. Je pourrais m'accoutumer aux fanfaronnades de Neuf. Marina et Ella paraissent plutôt normales. Mais il y a Huit, avec son histoire d'humains qu'il a leurrés pour qu'ils se battent dans son camp. Quant à Cinq – eh bien, il me semble que personne n'a encore compris ce qu'il fait là. Parfois il passe pour totalement handicapé socialement, d'autres fois on dirait qu'il se moque de tout le monde, derrière son petit air timide.

Quel rôle vais-je jouer, au milieu de tout ça ? Celui du pote de lycée de John, l'acolyte courageux ? Je veux être plus que ça, faire plus que ça. Mais je ne sais pas très bien comment.

J'ai dû tout de même dormir un peu, à force de me retourner sur mon canapé. Les aiguilles ornées de la grosse horloge visiblement ruineuse m'annoncent qu'il est tôt. Je ferais mieux de me lever et de faire quelque chose d'utile. J'ai les mains qui ne tiennent pas en place. Je pourrais peut-être me rendre dans la salle de conférences, histoire de prendre de l'avance sur les travaux que mon père comptait entreprendre. Je ne vais pas reconstruire une unité centrale, mais je peux au moins reconnecter quelques fils abîmés.

Je traverse précautionneusement l'appartement plongé dans un silence presque surnaturel. Dans le couloir, le parquet craque, et presque aussitôt la porte de Cinq s'ouvre à la volée et je sursaute. Il est toujours habillé, ce qui est étrange, comme s'il était resté accroupi près de sa porte, à attendre de bondir au premier signe suspect. D'une main nerveuse, il fait rouler dans sa paume des boules de la taille de billes.

« Hé, je murmure. Ce n'est que moi. Désolé de t'avoir réveillé.

– Qu'est-ce que tu fais debout ? chuchote-t-il à son tour d'un air suspicieux.

– Je pourrais te poser la même question. »

Il soupire et semble se détendre un peu, comme s'il n'avait pas envie d'entrer en conflit. « Ouais, désolé. Je n'arrive pas à dormir. Cet endroit me fiche les jetons. C'est trop grand. » Il marque un temps d'arrêt et se renfrogne, l'air gêné. « Depuis l'Arkansas, je n'arrête pas de penser qu'un de ces monstres va surgir de n'importe où pour me prendre.

– Ouais, je sais ce que ça fait. Ne t'inquiète pas. Je crois qu'on est en sécurité, ici. » Je désigne le bout du couloir. « Je vais bosser dans la salle de conférences. Tu veux m'accompagner ? »

Cinq secoue la tête. « Non, merci. » Il s'apprête à refermer sa porte, puis se ravise. « Tu sais, je ne pense pas vraiment que ton père et toi soyez des espions mogadoriens. À table je me faisais juste, euh, l'avocat du diable, tu vois ?

– Ouais. Merci.

– Parce que, si j'étais un Mogadorien recrutant des espions, je choisirais des humains qui aient l'air un peu plus costauds, tu vois ?

– Hein-hein. » Je croise les bras. « Tu ne sais vraiment pas quand te taire, quand tu présentes des excuses, pas vrai ?

– Euh, désolé. Ce n'est pas ce que je voulais dire. » Il se gratte le front. « Je suis vraiment nul, dans les relations sociales. Tu crois que quelqu'un d'autre a remarqué ?

– Euh, comment dire... »

Cinq sourit. « Je plaisante, Sam. Bien sûr, qu'ils ont remarqué. Je sais que je suis un sacré con. Tu l'as dit, il y a des moments où je ne sais pas la fermer.

– Ils ont bien réussi à s'habituer à Neuf, alors ils devraient y arriver avec toi aussi, je suggère.

– Ouais. C'est, euh, encourageant, j'imagine. » Il pousse un soupir. « Bonne nuit, Sam. Ne trame pas des trucs horribles, dans la salle de conférences. »

Et il claque sa porte. Je reste planté dans le couloir à l'écouter bouger dans sa chambre. Il est un peu rebutant, comme type, mais je suis bien placé pour comprendre sa nervosité, au contact des autres Gardanes. Je la ressens moi aussi.

Je suis surpris de trouver la lumière allumée, dans la salle de conférences. Sarah s'y trouve déjà, du côté du stand de tir. Elle est vêtue d'un bas de survêtement et d'un débardeur. Elle porte également une arbalète, et c'est l'un des engins les plus bizarres que j'aie vus de ma vie. Je la regarde mettre une flèche en place.

« Je peux prendre ta photo, pour l'album du lycée ? » Ma voix résonne dans la vaste pièce.

Sarah sursaute. La flèche qu'elle s'apprêtait à tirer fend l'air en sifflant et rate de très loin la cible mog en papier à l'autre bout de la pièce. Sarah se retourne en brandissant son arme, babines retroussées. Je prends la photo avec un appareil imaginaire.

« Tes anciens potes de Paradise ne voudront jamais y croire, mais je t'annonce que tu es en finale pour le prix de la plus belle mutilation involontaire de l'année. »

Sarah éclate de rire. « On est loin des réunions d'anciens du lycée, pas vrai ?

– Ouais, sans blague. »

Elle repose l'arbalète et me prend dans ses bras par surprise.

« En quel honneur ?

– Tu avais l'air d'en avoir besoin, explique-t-elle en haussant les épaules. Et ne le répète pas aux autres, mais c'est agréable d'avoir un autre humain dans les parages. »

Je me fais la réflexion que Sarah est la seule autre ado sur Terre à être amie avec une bande d'extraterrestres lancés dans une guerre intergalactique. On n'en a jamais vraiment parlé, mais on a partagé un paquet d'expériences totalement barjo.

« On devrait monter un groupe de soutien à deux membres, je propose.

– Tu sais, si tu m'avais posé la question l'année dernière, j'aurais dit que la chose la plus effrayante que j'avais vécue était un examen de fin d'année en chimie, se rappelle-t-elle en riant. Et maintenant... rien qu'hier, j'ai vu mon petit copain combattre un ver géant. »

Je ris à mon tour. « Tout ça est devenu un peu dingue, c'est vrai.

– Pas étonnant qu'on vire insomniaques. »

Je vais traîner autour du Lectern pour inspecter les fils sur lesquels mon père s'est penché. Sarah s'assied en tailleur près de moi pour regarder.

« Alors c'est ce que tu fais, quand tu n'arrives pas à dormir ? Tu viens ici tirer à l'arbalète ?

– Ça fait autant de bien qu'un verre de lait chaud. En fait, j'apprends aussi à manier les armes à feu, mais je ne voulais pas réveiller les autres.

– Ouais, ce n'est peut-être pas la meilleure idée. Tout le monde est un peu à cran, pas vrai ?

– C'est peu de le dire. »

Je dévisage discrètement Sarah. Difficile de croire qu'il s'agisse de la même fille avec laquelle j'étais au lycée. Ce qui me souffle carrément, c'est qu'on soit en train de discuter artillerie.

« En fait, je viens souvent, ici, poursuit-elle. John ne dort pas beaucoup. Et quand il y arrive, il passe son temps à se tourner et à se retourner. Et ensuite il se glisse hors du lit à l'aube pour aller broyer du noir sur le toit. Il croit que je n'ai rien remarqué, mais il se trompe. »

Je lui adresse un sourire narquois et hausse les sourcils. « Vous partagez le même lit, j'en déduis ? »

Elle me donne un petit coup de pied joueur. « Eh oui, mon pauvre Sam. On manque de chambres. Mais ce n'est pas ce que tu crois. Devoir se cacher de féroces envahisseurs aliens, ce n'est pas le summum du romantisme. Sans parler du fait que je me demande toujours si Huit ne va pas se téléporter dans la chambre d'une seconde à l'autre. » Elle m'adresse un clin d'œil. « Mais n'en parle pas à mes parents.

– Je sais garder un secret. Il faut qu'on se serre les coudes, entre humains. »

Je finis de reconnecter les fils et un bourdonnement s'élève brusquement du Lectern. L'un des panneaux le long du mur surgit soudain comme un piston, avant de se rétracter.

« À quoi ça sert ? demande Sarah.

– Ça doit être pour la simulation de combat. D'après Neuf, son Cêpane avait installé un tas de pièges et d'obstacles, dans cette pièce. »

Sarah tape le sol devant elle. Sous sa main résonne un bruit métallique et elle recule vivement. « Peut-être que je ferais mieux de regarder où je m'assieds. »

J'arrête de bidouiller les fils, préférant attendre le retour de mon père, histoire de ne pas activer par mégarde une trappe sous les pieds de Sarah.

Elle me touche gentiment le bras. « Et toi, pourquoi tu ne dors pas, Sam ? »

Je me rends compte que je frotte machinalement les cicatrices à mes poignets. « J'ai eu tout le loisir de réfléchir, quand j'étais prisonnier.

– Je connais ça. »

Eh bien, voici un point commun de plus.

« J'ai passé beaucoup de temps à penser à John et aux autres. À la manière dont je pourrais les aider.

– Et ? »

J'ouvre les mains, montrant à Sarah le résultat de toute cette réflexion : le néant.

« Oh, commente-t-elle. Il nous reste toujours l'arbalète.

– J'ai peur de ne leur être d'aucune utilité. De me faire recapturer tôt ou tard, ou pire encore, et que ça fasse tout capoter pour les autres. Et depuis que j'ai entendu l'histoire de Huit, ce soir, je me demande s'il n'aurait pas mieux valu que John me laisse à Paradise, tout comme Huit a abandonné ces soldats. Peut-être que s'il n'avait pas à s'inquiéter de mon sort, il ne s'en porterait que mieux.

– Ou de mon sort à moi, ajoute Sarah en fronçant les sourcils.

– Ce n'est pas ce que je voulais dire, je m'empresse d'objecter.

– Pas d'inquiétude, me rassure-t-elle en m'effleurant le bras. Tout va bien, parce que tu te trompes, Sam. John et les autres ont besoin de nous, c'est un fait. Et il y a des choses qu'on peut faire. »

Ne demandant qu'à la croire, je hoche la tête. Puis je baisse les yeux sur mes cicatrices, et je me remémore ce que m'a dit Setrákus Ra, en Virginie-Occidentale. Je me tais brusquement. Sarah se relève d'un bond et me tend la main.

« Pour commencer, on pourrait aller préparer le petit déjeuner ? On ne sera sans doute pas nommés citoyens d'honneur de Lorien pour ça, mais c'est un bon début. »

Je me force à sourire et me lève à mon tour. Sarah ne lâche pas ma main. Elle fixe les marques violettes à mes poignets.

« Quoi qu'il te soit arrivé, Sam, dit-elle en soutenant mon regard, c'est terminé, à présent. Tu es en sécurité. »

Avant que j'aie pu lui répondre, un cri perçant retentit dans l'une des chambres.

CHAPITRE 19

Le cri d'Ella me réveille en sursaut. C'était mon tour de passer la nuit auprès d'elle, et jusqu'ici tout s'était passé paisiblement. Nous sommes restées debout tard, à discuter des nouveaux arrivants et de ce que Malcolm Goode nous a révélé au dîner, au sujet de Pittacus Lore et de l'existence possible de Mogadoriens bien intentionnés à notre égard. Ella a fini par s'endormir, et j'espérais que les cauchemars qui la hantaient depuis notre retour du Nouveau-Mexique étaient désormais de l'histoire ancienne. Elle n'en avait plus eu depuis la lecture de la lettre de Crayton. Peut-être tout cela n'était-il dû qu'au stress, finalement. À présent qu'elle s'était débarrassée de l'angoisse liée à ce que pouvait contenir cette lettre, tout pouvait sans doute rentrer dans l'ordre.

Je n'aurais pas dû baisser la garde.

« Ella, Ella, réveille-toi ! » je hurle, en me demandant s'il faudrait la secouer. Je sens la panique me gagner, surtout en constatant qu'elle ne réagit pas immédiatement. Elle s'accroche violemment aux couvertures et tape des talons sur le matelas, sans cesser de pousser des cris de plus en plus rauques. Elle s'agite tellement qu'elle manque de tomber du lit. Je me penche pour l'immobiliser.

Sitôt que mes doigts entrent en contact avec son épaule, une image surgit dans mon esprit. Je ne saurais dire d'où elle vient. C'est un peu comme quand Ella me parle par la télépathie, si ce n'est que dans ce cas, je n'ai jamais de visions pour accompagner sa voix mentale.

Ce que je vois est horrible. C'est Chicago, le quartier du bord du lac, là où Huit et moi nous sommes promenés. Il y a des corps éparpillés partout. Des cadavres humains. Dans le ciel s'élèvent des colonnes de fumée, causées par les incendies tout autour. La surface du lac est recouverte d'une substance noire et visqueuse qui ressemble à du pétrole. J'entends des hurlements, je sens l'odeur de brûlé. Des explosions résonnent au loin...

Je recule en suffoquant, lâchant Ella. La vision disparaît instantanément. Je suis hors d'haleine, je tremble et j'ai le cœur au bord des lèvres.

Ella s'est arrêtée de crier. Elle est réveillée et me dévisage les yeux écarquillés, de la peur dans le regard. En jetant un coup d'œil à l'horloge, je constate qu'il s'est écoulé moins d'une minute, depuis qu'Ella s'est mise à hurler.

« Tu l'as vu, toi aussi ? » murmure-t-elle.

Je hoche la tête, ne sachant quoi répondre, et encore moins comment décrire ce à quoi je viens d'assister. Comment ai-je pu me retrouver au beau milieu des rêves d'Ella ?

J'entends frapper à la porte et, sans attendre de réponse, Sarah passe la tête par l'embrasure. J'aperçois Sam derrière elle, dans le couloir. Ils ont tous deux l'air inquiet.

« Tout va... »

Avant que Sarah ait pu terminer sa phrase, Ella bondit vers la porte et la claque violemment par la télékinésie.

« Ella ? Pourquoi tu as fait ça ?

— Ils ne doivent pas m'approcher », s'écrie-t-elle avec un regard fou.

Quelqu'un tente d'ouvrir la porte, qui résiste. J'entends la voix de John, sans doute alerté par les cris et le bruit.

« Marina ? Tout va bien, là-dedans ?

— Ça va ! je hurle en réponse. Donnez-nous juste une minute. »

Ella s'enroule dans une couverture et se recroqueville à la tête de son lit, le dos appuyé contre le mur. Elle a toujours les yeux écarquillés et elle tremble comme une feuille. Quand j'essaie de la toucher, elle recule.

« Non ! lance-t-elle d'un ton sec. Et si je te renvoie là-bas ?

— Calme-toi, Ella, je dis d'une voix apaisante. C'est fini. Ces cauchemars ne peuvent pas te faire de mal, surtout quand tu es réveillée. »

Elle me laisse lui prendre la main. Pas de sursaut télépathique, cette fois-ci, et j'en suis soulagée. L'étrange effet de ces rêves sur Ella semble s'être dissipé.

« Qu'est-ce que... Est-ce que tu as tout vu ? » me demande-t-elle en surveillant fébrilement tous les recoins de la pièce, comme si une créature atroce attendait dans l'ombre le bon moment pour attaquer.

« Je ne sais même pas ce que j'ai vu, exactement. C'était cette ville. Et on aurait dit qu'il s'était passé quelque chose de terrible. »

Ella hoche la tête. « C'est après leur arrivée.

— À qui ? je demande, même si j'ai déjà une idée assez précise de ce qu'Ella veut dire.

— Aux Mogadoriens. Il me montre ce qui se passe une fois qu'ils sont là. Il m'a obligée à lui tenir la main et à traverser ce décor. » Un frisson la secoue et elle saute dans mes bras. Moi aussi, je suis saisie de terreur. L'idée de devoir traverser ce carnage main dans la main avec Setrákus Ra suffit à me faire paniquer. Mais j'essaie de sauver la face, pour Ella.

« Chut, je murmure. Tout va bien, maintenant. C'est fini.

— Mais ça va se produire, pleure-t-elle. On ne peut pas l'empêcher.

— Ce n'est pas vrai. » Je la serre fort contre moi. J'essaie de deviner ce que John ou Six diraient, en pareilles circonstances. « Ces cauchemars sont des mensonges, Ella.

— Qu'est-ce que tu en sais ?

— Tu te rappelles ces fresques que nous a montrées Huit, en Inde ? Celles qui prédisaient qu'il allait mourir ? C'était censé être une prophétie, mais nous l'avons brisée. L'avenir n'est jamais écrit, seul existe celui qu'on fabrique. »

Ella me lâche la main et inspire profondément, essayant de se ressaisir.

« Je veux juste que les cauchemars s'arrêtent. Je ne sais pas pourquoi ça m'arrive.

— C'est Setrákus Ra qui essaie de t'intimider. Et s'il veut t'effrayer, c'est parce qu'il a peur de nous. »

Je suis d'autant plus heureuse d'avoir réussi à l'apaiser, d'avoir paru rassurante, que je suis totalement terrifiée moi-même. Le jour commence à poindre à travers les rideaux, et derrière cette vitre s'étend une ville peuplée d'innocents que je viens de voir massacrés. Ce rêve paraissait tellement réel que je n'arrive pas à m'en détacher. Et si nous ne sommes pas capables d'arrêter ce qui se prépare ?

CHAPITRE 20

Plus tard dans la matinée, je réunis tout le monde dans le salon, pour une mise au point stratégique – du moins, je l'espère. Des informations importantes ont été révélées hier soir, et il est temps de prévoir la suite. Néanmoins, la première préoccupation de notre groupe épuisé, dont la plupart des membres ont été tirés du sommeil par des hurlements, ce sont les cauchemars d'Ella.

Malcolm se caresse la barbe d'un air songeur. « Émettons l'hypothèse que ces visions soient causées par Setrákus Ra. Je trouve extrêmement troublant qu'il puisse les transmettre, sans doute grâce à une forme de télépathie mogadorienne, sans connaître notre localisation exacte. D'ailleurs, tu as bien dit que tu avais vu Chicago brûler ? »

Ella acquiesce, visiblement peu désireuse de se replonger dans son dernier cauchemar. Couché en boule à ses pieds, Bernie Kosar s'est blotti contre elle.

« C'était bien Chicago, après une attaque massive, confirme Marina.

— Est-ce qu'il nous nargue ? suggère Six. Ou bien c'est une espèce de prophétie ?

— Je croyais qu'on en avait terminé, avec les prophéties, commente Neuf en roulant les yeux.

— Parfois, il y a une pointe de vérité, dans ces rêves, je fais remarquer.

— Comme quand on a eu cette vision sur le Nouveau-Mexique, renchérit Neuf.

— Ouais. Mais d'autres fois, on dirait seulement qu'il essaie de nous embrouiller.

— Ce n'est pas tant le contenu, qui m'inquiète, que le fait qu'il réussisse à le transmettre, intervient Malcolm, le visage ridé par la concentration. Vous croyez qu'il lui est possible de nous repérer à travers ces images ?

— Si c'était le cas, est-ce qu'on ne serait pas déjà en train de combattre des Mogs ? objecte Huit. Et pourquoi s'être donné la peine d'envoyer John et Neuf au Nouveau-Mexique ? »

Je hoche la tête en me remémorant les visions que Neuf et moi avons partagées. « Ces cauchemars ont beau être effroyablement précis, je ne pense pas pour autant qu'il sache où nous sommes. On dirait plutôt qu'il tente de nous pousser à la faute.

— Dans ce cas, la question est : comment arrête-t-on ces rêves ? demande Malcolm.

— J'ai une solution. » Tout le monde se tourne vers Six, qui avale une gorgée de son café d'un air pensif. « Allons tuer Setrákus Ra. »

Neuf tape dans ses mains avant de pointer le doigt vers elle. « J'aime la façon de penser de cette nana.

— Oh, alors c'est si facile ? » Cinq prend la parole pour la première fois. « À t'écouter, on dirait que c'est aussi simple que de sortir la poubelle.

— J'aimerais bien, je dis pour calmer le jeu. Mais nous ne savons pas où il se trouve et, même si on pouvait le débusquer, ce ne serait pas une mince affaire. La dernière fois qu'on l'a affronté, on a tous failli être tués.

— On pourrait l'attirer sur notre terrain, suggère Neuf en lançant un regard noir à Cinq. Peut-être cramer quelques cercles dans les blés.

— Tu plaisantes », intervient Sam. Depuis qu'on a mentionné le nom de Setrákus Ra, il s'agite dans son siège.

« Bien sûr, qu'il plaisante, confirme Cinq en rendant à Neuf son regard assassin. Il se moque de moi. »

Neuf hausse les épaules en feignant de bâiller. « Bref. Je pense vraiment qu'on devrait aller se battre un bon coup.

— On passerait notre temps à ça, si on t'écoutait, lance Huit.

— Ouais. C'est ma passion.

— Pour la toute première fois, nous sommes tous réunis, je leur rappelle en gardant une voix calme. Nous avons l'avantage de l'effet de surprise. Et aussi une occasion de préparer notre prochain combat. Ne nous précipitons pas à l'aveuglette.

— John a raison, acquiesce Marina. Il y a encore tellement de choses qu'on ignore, sur nous-mêmes, sur nos pouvoirs et sur nos coffres.

— Ce serait bien de savoir exactement ce qu'on a entre les mains, ajoute Huit. Avec Neuf, on s'est entraînés dans la salle de conférences, l'autre jour. Ça a été utile. Plus que je l'aurais cru. »

Neuf sourit de toutes ses dents. « Je prends le compliment, j'ignore l'insulte.

— Ouais, confirme Sarah. Je crois pouvoir parler au nom de tous les humains présents en disant qu'un peu d'entraînement ne nous ferait pas de mal.

— En apprendre plus sur le contenu de nos coffres non plus, j'objecte. Peut-être qu'on pourrait déterminer quels objets sont ces Pierres Phoenix dont Malcolm nous a parlé.

— Un inventaire paraît indispensable, approuve ce dernier.

— Ce qui signifie que retrouver ton coffre devient notre priorité numéro un, je conclus en me tournant vers Cinq.

— Absolument, répond-il, et jamais je ne l'ai vu aussi affirmatif. Je sais exactement où aller. On peut s'en charger dès que vous voulez.

— Ça pourrait être pas mal, comme première mission, opine Huit. Surtout si on y arrive sans se faire repérer par les radars mog.

— Je reste convaincu qu'on devrait juste leur exploser la tronche, à leurs radars, grommelle Neuf.

— Bientôt, vieux, je réponds. Pour l'instant, on doit jouer la prudence. Reprendre des forces. Malcolm, quoi de neuf du côté du Mogadorien ? Adam ? »

Malcolm secoue la tête, et son visage se rembrunit. « J'ai mis une alerte, si bien que nous serons prévenus si son portable s'allume. Mais jusqu'ici, rien. Je redoute le pire.

— Peut-être qu'il s'est juste débarrassé de son téléphone, suggère Sam pour essayer d'égayer un peu son père abattu.

— On s'éloigne un peu du sujet, non ? intervient Six. Et les cauchemars d'Ella ? »

C'est l'intéressée, jusque-là silencieuse, qui prend la parole. « Je vais faire front. La prochaine fois que ce sale énergumène essaie de rentrer dans ma tête, je lui balance un coup de pied dans les couilles.

— Waouh !

— Très bien, je réplique, tout sourire. La séance est levée. »

CHAPITRE 21

Un peu plus tard, les quatre d'entre nous ayant encore leur coffre se retrouvent dans l'atelier avec Malcolm. Je suis ravie de pouvoir aider – mais je ne sais pas de quelle utilité je serai. Adelina n'a pas eu l'occasion de m'expliquer à quoi sert le contenu de mon coffre.

De la salle de conférences nous parviennent les échos étouffés des tirs à l'arme à feu – Six s'est attelée à l'entraînement de Sam, Sarah et Ella. Je crois que Cinq y est aussi, même s'il n'avait pas l'air emballé à l'idée d'apprendre à tirer. Neuf lance des regards envieux en direction de la porte et pousse des soupirs éloquents tout en fourrageant dans son coffre.

« Regardez un peu ça. » Il brandit une petite pierre mauve qu'il pose sur le dos de sa main. Et la pierre glisse au creux de sa paume – en passant à travers la chair. Il retourne la main juste au moment où la pierre arrive de l'autre côté. « Plutôt cool, pas vrai ? » Il se tourne vers moi en agitant les sourcils.

« Hum. Mais qu'est-ce qu'elle est censée faire, au juste ? demande Huit en levant le nez de son propre coffre.

— Je n'en sais rien. Impressionner les filles ? » Neuf jette un coup d'œil dans ma direction. « Est-ce que ça marche ?

— Euh... » J'hésite, et essaie de ne pas lever les yeux au ciel. « Pas vraiment. Mais j'ai vu des gars se téléporter, alors je suis le genre difficile à impressionner.

— OK, je sors.

— Quel effet ça fait, au moment où la pierre traverse ? demande Malcolm, le stylo en suspens au-dessus d'un bloc-notes.

— Euh, c'est bizarre, je dirai. Ma main s'insensibilise jusqu'à ce que le caillou ressorte de l'autre côté. » Il hausse les épaules et nous fixe tour à tour. « Vous voulez essayer, les gars ?

— Eh bien, oui, en fait », acquiesce Malcolm. Il pose la pierre sur sa main, et rien ne se produit. « Hum. J'imagine que c'est réservé aux Lorics. »

Il rend la pierre à son propriétaire qui, au lieu de la ranger dans son coffre, se la glisse dans la poche. Peut-être compte-t-il sortir pour l'expérimenter sur les dames.

John sort une collection de feuilles séchées retenues ensemble par une ficelle jaunie. Il les prend délicatement au creux de sa main, se demandant visiblement quoi en faire.

« Ça doit bien avoir quelque chose à voir avec Lorien, pas vrai ?

— Peut-être que c'est un pense-bête laissé par Henri, pour te rappeler qu'il faut ratisser les feuilles sur la pelouse, tente Neuf en se remettant à fouiller dans son propre coffre. Je n'ai aucune vieillerie de ce genre ici. »

Malcolm examine le paquet dans la main de John. Avec précaution, il suit le bord d'une feuille du bout de l'index. Elle a l'air si fragile que je m'attends presque à ce qu'elle se désintègre. Soudain, le son d'une douce brise emplit la pièce, pour se taire à l'instant où Malcolm retire son doigt.

« Vous avez tous entendu ?

— On aurait dit que quelqu'un avait laissé une fenêtre ouverte, commente Huit en passant en revue les quatre murs encombrés de matériel. Nulle trace de lumière où que ce soit.

— C'était le bruit du vent, sur Lorien, explique John, le regard dans le vague. J'ignore comment, mais je le sais.

— Recommencez », exige Neuf, et la sincérité dans sa voix me surprend un peu. Mais moi aussi, j'ai très envie de l'entendre encore. Il y avait quelque chose de réconfortant, dans ce son.

John effleure les feuilles de la main, et cette fois-ci le son est plus fort. J'en ai la chair de poule ; c'est comme si je sentais l'air frais loric sur ma peau. C'est magnifique.

« Incroyable, commente Huit.

— Mais à quoi ça sert ? insiste Neuf, retombant dans sa brusquerie habituelle.

— C'est bel et bien un pense-bête, répond John, la voix grave, comme s'il avait la gorge serrée et ne voulait pas qu'on s'en aperçoive. Pour nous rappeler ce que nous avons laissé derrière nous. Ce pour quoi nous nous battons.

— Intéressant. » Malcolm inscrit quelques mots sur son bloc. « Il faudra poursuivre les recherches. »

Malcolm se tient derrière nous tandis qu'un par un nous vidons nos coffres. Il consigne tout, prend des notes concernant les articles dont nous savons nous servir et soulignant les autres. Depuis les gants noirs qui scintillent quand je les touche jusqu'à l'objet rond qui rappelle une boussole, pratiquement tout le contenu de mon héritage se retrouve souligné.

« Et ça, ça fait quoi, d'après vous ? » demande Huit en exhibant une sorte de bois incurvé qui semble avoir été décroché de la tête d'un petit cervidé.

Cinq secondes après que Huit a sorti le bois, Bernie Kosar franchit la porte de l'atelier comme une balle, la truffe en l'air. Il a l'air surexcité et remue la queue. Il bondit sur Huit et lui donne des coups de pattes.

« Il veut le bois, glisse John. Au cas où tu n'aurais pas remarqué. »

Huit hausse les épaules et le tend à BK, qui le prend entre ses crocs. Il bascule sur le dos et se met à se balancer d'avant en arrière, en émettant un ronronnement joyeux qui ne colle franchement pas avec son apparence canine. D'ailleurs, ses contours se mettent à trembler, comme s'il avait du mal à se contrôler.

« Il est trop zarb ! » Neuf rit comme un hystérique. « On serait pas en cavale, je peux vous dire que je mettrais ça sur Internet.

— Waouh, lâche John en se massant les tempes. Calme-toi, BK. »

Malcolm les fixe tous les deux. « Tu sais communiquer avec lui ?

— Ouais. Par télépathie. Neuf aussi. Bernie Kosar est complètement surexcité. Il dit – je ne sais pas comment le traduire, ça lui vient dans un langage bizarre – que ce bois est comme une espèce de totem. Pour les Chimæra.

— Eh bien, vu qu'il est notre seule Chimæra, il peut le garder, propose Huit, tout sourire, en s'accroupissant pour gratter le ventre de BK.

— Ella est arrivée ici dans un vaisseau rempli de Chimæra, je fais remarquer. Vous pensez qu'on pourrait se servir de ça pour les attirer ? Peut-être qu'elles sont perdues et qu'elles ont besoin de savoir où on est. »

Malcolm se met instantanément à griffonner sur son bloc-notes. « Très bien pensé, Marina. »

Je souris avec une pointe de fierté. Si seulement j'avais la moindre idée de l'utilité de mon propre Héritage.

« Pour les fans de la nature et de ses merveilles, j'ai ça », annonce Neuf en brandissant une petite poche en cuir. Il la fait passer dans le groupe et nous vérifions tous son contenu – du terreau brun, riche et sombre. « Quand Sandor m'a parlé de mon Héritage, il m'a expliqué que ça servait à faire pousser des choses. Mais qu'on n'en aurait pas besoin avant un bon bout de temps. » Il referme le pochon en tirant sur les cordelettes en cuir, avant de le lancer négligemment dans son coffre. J'imagine qu'il ne s'intéresse pas du tout à ce qui n'est pas susceptible de tuer des Mogadoriens. Je parcours le contenu de mon propre coffre, écartant l'assortiment de pierres précieuses qui aurait pu financer l'équivalent espagnol de l'appartement de Neuf si Adelina s'en était donné la peine, et je cherche désespérément n'importe quoi qui pourrait être lié à la reconstruction de Lorien.

« Et ça ? », je demande en leur montrant une fiole étroite d'eau limpide. Sous mes doigts, le verre est froid.

« Bois-le », suggère Neuf.

Malcolm secoue la tête. « Je déconseille l'ingestion de quoi que ce soit dans vos coffres, tant qu'on ne saura pas exactement de quoi il s'agit.

— Compris ? lance Huit en donnant un petit coup de coude à Neuf. Ne mange pas les cailloux. »

Je débouche la fiole. Dès que l'air entre en contact avec le liquide, il prend une couleur bleue, exactement identique à celle des pierres de Loralite. Mais la réaction ne dure pas – le bleu pâlit rapidement et l'eau retrouve sa transparence. Je fais glisser mon index le long du verre et un sillage bleu vif apparaît dans le liquide, puis se dissipe dès que je retire le doigt. Je remarque de petites veinules bleues tourbillonnant aux points de contact de mes doigts sur la fiole.

« Vous avez vu ça ? je m'exclame.

— C'est comme si le liquide te reconnaissait à travers le verre, commente John.

— Je peux ? » demande Malcolm.

Je lui tends le flacon. Lorsqu'il le prend en main, la couleur du liquide ne change pas. « Hmm. » Il le tend à John. « À toi. »

Dès que John touche le verre, l'eau se met de nouveau à briller du bleu cobalt de la Loralite. Nous le regardons tous s'estomper, sauf sous les doigts de John. À sa pulsation, on dirait que le liquide veut sortir de son contenant, comme s'il cherchait à communiquer avec nous.

« Donc il détecte les Lorics, conclut Huit. Mais quel intérêt, si nous sommes les seuls restants ?

— Je vais tenter quelque chose. » Je reprends la bouteille des mains de John. Avec précaution, je la penche pour en faire couler juste une goutte au creux de ma main. Le liquide vire au bleu et l'unique goutte se met à trembler et à s'étendre, gagnant en masse et en volume. Au bout de quelques secondes, je me retrouve avec un galet de Loralite dans la paume.

« Ouah, commente Huit en me prenant la pierre pour l'examiner.

— Ouah, effectivement. » Malcolm se baisse et fixe l'objet d'un air ébahi. « Quel que soit ce matériau, il défie les lois de la physique.

— Donc on peut créer de la Loralite, avec ça, conclut John d'un air songeur. Alors, si je résume, Neuf et moi avons vraisemblablement de quoi planter et cultiver, et Huit, de quoi appeler les Chimæra. Je ne sais pas pour vous, mais pour moi on dirait bien que tout ça pourrait contribuer à faire repartir Lorien.

— En effet », confirme Malcolm.

Je rebouche le flacon, veillant à ne pas gaspiller notre précieuse Loralite liquide.

L'inventaire se poursuit encore un peu, et Malcolm prend très méticuleusement des notes. Nous avons tous très envie d'en apprendre autant que possible sur nos Héritages – enfin, excepté Neuf. Lui ne quitte pas la porte de la salle de conférences des yeux. Et il nous fait promettre de nous entraîner avec lui, quand nous aurons terminé les « trucs d'intellos ». À vrai dire, j'ai moi-même hâte de me remettre à l'exercice. J'ai l'impression d'avoir beaucoup à rattraper, pour espérer me retrouver au niveau des autres, pour l'aptitude au combat.

Tout le monde finit par quitter la pièce, et Huit et moi nous attardons pour ranger nos coffres. J'y mets aussi la pierre de Loralite que j'ai fabriquée, mais Huit me l'emprunte. Il la serre fort dans son poing en se concentrant.

« Qu'est-ce que tu fais ? »

Il ouvre les yeux avec un soupir. « Je voulais voir si je pouvais m'en servir pour me téléporter vers un des blocs de Loralite. J'ai déjà essayé d'utiliser mon pendentif, et ça n'a pas fonctionné non plus. Les fragments ne doivent pas être assez gros.

— Quoi ? Tu voulais faire un petit saut rapide à Stonehenge ? Ou en Somalie, peut-être ? » Je lui reprends le galet des mains, le place dans mon coffre, et verrouille le tout.

« Tout va se mettre à bouger très vite, à partir de maintenant, voilà tout. J'aimerais juste qu'on ait plus de temps pour explorer.

— On ? je réponds, sentant subitement le rouge me monter aux joues. Tu avais l'intention de me téléporter avec toi ? »

Huit me lance un de ses sourires désarmants. « Juste pour prendre une petite bouffée d'air. Ne me dis pas que tu n'en as pas besoin, toi aussi ? »

Huit a raison, évidemment. Après m'être fait réveiller aux aurores par les hurlements d'Ella, avoir été témoin de cette vision d'horreur de Chicago, je ne dirais pas non à une petite pause loin des préoccupations loric. Mais le moment est mal choisi. Je touche le bras de Huit.

« Désolée. Il faut qu'on soit sérieux. Comme l'a dit Neuf, pas le temps de se balader à l'étranger ou au bord de l'eau. »

Huit sourit, déçu mais bon enfant. « Bon, eh bien, il nous reste toujours la pizza. » Il marque un temps d'arrêt, comme s'il s'apprêtait à ajouter quelque chose, mais alors Neuf surgit dans la pièce. Il est déjà en tenue de sport.

« Vous êtes prêts à bosser, bande de nazes ? »

CHAPITRE 22

« Allons choper Cinq, lance Neuf d'un ton bourru, une fois que Huit et moi nous sommes changés. Ce mec aurait bien besoin d'un peu d'entraînement. »

Nous trouvons Cinq allongé sur l'un des canapés du salon. Il a lancé un jeu vidéo de la collection de Neuf sur le grand écran. Je n'ai aucune expérience dans le domaine et le regarder faire me donne un peu le tournis. Le jeu est en vision subjective. Le personnage de Cinq court sur un champ de bataille avec une mitraillette, en descendant des soldats. Il ne se rend même pas compte qu'on entre dans la pièce, jusqu'au moment où Huit se racle bruyamment la gorge.

« Oh, salut, les gars, répond Cinq sans détourner les yeux de l'action. Ce truc est carrément hallucinant. On n'avait rien de ce genre, sur nos îles. Regardez un peu ça. »

Sur l'écran, son personnage lance une grenade. Un groupe de soldats ennemis cachés derrière des sacs de sable empilés explosent dans un festival de membres arrachés. Je regarde ailleurs. Après l'aperçu que j'ai eu du rêve d'Ella ce matin, ce jeu vidéo est un peu trop réaliste à mon goût.

« Super », commente Huit d'un air poli.

Neuf bâille. Il se plante en plein devant l'écran, si bien que Cinq finit par être forcé de mettre son jeu sur pause. « J'étais vraiment à fond là-dedans, quand j'étais gamin. Maintenant je m'intéresse plus à la version réelle. Tu veux te joindre à nous ? »

Cinq hausse un sourcil. « La version réelle ? On va aller tuer des vrais soldats de... » Il plisse les paupières pour lire le boîtier du jeu vidéo. « De la Seconde Guerre mondiale ? Je dois être un peu largué, côté Histoire, parce que je croyais qu'elle était terminée, cette guerre.

— On va s'entraîner, ajoute Neuf sans sourire. D'après ce qu'on m'a raconté de ta prestation en Arkansas, on dirait que ta technique mériterait d'être améliorée. »

Je vois le regard de Cinq se voiler un instant sous l'effet de la colère, et l'espace d'une seconde, je m'attends presque à ce qu'il bondisse du canapé. Mais il se reprend, croise les bras et fait un effort visible pour rester impassible.

« Je ne le sens pas vraiment, pour le moment », répond-il. Et il se vautre un peu plus, en en faisant des tonnes. « Et puis, ce jeu-là est bon pour la coordination. C'est sans doute le meilleur entraînement que je pourrai avoir, ici. »

C'est seulement alors que je me rends compte que ce n'était sans doute pas une bonne idée. Neuf est la personne la moins diplomate que j'aie rencontrée. À force de le fréquenter, j'ai appris à ne pas le prendre trop au sérieux. Il est clair que Cinq n'a pas encore atteint ce niveau de tolérance.

« Mais étonnamment, on s'amuse beaucoup », je glisse, essayant d'apaiser les tensions. Peut-être Cinq sera-t-il plus tenté de venir s'entraîner avec nous s'il n'a pas l'impression que nous l'y forçons. « Ça nous donne une chance de travailler ensemble, en équipe. Et ce serait aussi l'occasion de mieux se connaître. »

Cinq se détend quelque peu. C'est bien ce que je m'imaginais : si on se montre gentil avec lui, il baisse la garde. Personne n'aime qu'on lui dise ce qu'il a à faire, surtout après avoir passé autant de temps tout seul que Cinq. Je vois bien qu'il va céder et accepter de se joindre à nous.

Malheureusement, Neuf n'a pas la même aptitude à décrypter les signes, ou peut-être est-il plus impatient.

Il s'approche d'un pas désinvolte derrière le canapé de Cinq et, d'une main, il le retourne. Cinq se retrouve les quatre fers en l'air.

Huit secoue la tête, mais je vois un petit sourire se dessiner sur ses lèvres. Je sais que Cinq ne lui a pas fait très bonne impression, en s'étendant sur son comportement en Inde. Quoi qu'il en soit, ce n'est pas une manière de traiter notre nouveau Gardane.

« Allons, Neuf. » Je prends ce ton déçu-mais-pas-en-colère que les religieuses employaient avec moi. « Tu te comportes comme une petite brute. »

Neuf ignore ma réflexion. Quant à Cinq, il a déjà bondi sur ses pieds et fusille Neuf du regard.

« Qu'est-ce qui t'a pris ?

— C'est mon canapé. Je fais ce que je veux. »

Cinq lâche un grognement de dégoût. « C'est tellement puéril. Tu es ridicule.

— Peut-être, répond Neuf en haussant les épaules d'un air ravi. Tu n'as qu'à me montrer si je suis aussi ridicule à l'entraînement. »

Ce n'est donc rien de plus qu'une manœuvre, de sa part : rendre Cinq fou de rage, pour qu'il vienne se battre dans la salle de conférences. C'est bien une technique de garçon. Alors qu'il suffisait de demander gentiment. Cinq continue à jauger Neuf, l'air furieux. Puis il sourit d'un air satisfait, une lueur malicieuse dans le regard, et j'ai l'impression qu'il a vu clair dans le petit stratagème de Neuf.

« Je vais te dire, annonce Cinq, je te laisse un coup d'avance, ici même. Si tu arrives à me blesser, je viens m'entraîner avec vous. Si tu n'y arrives pas, tu me fiches la paix pour la journée avec ton petit cinéma de macho. »

Le visage de Neuf s'éclaire d'un sourire féroce. « Tu veux que je te fasse mal, minus ?

— Quand tu veux, réplique Cinq, les mains dans les poches, le menton en avant. Essaie un peu.

— C'est débile, les gars », j'interviens pour essayer de désamorcer une situation de plus en plus grotesque. L'un comme l'autre sont tellement impliqués dans ce concours absurde, alors qu'on devrait être en train d'apprendre à travailler ensemble ! Je me tourne vers Huit, en quête de soutien. Il arbore un petit sourire en coin, comme si toute cette histoire le réjouissait. Dès qu'il croise mon regard réprobateur, le sourire se fait penaud et il pose la main sur l'épaule de Neuf.

« Allons nous entraîner, suggère-t-il d'un air détaché. Cinq n'aura qu'à venir quand il sera prêt. »

D'un haussement d'épaules, Neuf se dégage de la main de Huit et amorce son poing. « Tu es bien sûr de vouloir me tester, Frodon ? demande-t-il en haussant les sourcils.

— J'espère que tu es plus doué avec les poings qu'avec les insultes », riposte Cinq d'un ton cassant. Je dois avouer que j'admire son cran. Bien sûr, tout ça aurait pu être évité s'il s'était contenté de ravaler sa fierté. Leur comportement à tous deux est pitoyable. Deux des derniers Lorics de l'univers ont visiblement besoin de vacances.

Tout comme moi, Huit s'est résigné à les laisser aller jusqu'au bout. Nous reculons d'un pas.

Neuf prend vraiment son temps. Il fait craquer ses jointures, se détend la nuque et s'assure que ses épaules sont bien droites. J'ai l'impression d'être plus nerveuse que Cinq lui-même. Lui se tient là, à attendre passivement que Neuf frappe.

Ce dernier se décide enfin : un bon coup de poing par en dessus, et même s'il y met assez de puissance pour assommer son adversaire, je l'ai déjà vu frapper plus fort et plus vite. J'imagine qu'il retient un peu les chevaux, pour ne pas faire trop mal à Cinq.

Avant que le coup ne porte, la peau de Cinq se transforme en acier scintillant. Le poing de Neuf s'écrase contre la mâchoire métallique et il lâche un gémissement, comme s'il venait de se fracasser les doigts contre une poutrelle. Je plaque une main sur ma bouche pour étouffer un cri de surprise. À côté de moi, Huit laisse échapper un rire nerveux en comprenant que Neuf s'est bel et bien cassé la main. Ce dernier se détourne de Cinq d'un bond en serrant ses doigts contre sa poitrine.

La peau de Cinq reprend son aspect normal. « C'est tout ? »

Neuf grommelle une série de jurons. Je me précipite pour l'examiner, mais il me repousse et sort de la pièce d'un air furieux, en direction de la salle de conférences. Je suis certaine qu'il voudra que je le soigne, sitôt qu'il sera calmé. Et puis, après s'être comporté en vrai crétin, il mérite d'avoir un peu mal.

« S'il avait écouté Quatre, quand il a raconté notre combat en Arkansas, il aurait vu venir le coup », commente Cinq d'une voix dure, presque lasse, en regardant Neuf quitter la pièce.

« Disons qu'il n'est pas exactement un expert de la technique, répond Huit d'une voix blanche. Bref, bienvenue dans l'équipe. Et amuse-toi bien avec ton jeu vidéo, j'imagine. »

Huit quitte le salon à son tour. Cinq le suit des yeux, clairement dérouté de s'être fait moucher. Je l'aide à remettre le canapé en place.

« Je ne sais pas bien ce que j'ai fait de mal, là, dit-il à voix basse. Pourquoi je deviens subitement le méchant, dans cette histoire ?

— Tu n'es pas le méchant. La situation a dégénéré, c'est tout. Vous avez été aussi stupides l'un que l'autre.

— Il me cherche depuis que j'ai franchi cette porte. Je me suis dit que si je ne lui tenais pas tête, ça se reproduirait sans arrêt. »

Je m'assieds à côté de lui sur le canapé. « Je comprends. Neuf a un don pour exaspérer les gens. John m'a raconté qu'ils en étaient venus aux mains, et qu'ils avaient bien failli s'entretuer. Tu vas t'y faire.

— C'est ça le problème : je n'ai pas envie de m'y faire. » Cinq reprend la manette, mais ne se remet pas à jouer. Il appuie sur des boutons et l'écran s'éteint. « Et le truc, c'est que j'ai envie de m'entraîner avec vous. Je ne veux pas être mis à l'écart. Je tiens à voir ce que vous savez faire et apprendre à bosser en équipe. C'est juste sa façon de demander. Je n'ai pas pu m'empêcher de réagir. »

Je lui tapote gentiment l'épaule. « Tu sais, vous n'êtes pas si différents, Neuf et toi. »

Il réfléchit un moment en fixant le tapis.

« Tu dois avoir raison. Est-ce qu'il faut que j'aille m'excuser de lui avoir fait mal à la main ? »

Je secoue la tête. « C'est sans doute sa fierté, qui a pris le plus gros coup, je glousse. Mais tu n'as pas à t'excuser de ça non plus. » Je me lève et l'attrape par le bras pour l'aider à se relever. « Allez. Viens t'entraîner. »

Il hésite. « Après ce qui vient de se passer, tu penses vraiment que je serai bien accueilli ?

— Tu es des nôtres, pas vrai ? je réponds avec détermination. Quel est le meilleur moment pour apprendre l'esprit de groupe, si ce n'est après avoir envoyé son poing dans la figure d'un coéquipier ? »

Cinq se laisse presque aller à rire. Il acquiesce et nous nous dirigeons vers la salle de conférences. « Merci, Marina. Tu sais, tu es la première personne à me faire sentir le bienvenu, ici. »

C'est déjà ça. Je ne peux sans doute pas aider Ella à se débarrasser de ses cauchemars, ni identifier la moitié des objets de mon Héritage, ni même me battre aussi bien que les autres. Mais au moins, je suis bonne pour convaincre les idiots de se montrer moins imbuvables. Je me demande si on peut dire que c'est un Don.

CHAPITRE 23

John tient la carte d'identité de l'Illinois dans la lumière. Il la plie entre ses doigts et gratte la photo du bout de l'ongle. Puis il se tourne vers moi avec un grand sourire.

« C'est du beau boulot, Sam. Elle est aussi réussie que celles que fabriquait Henri.

– Enfin », je soupire, soulagé. Une dizaine de cartes presque similaires, toutes avec des défauts mineurs, sont empilées près de l'ordinateur principal de Sandor. Toutes sont à l'effigie de John, et au nom de John Kent.

« Tu devrais t'en faire une, conseille-t-il. Comme pseudo, tu pourrais choisir Sam Wayne.

– Sam Wayne ?

– Ouais, comme Bruce Wayne. Le copain de Superman qui n'a pas de pouvoirs. C'est pour ça que tu m'as collé Kent comme nom de famille, pas vrai ? En référence à Superman.

– Je ne pensais pas que tu la comprendrais. Je ne savais pas que tu étais fan de BD.

– Je ne le suis pas, mais nous autres extraterrestres aimons bien garder un œil sur nos congénères. » John passe de l'autre côté du bureau et contourne l'un des nombreux tas de vieux matériel que contient l'atelier pour venir regarder l'écran pardessus mon épaule. « Tout ça était déjà dans l'ordinateur de Sandor ?

– Ouais. » Je fais glisser le curseur sur les divers logiciels de contrefaçon et les bases de données officielles piratées installés sur la machine de Sandor. « Le seul problème, c'était d'y avoir accès. Ah, et, euh... de savoir les utiliser correctement... » Je désigne la pile de cartes défectueuses.

« Génial. Confectionnons une nouvelle identité à tout le monde. Ça facilitera nos déplacements, pour aller chercher le coffre de Cinq.

– Huit ne peut pas vous téléporter là-bas, tout simplement ? »

John secoue la tête. « Il ne peut faire que de longs sauts entre les gros blocs de Loralite dont il a parlé hier soir. Avec des courtes distances, il y a trop de risques de se faire repérer à l'arrivée. Ou bien qu'il nous téléporte dans un mur.

– Ouais, ça ferait mal. » J'ajuste la webcam reliée à l'ordinateur de sorte qu'elle me filme bien en face. Lorsque mon image apparaît à l'écran, je prends une seconde pour me recoiffer puis concocte mon sourire le plus naze.

« Joli, commente John.

– Qu'est-ce que tu veux ? Je suis photogénique.

– Je me suis toujours demandé pourquoi on appelait le jour de la photo "la Journée Sam Goode", au lycée de Paradise.

– Eh bien, maintenant, tu sais. »

Je fais glisser la photo sur l'une des icônes de logiciels de Sandor, et aussitôt le programme reformate ma tête pour la faire entrer sur un nouveau permis de conduire. « Au fait... » Je me lance, un peu à court d'éloquence. « Il y a une question que je voulais te poser.

– Balance.

– Qu'est-ce qui se passe, pour Six et toi, maintenant que Sarah n'est plus, euh, passée à l'ennemi ? »

John éclate de rire. « En fait on en a discuté, en rentrant de l'Arkansas. Je crois que tout va bien, maintenant. Pendant un temps, c'était un peu bizarre. Mais je suis avec Sarah. À cent pour cent.

– OK. Cool. » J'essaie d'avoir l'air désinvolte. Mais ça n'empêche pas John de me décocher un coup de coude dans les côtes.

« Elle est toute à toi, lance-t-il, et aussitôt je sens mes joues s'enflammer.

– Ce n'est pas pour ça que je demandais.

– Nan, bien sûr. » John me lance un boulon oublié sur le bureau. « Tu vas faire comme s'il ne s'était rien passé avant qu'elle parte pour l'Espagne ? Quand elle a dit qu'elle tenait à toi ? Et qu'elle t'a embrassé ? »

Je hausse les épaules et lui renvoie son boulon. « Hmm, ça me rappelle bien quelque chose, mais je ne pensais pas du tout à ça. » Et en prononçant ces paroles, je me remémore Six me prenant dans ses bras, lors de nos retrouvailles dans l'Arkansas. J'ai les joues en feu.

Heureusement, au même moment, mon père entre dans la pièce, coupant court aux taquineries de John. Il nous sourit en essuyant ses mains sales sur un vieux chiffon. Travailler sur les machines de la salle de conférences l'a visiblement épuisé, mais il arbore un sourire satisfait. Farfouiller dans de la technologie loric doit beaucoup plus l'amuser que de croupir dans une prison mogadorienne.

« Comment ça se passe ? je lui demande.

– L'esprit humain est une chose étonnante, Sam. Quand on a comme moi des trous de mémoire, on en vient à apprécier d'autant plus ce qu'on se rappelle. Et les mains répètent une tâche souvent accomplie sans qu'on ait besoin d'y réfléchir. Qui a besoin de Dons, quand on a à sa disposition le pouvoir infini du cerveau humain, hein ?

– Euh, je ne dirais pas non à quelques Dons, personnellement, j'objecte en lançant un coup d'œil à John. Désolé, il devient philosophe, dès qu'il s'agit de science.

– Ça ne me dérange pas du tout, répond John avec un sourire malicieux, en nous regardant tour à tour.

– Ces réparations ne sont pas une mince affaire, poursuit mon père. Le travail de Sandor est impressionnant, et je suis resté – euh, hors jeu – un bon moment. Ça fonctionne comme de mon temps, sauf que tout est beaucoup plus petit. Le Lectern est peut-être trop perfectionné pour que je parvienne à lui rendre toutes ses fonctions. J'ai réussi à rétablir certaines commandes. Plusieurs des pièges devraient de nouveau être opérationnels. Ce n'est certes pas parfait, mais c'est toujours ça.

– Je suis certain que c'est génial, le rassure John. Tout ce qui pourra améliorer notre entraînement est bienvenu. J'aimerais organiser une séance collective avant qu'on parte pour la Flo... »

Neuf ouvre la porte de l'atelier avec une telle force qu'il manque de la sortir de ses gonds. Il entre à grandes enjambées puis balance un violent coup de pied dans un tas de matériel hors d'usage, envoyant voler des circuits imprimés et des morceaux de métal dans notre direction. J'essaie de me protéger le visage, mais John intercepte les éclats d'obus furieux avec sa télékinésie.

« Mais ça va pas ? hurle-t-il. Du calme ! »

Neuf relève la tête d'un air surpris, comme s'il n'avait même pas remarqué notre présence. « Désolé », grommelle-t-il, avant de se diriger droit sur John. Il tend sa main droite, monstrueusement gonflée. « Soigne-moi ça.

– La vache, je m'exclame. Qu'est-ce qui t'est arrivé ?

– J'ai balancé mon poing dans la tête de Cinq, explique-t-il d'un ton neutre. Ça s'est pas bien passé. »

Eh bien, ça n'aura pas pris longtemps, je me dis. Neuf harcèle Cinq depuis qu'on a franchi la porte. Mais je suis sacrément surpris que ce soit lui qui ait besoin de se faire soigner. Ce n'est pas tout à fait ce que j'avais imaginé comme issue, pour ce combat. Je ne fais aucun commentaire et laisse John s'occuper de son chien d'attaque blessé. Il lui prend l'avant-bras, peut-être un peu fort, et tend la main au-dessus de son poing fracassé. Mais rien ne se passe.

« Il faut que tu te détendes, dit John en plantant le regard dans celui de Neuf. Et que tu arrêtes de cogner nos amis. Ou de les provoquer en duel sur le toit. Finies les conneries. »

Neuf fixe John d'un air assassin, et pendant une seconde je me dis qu'il va le frapper, lui aussi. Au lieu de quoi il sourit de toutes ses dents, comme si tout ça n'était qu'une vaste blague. « Je suis vraiment pourri, comme comité d'accueil, pas vrai ?

– À Paradise, la mère de Sarah préparait des gâteaux, quand des nouveaux voisins venaient s'installer dans le coin. Peut-être que tu devrais te mettre à faire des biscuits, dès que tu frappes quelqu'un », je suggère.

John éclate de rire et se met à réparer la blessure de Neuf. « J'adore l'idée, Sam.

– Pas question que je me mette aux fourneaux », me lance Neuf d'un ton rageur.

Mon père se racle la gorge et nous nous tournons tous vers lui. Il se tient droit, les mains jointes dans le dos : je suis sûr que c'est la posture qu'il réservait à ses élèves, à la fac. « Neuf, je me demandais si tu voudrais bien m'aider, dans la salle de conférences ?

– Comment ça ?

– C'est ton Cêpane qui a construit cet équipement. J'espérais que tu pourrais avoir une idée de son fonctionnement. »

Neuf laisse échapper un rire incrédule. « Ouais, euh, désolé, mec. Les histoires de geek, c'était son truc à lui.

– Je vois, répond mon père, sans se laisser décourager. Dans ce cas, peut-être qu'on pourrait s'y pencher à deux, en équipe. Sauf si tu es trop occupé à cogner tout ce qui bouge. »

À ma grande surprise, Neuf prend le temps d'y réfléchir. Je lis dans son regard la même lueur malicieuse que dans celui de John quelques instants plus tôt, et j'ai comme l'impression qu'ils pensent tous deux à leurs Cêpanes. Et alors je comprends ce que mon père est en train de faire : il fait un geste vers le nerveux de la bande, il lui propose de s'impliquer, genre projet extrascolaire. C'est bien un truc de parent, mais j'admire sa technique.

« D'accord, ouais, obtempère Neuf. C'est mon bordel, je devrais savoir comment il marche. Je vous suis. »

Tandis que Neuf et mon père prennent la direction de la salle de conférences, John se tourne vers moi.

« Ton père est un type bien. On devrait peut-être le nommer Cêpane honoraire.

– Merci », je réponds avec un sourire tendu. Je sens un nœud glacial au creux de mon estomac, car je sais ce qui arrive aux Cêpanes, dans l'entourage des Gardanes.

Ou aux adultes en général. C'est une pensée sombre, je sais, mais je ne peux pas m'en empêcher. Je viens juste de retrouver mon père : je ne supporte pas l'idée de le perdre. Inconsciemment, je me mets à frotter les cicatrices à mes poignets. John doit percevoir ce que je ressens, car il me pose une main sur l'épaule.

« Ne t'inquiète pas, Sam. On ne perdra plus personne. »

J'espère qu'il dit vrai.

CHAPITRE 24

« Quand est-ce que vous partez pour la Floride, alors ? » me demande Sarah d'un air détaché, comme si j'envisageais des vacances.

Je suis éreinté. Mais c'est de la bonne fatigue – c'est une journée productive qui s'achève. Pas de temps perdu à courir ou à se cacher. Nous avons dressé le catalogue du contenu de nos coffres, Sam a réussi à nous confectionner des pièces d'identité crédibles, et j'ai pu m'entraîner dans la salle de conférences récemment réaménagée.

« D'ici à deux jours, j'espère. » Je me mets à genoux et entame une série de pompes avant de me coucher. « Demain je veux réunir tout le monde pour voir de quoi cette équipe a l'air. Je ne m'attends pas à trop de problèmes en allant chercher le coffre de Cinq, mais on ne sait jamais. Ce sera bien d'avoir vécu une expérience tous ensemble. Ensuite, on pourra décoller. »

Sarah s'est tue. Je lève les yeux vers elle. Elle est assise au bord du lit – de notre lit, ça me fait toujours bizarre de me dire ça –, les jambes repliées sous elle. Elle est en pyjama, c'est-à-dire en T-shirt gris à col en V avec un de mes boxers. Elle me regarde, mais ne prête aucune attention à ce que je raconte. Je m'éclaircis la voix. Elle cligne les paupières et m'adresse un sourire en coin. « Désolée. C'est toi qui m'as distraite, avec tes pompes. De quoi on parlait ? »

Je m'assieds près d'elle sur le lit et enroule les doigts dans ses cheveux fraîchement brossés. Elle me sourit, et tout à coup je me sens beaucoup moins fatigué. Je mentirais en disant que je n'avais pas pensé à ce qui se passerait si on partageait un lit. Tout a été tellement chaotique, depuis notre retour à Chicago, entre les cauchemars d'Ella, les appels au secours de Cinq et mes propres insomnies. Et avec tout ce monde dans les chambres voisines, ça ne m'a jamais paru être le bon moment.

« De la Floride.

— Ah oui. Tu y as vécu, pas vrai ?

— Ouais, quelques mois. Pourquoi ?

— Juste pour remplir un peu les trous. Il y a encore beaucoup de choses que j'ignore, à ton sujet, John Smith. » Elle pose la main sur ma joue et la laisse glisser le long de mon cou, puis de mon épaule. « Et puis, parler me détourne de ce que je voudrais vraiment faire. »

Mes doigts se promènent dans ses cheveux, puis sur sa nuque, et dansent doucement le long de sa colonne vertébrale. Sarah frissonne légèrement et je me rapproche d'elle en penchant la tête vers la sienne. « Tu sais, tout a l'air bien silencieux, ce soir. Je crois que tout le monde dort. »

Pile au même moment, quelqu'un frappe à notre porte. Sarah écarquille les yeux et lâche un petit rire. Elle a le rose aux joues. « Est-ce que le timing calamiteux fait partie de tes Dons ? »

J'ouvre la porte et me retrouve nez à nez avec Six, vêtue de son manteau comme si elle venait de sortir. Elle jette un œil à Sarah par-dessus mon épaule, puis, devant mon air exaspéré, m'adresse un sourire diabolique. « Oups. Je dérange ?

— Tout va bien, je réponds. Qu'est-ce qui se passe ?

— Il faut que vous veniez sur le toit voir ça. BK devient dingue. »

Nous nous habillons par-dessus nos pyjamas et fonçons à la suite de Six. Avant même d'atteindre l'escalier qui mène sur le toit, j'entends déjà Bernie Kosar, et ça ressemble à un croisement entre des hurlements de loup et des barrissements d'éléphant – c'est très attendrissant, pas désagréable du tout, mais à l'évidence pas de ce monde.

« Il ne veut pas la fermer », explique Neuf dès que j'émerge sur la plateforme. Il se masse les tempes, sans doute épuisé de tenter de calmer BK par la télépathie.

Bernie Kosar est toujours sous sa forme de beagle, même si ses contours s'étirent dangereusement, comme s'il allait se métamorphoser d'une seconde à l'autre. Il tient le bois de Huit dans sa gueule, ce qui n'étouffe pas pour autant ses cris. De la bave s'écoule le long de l'objet magique, jusque dans la fourrure de BK. Il est dressé sur ses pattes arrière, la truffe pointée vers la lune et son étrange mélodie se déverse vers le ciel. On dirait qu'il est dans une sorte de transe.

Huit se téléporte depuis l'étage du dessous. « J'ai Sam et Malcolm qui surveillent les numéros d'urgence, au cas où des voisins mécontents appelleraient les flics. Je ne sais pas ce qui lui a pris, tout à coup, mais je crois que c'est lié à ce bois.

— Sans blague », s'exclame Six. Elle fait claquer ses doigts en direction de BK. « Silence, Bernie Kosar ! »

Il n'a même pas l'air de la voir. Je remarque Marina debout à l'autre extrémité du toit, en train de vérifier grâce à sa vision nocturne que personne ne nous a repérés. Par chance, nous sommes assez haut et Chicago suffisamment bruyante pour que personne n'entende BK.

Enfin j'espère. Mais quoi qu'il en soit, je ne veux pas prendre de risques.

« Vous avez essayé de lui retirer le bois ? je demande.

— Ouais, confirme Neuf. Et ça ne lui a pas plu. Il a grogné et refusé de lâcher. Je ne voulais pas lui faire mal.

— Ça ne lui ressemble pas, ajoute Sarah, de l'inquiétude dans le regard.

— Est-ce que ça peut être une espèce de cauchemar de Chimæra ? » suggère Six.

Je secoue la tête. Tous ces comportements inhabituels ont commencé dès qu'il s'est retrouvé en présence de ce bois. Il me semble que rien de ce que contiennent nos coffres n'est censé agir contre nous. Même mon bracelet, qui au début me faisait souffrir le martyre, s'est révélé utile. Ce phénomène a forcément une explication rationnelle.

« Où est Ella ? demande Sarah. Est-ce que ça pourrait être la même chose que ce qui lui arrive à elle, mais en version Chimæra ?

— Elle dort, contre toute attente, explique Marina. Et puis, ça semble complètement différent. »

Je tente la télépathie – *Bernie Kosar, il faut que tu te taises, maintenant* – mais je n'obtiens pas de réaction. Ne voyant pas d'autre solution que d'essayer de lui retirer ce bois, je m'avance vers lui. Avant même que j'aie eu à agir, Bernie Kosar se remet à quatre pattes et lâche l'objet. Ses hurlements résonnent encore quelques secondes à mes oreilles, puis se taisent. Par la télékinésie, je ramasse le bois couvert de bave et le soulève en l'air. BK halète d'un air joyeux en dévisageant tout le monde.

Je croise le regard de Neuf, et comprends que nous sommes tous deux reliés à BK par la télépathie. « On dirait qu'il n'a aucune idée de ce qui vient de se passer, je conclus.

— BK, tu as bu, ou quoi ? » demande Neuf, perplexe.

Bernie Kosar bondit vers nous en remuant la queue. Il a ce même air de chien ravi que quand on rentre d'un bon sprint au grand air.

« Tu nous as fichu la trouille, je lui dis. Tu te rends compte que tu étais debout, là, à faire des bruits franchement bizarres ? »

Bernie s'assied à mes pieds. Sarah se penche pour lui gratter les oreilles.

« Vous pouvez lui demander ce qu'il était en train de faire ? suggère-t-elle en levant les yeux vers Neuf et moi.

— J'essaie, je réponds, et Neuf hoche la tête, et fixe Bernie Kosar en plissant les yeux. C'est plein d'images et de sentiments, tu vois ? Pas vraiment des mots.

— Des aboiements télépathiques, résume Huit.

— Voilà, confirme Neuf.

— Il dit… » Je marque un temps d'arrêt, pour m'assurer que j'interprète bien les pensées de BK. « Il dit qu'il appelait les autres. » Je lève le bois. « J'imagine que c'est à ça que ça sert.

— Les autres ? répète Marina. Tu veux dire, les Chimæra du vaisseau d'Ella ?

— J'imagine. » Je baisse les yeux vers BK. *Tu penses qu'elles t'ont entendu ?*

BK bascule sur le dos pour que Sarah lui caresse le ventre, sans doute l'équivalent d'un haussement d'épaule, chez les Chimæra.

Neuf secoue la tête. « Bon, fin de la crise. Je vais me coucher. Ce serait possible d'avoir juste une nuit sans cris et sans hurlements, s'il vous plaît ? Rien qu'une seule ? »

Tout le monde suit Neuf dans l'escalier, nous laissant seuls Sarah, BK et moi. L'air nocturne est frais, et maintenant que BK a arrêté de hurler à la lune, tout est paisible. Je m'agenouille près de Sarah et passe les bras autour d'elle.

« Pas trop froid ?

— Non, répond-elle avec un sourire. Mais tu peux laisser tes bras. Je comprends mieux pourquoi tu aimes tant cet endroit. »

Nous restons assis là un moment, enlacés, à contempler la ligne des toits de Chicago. C'est un de ces instants parfaits, un de ceux qu'il faut que j'enregistre, pour me le repasser quand les choses se gâteront.

Et alors, sans doute parce que Sarah a raison et que le timing ne fait pas partie de mes Dons, une forme noire se détache du ciel nocturne et fonce droit sur nous.

CHAPITRE 25

« Qu'est-ce que c'est que ça ? s'écrie Sarah.

— Je ne sais pas. » Je bondis sur mes pieds et m'interpose instinctivement entre elle et la tache sombre qui descend en piqué. J'active le Lumen, prêt à tout, et la chaleur au creux de mes paumes me réconforte.

La silhouette ralentit. C'est une personne, pas de doute. Elle atterrit avec grâce à l'autre bout du toit, les bras levés en signe de paix.

« Cinq.

— Salut, les gars. Vous êtes des couche-tard. Je vous ai fait peur ?

— D'après toi ? » répond Sarah en désignant les boules de feu au creux de mes mains. Je me détends un peu et les laisse s'éteindre. Vêtu d'un sweat-shirt à capuche et d'un pantalon noir, Cinq se découvre la tête pour que je puisse voir son air contrit.

« Mince. Désolé. Je pensais que personne ne remarquerait. »

L'espace d'une seconde, j'ai vraiment cru qu'on était attaqués, c'est pourquoi je me montre un peu plus cassant que je le voudrais. « Mais qu'est-ce que tu fichais, bon sang ?

— Je faisais un tour en volant, c'est tout. Parfois j'aime voir jusqu'où je peux monter. »

Je cherche une réponse qui ne me donne pas l'air trop tyrannique. Je suis pour qu'on s'entraîne autant que possible, mais survoler la ville de Chicago me paraît totalement stupide, comme idée. Se cacher aux yeux de tous est une chose. Se cacher pendant que des ados attardés jouent les deltaplanes pile au-dessus de notre base en est une autre.

« Tu n'as pas peur que quelqu'un te voie ? » Sarah m'ôte les mots de la bouche.

Cinq secoue la tête. « Sans vouloir te vexer, Sarah, laisse-moi te dire que ton peuple ne se donne vraiment pas la peine de lever la tête. Et puis de toute manière, il fait nuit, et je suis habillé en noir. Faites-moi confiance, les gars, je suis prudent.

— Même, il y a des caméras de surveillance, des avions, et je ne sais quoi d'autre », je rétorque en essayant de ne pas trop lui faire la leçon.

Cinq pousse un soupir et tend les mains devant lui, comme s'il en avait assez de discuter. Après son altercation de tout à l'heure avec Neuf, j'imagine qu'il n'a pas très envie de s'attirer encore des ennuis. « Je peux arrêter, si tu veux. Mais il faut que tu saches que je m'améliore de jour en jour. J'allonge les distances. En fait, je pourrais sans doute faire un saut dans les Everglades pour récupérer mon coffre, et être rentré pour le petit déjeuner. »

J'apprécie cette attitude volontaire, de la part de Cinq. Tout à coup, il n'est plus le genre de type qu'on imagine collé devant ses jeux vidéo toute la journée. Mais je secoue la tête. « On ira en équipe, Cinq. On n'a plus à faire quoi que ce soit tout seul, désormais.

— Plus on est nombreux, moins il y a de danger. Tu as raison. » Il bâille et étire ses bras. « Très bien, je vais rentrer, alors. À demain matin, au réveil, dans la salle de conférences, c'est bien ça ?

— C'est ça. »

Une fois Cinq dans l'escalier, je me tourne vers Sarah. Un petit sourire aux lèvres, elle fixe le ciel nocturne. Je lui prends la main.

« Qu'est-ce que tu dis de ça ? »

Elle hausse les épaules. « Si tu avais la possibilité de voler, tu n'en ferais pas autant ?

— Seulement si tu pouvais venir avec moi. »

Sarah roule les yeux et me donne un petit coup de coude dans les côtes. « OK, Roméo, allons nous coucher avant qu'un autre truc dingue nous tombe dessus. »

CHAPITRE 26

« Tu es sûre que tu es prête ? »

Ella hoche la tête et nous nous dirigeons ensemble vers la salle de conférences. Elle est pâle, des cernes sombres se dessinent sous ses grands yeux, comme si elle sortait d'une terrible maladie. Elle a réussi à traverser la nuit dernière sans cauchemars et sans hurlements, mais elle semble toujours éreintée.

« Je peux y arriver, affirme-t-elle.

— Personne ne te jugera, si tu décides de renoncer.

— Tu n'as pas à me couver, riposte-t-elle d'un ton acerbe. Je suis capable de m'entraîner aussi dur que vous tous. »

Je hoche la tête et me tais. Peut-être un peu d'activité physique fera-t-elle du bien à Ella. Au moins, ça devrait suffisamment l'épuiser pour qu'elle se repose vraiment.

Nous sommes les deux dernières à pénétrer dans la salle de conférences. Tout le monde se trouve au milieu de la pièce, en tenue de sport. Malcolm est installé devant le Lectern, ses lunettes sur le nez, à observer attentivement les boutons et les touches du tableau de bord.

En nous apercevant, Neuf tape dans ses mains. « Très bien ! Au boulot ! C'est l'heure de jouer à "capturez le drapeau", les mecs ! L'épreuve suprême de travail d'équipe et, euh, de technique de baston. »

Six lève les yeux au ciel et Cinq étouffe un ricanement. Je vais me placer à côté de Huit, qui m'adresse un sourire. J'espère me retrouver dans le même camp que lui.

« Les règles sont simples », explique Neuf. Il désigne les deux extrémités du gymnase, où il a installé des T-shirts des Chicago Bulls en guise de drapeaux. « La première équipe qui réussit à prendre le drapeau du camp adverse et à le rapporter de son côté a gagné. Il faut garder le drapeau en main tout le long, interdiction d'utiliser la télékinésie. Pas question non plus de téléporter le drapeau de l'autre côté – là je m'adresse à toi, Huit. »

Un sourire narquois se dessine sur les lèvres de ce dernier. « Pas de problème. J'aime relever les défis. »

Empilés par terre, j'aperçois les quatre fusils mogadoriens que j'ai ramassés en quittant l'Arkansas. Je m'étais dit qu'ils pourraient nous être utiles exactement pour ce genre d'entraînement. Je remarque que Sam les fixe d'un air hésitant. « Et ça, c'est pour quoi faire ?

— Chaque équipe aura droit à deux fusils, intervient John. Malcolm les a modifiés, pour qu'ils ne soient plus mortels. Comme des pistolets paralysants. On se retrouve toujours à se battre contre les Mogs avec leurs propres armes, en situation de combat. Je me suis dit que ce serait bien de se faire la main avec.

— Et puis, on voulait aussi donner une chance aux non-Gardanes », ajoute Neuf en lançant un coup d'œil à Sam et à Sarah.

Malcolm quitte le Lectern et avance vers nous, les mains dans le dos. « Je me servirai des systèmes de cette salle pour faire surgir des obstacles. Rappelez-vous, si quelqu'un est blessé, il est possible de faire une pause pour que Marina ou John le soigne. »

Neuf pousse un soupir d'agacement. « Il n'y a pas de pause, dans un vrai combat, alors essayons de ne pas trop faire les mauviettes. »

John passe les troupes en revue du regard, préférant calmer le jeu. « Souvenez-vous, ce n'est qu'un entraînement. On n'essaie pas réellement de s'entretuer. »

John et Neuf se retrouvent capitaines des deux équipes opposées. John choisit Six en premier, et Neuf riposte avec Huit. Puis John prend Cinq et Neuf, Marina. Le troisième choix de John est Bernie Kosar, tandis que Neuf surprend tout le monde en optant pour Sarah. Je m'attendais à être sélectionné en dernier ; il n'y a pas de honte à ça, quand tous les autres sont bourrés de superpouvoirs. John me choisit, sans doute pour répartir les humains de manière équilibrée – ce qui signifie qu'Ella rejoint le camp de Neuf.

Nous nous regroupons à l'extrémité du gymnase.

« Je vais me rendre tout de suite invisible, propose Six. Si vous arrivez à occuper les autres, je devrais pouvoir attraper leur drapeau sans problème. »

John acquiesce. « C'est surtout Huit, qui m'inquiète. Il va probablement se téléporter directement de notre côté pour essayer de prendre le drapeau. Sam, je veux que Bernie Kosar et toi, vous montiez la garde. »

Je tapote la tête de Bernie Kosar. Sous mes doigts, sa fourrure de beagle se transforme en robe soyeuse de tigre. « Hmm, ouais, on devrait s'en tirer.

– Cinq, toi et moi, on ira en défense. Occupe-les, pendant que Six tente une percée. »

Cinq jette un œil par-dessus son épaule, en direction de l'autre groupe. « Je prends Neuf. »

John et moi échangeons un regard furtif – l'incident d'hier est encore frais. Ce n'est pas tous les jours que quelqu'un se porte volontaire pour affronter notre dingue de baston. John hausse les épaules. « Comme tu voudras. Je te couvre. Vas-y doucement, cette fois-ci, d'accord ? »

Cinq sourit d'un air désinvolte. « Je ne promets rien. »

Notre mêlée se sépare et je souris à Six. « Bonne chance. Ils ne te verront pas venir. »

Super remarque. *Tu as encore du boulot, mon vieux Sam.* Six me sourit brièvement. Elle s'empare d'un des fusils mog et me le lance. « Merci, Sam. Et je compte sur toi pour me couvrir, OK ? »

« Je me téléporte là-bas, j'attrape le drapeau et je détale, suggère Huit en claquant des doigts. On n'aura même pas le temps de transpirer. »

Neuf secoue la tête. « C'est exactement à ça qu'ils s'attendent. Alors ouais, fais donc ça. Mais ce sera juste une diversion. »

Sarah lève la main pour intervenir. « Désolée, Neuf, mais il faut que je pose la question. Pourquoi m'avoir choisie ? »

Neuf lui adresse un grand sourire. « Tu es mon arme secrète, Hart. Jamais John ne sera au top, si tu lui fais tes petits airs mamours.

— Mes petits airs mamours ? répète Sarah d'un ton cassant en armant le fusil mog qu'elle a ramassé. Tu veux que je te descende tout de suite ?

— Je l'ai vue faire. Elle ne rate jamais. » Je l'ai regardée s'entraîner. Je l'envie de viser si bien. Je n'ai pas réussi à m'adapter aussi vite qu'elle aux armes à feu. Elles me rendent nerveux.

« Je sais, répond Neuf en reprenant son calme. C'est pourquoi elle va filer Six.

— Tu sais qu'elle va se rendre invisible, glisse Huit. Comment on est censés l'en empêcher ?

— C'est là qu'Ella entre en piste », explique Neuf. En entendant prononcer son nom, Ella sursaute et lève les yeux du fusil qu'elle tripote. Je crois qu'elle est un peu contrariée d'avoir été choisie en dernier.

« Moi ? répète-t-elle, incrédule.

— Bien sûr, toi ! Tu vas te servir de ton superpouvoir télépathique pour repérer Six, quand elle sera invisible. Ensuite, Sarah et toi vous la descendrez.

— Euh, je ne suis pas certaine de pouvoir faire ça.

— Tu l'as bien localisée dans une base maousse, au Nouveau-Mexique. Là, il n'y a qu'une pièce. » Neuf lui secoue l'épaule pour l'encourager. « Essaie, pour moi. D'accord ?

— Et moi, je fais quoi ? »

Neuf prend cet air vraiment fier – de « petit merdeux », je crois que John l'appelle – qu'il a quand il est persuadé d'avoir dégotté un truc vraiment juteux. Il m'attrape la main et sur ma peau le petit duvet se dresse. Un frisson électrique me parcourt. « Toi, Marina, tu es ma véritable arme secrète. »

« Les deux camps sont-ils prêts ? » crie Malcolm depuis le Lectern.

Les deux équipes se tiennent à une dizaine de mètres de distance, non loin du centre de la salle de conférences. Je balaie l'assemblée du regard. De mon côté, tout le monde a l'air déterminé. Sam commence déjà à transpirer un peu et ajuste sans arrêt sa prise sur son arme. En face de moi, Sarah me lance un sourire innocent en brandissant son propre fusil. Je sens mon cœur vibrer, mais j'essaie de garder une expression sérieuse.

« Prêts ! je hurle en réponse.

— Allons leur botter le cul ! » braille Neuf.

Malcolm appuie sur plusieurs touches du Lectern. Autour de nous la pièce s'anime dans un bourdonnement. Des parties du sol se soulèvent, créant des zones de protection permettant de se mettre à couvert. Des médecine-balls accrochées à des chaînes tombent du plafond. Des canules émergent du mur et vaporisent de la fumée.

« C'est parti ! » ordonne Malcolm.

Pendant une seconde, personne ne bouge. Puis, brusquement, mon bracelet se réveille. Mon bouclier rouge se déploie juste à temps pour bloquer un tir. J'en cherche l'auteur du regard et aperçois Sarah à l'autre bout du gymnase, tout sourire, le canon de son fusil encore fumant.

« Désolée, chéri ! » me crie-t-elle avant de se jeter derrière un abri.

Près de moi, je vois Six réapparaître. De l'autre côté, Sam plonge vers notre drapeau. Tout le monde s'agite en tous sens et soudain, ça ressemble à un vrai combat. Au chaos.

Et puis, il y a Neuf. Qui fonce droit sur moi.

Il est si rapide que j'ai à peine le temps d'activer mon Lumen pour projeter une boule de feu dans sa direction. Il bondit par-dessus et se laisse tomber sur moi de tout son poids. Je bascule en arrière en interposant mon bouclier entre nous. Neuf le bourre de coups, de toutes ses forces. Des encoches apparaissent dans le matériau rouge, mais la protection tient bon. Frustré, Neuf saute de côté et mon bouclier se rétracte instantanément à l'intérieur du bracelet. Je bondis sur mes pieds, mais même protégé par mon écran je suis encore sonné par l'assaut de Neuf. Je suis plus lent qu'il ne le faudrait.

« Toi et tes fichus bijoux, Johnny, grogne Neuf. Je réfléchis à ce coup depuis notre dernier combat. Quand j'ai essayé de le retirer à la main, j'ai reçu une décharge, alors je me demandais si… »

Je sens sa télékinésie s'activer, trop tard pour pouvoir réagir. Il m'arrache le bracelet du poignet et l'envoie valser contre le mur.

« Ha ! s'exclame-t-il, hilare. Et maintenant, tu fais quoi ? »

Alors qu'il s'apprête à charger, le bras élastique de Cinq s'enroule autour de sa taille et le fait voler sur le côté. Neuf se rétablit d'un bond. Cinq se dresse face à lui, en faisant rouler sa bille en caoutchouc et sa bille métallique au creux de sa paume. Sa peau se transforme alors en une couche d'acier trempé.

« Prêt pour une deuxième manche ? lance-t-il.

— Oh, tu n'imagines pas à quel point », gronde Neuf.

Tout se passe comme John l'avait prédit. À peine ai-je pris position près de notre drapeau que Huit se matérialise tout près. Je me remémore les règles, à savoir qu'il ne peut téléporter le drapeau à l'autre bout de la pièce, et j'attends qu'il l'arrache du mur. Dès que c'est chose faite, je le mitraille.

Il pousse un cri de surprise en recevant dans le dos la décharge électrique de la première balle, et tombe à terre. Il bascule sur le flanc. « Bon sang, Sam ! Tirer dans le dos, ça ne se fait pas. »

Je relève mon arme et le vise. « Lâche ce drapeau !

– Je ne crois pas, non », répond-il en se remettant sur pied. Je tire encore quelques coups, qu'il esquive lestement en dansant derrière un bloc de protection. Mais je le tiens, et il le sait. Impossible pour lui de rejoindre le bout de la salle avec notre drapeau.

« OK, Sam, essaie un peu ça, pour voir si ça te va », hurle-t-il. Il saisit le drapeau entre ses dents et se transforme en une créature flippante ressemblant à un lion, avec dix bras. Il enjambe la barricade, se dirige vers moi et fait voler mon fusil d'un coup de patte griffue.

« Chope-le, BK ! » je m'écrie.

Avant que Huit ait pu bouger, Bernie Kosar se jette sur lui. Lui aussi a changé de forme : c'est maintenant un boa constrictor géant. Il s'enroule autour de Huit, lui plaquant les bras le long du corps. Huit ouvre grand la gueule pour reprendre son souffle, et le drapeau glisse. Je m'en empare et le replante dans notre mur.

Je vois Sarah et Ella, toutes deux à couvert près de notre drapeau, pointer leurs armes de droite à gauche, à la recherche d'une cible invisible.

« Allez, Ella, l'encourage Sarah. Tu peux y arriver. »

Le visage tordu par la concentration, Ella s'efforce de localiser Six par la télépathie. J'espère qu'après l'épreuve d'hier, ce n'est pas trop lui demander. Brusquement, son expression s'illumine.

« Là ! » Elle se met à tirer dans le vide. Sarah l'imite sans vraiment viser, essayant simplement de couvrir la même zone.

La plupart des tirs vont se loger dans le mur sans rien toucher. Mais soudain, l'une des ondes électriques s'immobilise dans l'air. Elle crépite quelques instants et je vois les contours du squelette de Six, comme aux rayons X, s'écrouler au sol. Six réapparaît, visiblement surprise et perplexe de s'être fait repérer. Elle recule en crabe pour éviter une nouvelle salve en provenance d'Ella et de Sarah.

« Beau boulot, les filles ! » je m'exclame. Ella et Sarah prennent le temps de se taper dans la main avant de remettre Six en joue.

Je glisse le long du mur, observant l'action de l'extérieur. Personne ne fait encore attention à moi, et c'est exactement ce que veut notre équipe.

Au centre de la pièce, Neuf esquive un coup de poing d'acier de Cinq en se baissant, et lui attrape le poignet au moment où il passe au-dessus de sa tête. Il lui retourne le bras et le lui bloque dans le dos. Puis il se met à tordre les doigts de Cinq.

« Tu as beau être en acier, rugit Neuf, tu restes moins fort que moi. »

Il force Cinq à ouvrir la main. J'entends le choc métallique de la balle heurtant le sol. Instantanément, la peau de Cinq reprend son aspect normal. Neuf le repousse violemment contre l'une des médecine-balls se balançant du plafond. Elle percute Cinq en plein visage et il s'effondre à terre. Il s'attrape la tête en grognant.

« Oups. On dirait que quelqu'un a perdu ses boules », le raille Neuf.

Je me laisse distraire par le combat, si bien que je manque de marcher sur le bracelet que Neuf a arraché à John. Pensant qu'il pourrait se révéler utile, je le ramasse et me le passe au poignet. Je suis tellement surprise par l'onde glacée qui remonte le long de mon bras que j'ai le réflexe d'arracher le bijou. Je me force à me concentrer et me remets à glisser le long du mur, à l'abri des regards.

« Hé ! vocifère John, et je mets un moment à comprendre que c'est à moi qu'il parle. Tu as quelque chose qui m'appartient ! »

Ses deux poings s'enflamment et il envoie deux globes de feu de la taille d'un ballon de basket droit sur moi.

Jamais je n'aurais envoyé des projectiles de cette puissance à Marina si je n'avais pas la certitude que le bracelet pouvait les neutraliser. Le bouclier se déploie juste à temps, mais la violence de l'impact la projette contre le mur, l'assommant presque. Je ne sais pas ce qu'elle manigance, à progresser sur la touche, mais je suis sûr que ça fait partie d'un plan concocté par son équipe.

Par-dessus mon épaule, je jette un coup d'œil en direction de Cinq, qui recule en rampant devant l'assaut de

Neuf. Pas bon signe. J'envoie une boule de feu vers Neuf et il l'esquive. Ce qui donne à Cinq une chance de se relever et de creuser la distance entre eux. Évidemment, il est à peine debout qu'une onde électrique tirée par Sarah le remet par terre. Elle a beau faire un vrai carnage dans mon équipe, je ne peux m'empêcher d'admirer comment elle s'en sort.

Mais il va falloir que Cinq se débrouille tout seul. Je dois découvrir ce que mijote Marina et récupérer mon bracelet. Je fonce sur elle au moment où elle s'éloigne du mur. Elle écarquille les yeux en me voyant approcher et m'envoie un coup de pied dans les jambes. Je me dérobe à temps et la propulse contre le mur, tentant au passage de lui arracher le bracelet.

« C'est quoi, ton plan, Marina ?

— Je ne dirai rien ! » explose-t-elle en essayant de me décocher un coup de tête. Les leçons de Neuf ont visiblement porté, pour le côté bestial.

« John ! » La voix de Sam, à l'autre bout de la salle. « Attention ! »

Je comprends tout de suite, mais c'est déjà trop tard pour contrer. Huit se téléporte juste à côté de moi en profitant de son élan pour m'assener un uppercut à la mâchoire. Je bascule vers l'arrière, lâchant Marina. Je fais volte-face, mais Huit se téléporte derrière moi pour me percuter dans le dos avec ses deux pieds. Je m'effondre sur un genou. Comment suis-je censé vaincre à un contre un quelqu'un capable de se téléporter ?

J'essaie de viser Huit, mais il bouge trop vite. Il n'arrête pas de se téléporter autour de John, il le frappe puis disparaît sans lui laisser le temps de riposter. Près

de moi, Bernie Kosar a gardé sa forme de boa depuis que Huit s'est dégagé de son emprise par téléportation.

« BK, va aider John ! Je garde le fort. »

Il se transforme en aigle gigantesque et s'envole. Il n'y a plus que moi pour garder le drapeau.

Notre meilleure chance de victoire reste Six. Elle s'est réfugiée à couvert, sous le feu nourri de Sarah et d'Ella. De là où je suis, je la vois clairement. Elle est accroupie, concentrée, et une petite brise soulève sa chevelure.

Une seconde. D'où vient-elle, cette brise ?

Brusquement, je sens la pression changer, dans la salle. Six se lève de sa cachette et tend les bras en direction de Sarah et Ella. Projetée en arrière, cette dernière percute le mur. Sarah tombe elle aussi, lâchant son arme.

Avant même qu'elles aient touché le sol, Six bondit. Sarah se penche pour récupérer son fusil, mais Six se sert de la télékinésie pour le faire glisser à bonne distance. Puis elle fonce droit sur le drapeau, l'arrache du mur et pique un sprint en direction de notre camp. « Vas-y, Six ! » je hurle avec une pointe de fierté. Personne d'autre dans cette pièce ne voit vraiment les choses comme ça, mais je nous considère tous les trois, John, Six et moi, comme la vieille garde face aux petits bleus. Et on est en train de gagner !

Tout en regardant Six foncer vers notre côté, je laisse mon arme en position de tir, prêt à couvrir ses arrières.

Huit est trop occupé à essayer de maîtriser John et BK pour remarquer la percée de Six. Mais Neuf ne rate rien. Il repousse d'un geste le malheureux Cinq, visiblement éreinté, et se précipite pour intercepter Six au milieu de la pièce. Tandis qu'il fonce vers elle, je prie pour qu'elle se rende invisible. Mais elle n'en fait rien. En fait, on dirait même qu'elle va droit à l'affrontement.

Neuf frappe le premier, un crochet du droit par en dessus que Six esquive sans mal. Elle réplique par deux coups latéraux dans le flanc, puis essaie de le faucher d'un coup de pied. Neuf bondit par-dessus ses jambes et l'attrape par le poignet avant qu'elle ait réussi à le frapper au nez avec la paume. De sa main libre, Neuf lui administre un coup de poing, que Six bloque, avant de lui retourner le bras. Ils se battent ainsi au corps à corps un moment, chacun maîtrisant l'un des bras de l'autre. Six se tortille et se débat, mais je me rends compte que Neuf est en train de prendre le dessus.

Pendant un moment, je me retrouve comme pétrifié, à les regarder se battre. J'imagine que c'est mon instinct naturel, de me tenir en recul pendant que les Gardanes mènent la bataille, que ce soit contre les Mogs ou entre eux. Mais alors, je me rends compte que j'ai une fenêtre de tir, contre Neuf : son large dos s'offre soudain comme cible. Brusquement, j'ai la possibilité de mettre immédiatement fin à l'affrontement. Il suffit que je presse la détente, et Neuf s'effondrera, libérant Six qui pourra nous rejoindre.

Je vise et fais feu.

Je ne sais pas comment il fait. Peut-être que je suis juste maudit. À l'instant même où je tire, Neuf fait volte-face, exposant Six. Je la touche dans le dos et elle s'écroule à terre, secouée de spasmes. Le drapeau s'échappe de ses mains en claquant, et Neuf le récupère au vol.

« Six ! je vocifère, mortifié. Je suis désolé ! »

Je ne vois même pas Marina arriver.

C'est ta chance, Marina. Fonce !

Voyant que Sam est distrait, je passe en trombe devant lui pour décrocher leur drapeau du mur. Il me remarque au moment où je repars en flèche vers notre camp, en longeant la cloison. Il essaie de me viser, mais je lui arrache le fusil des mains par la télékinésie. Il ne devrait plus me poser de problème. Cinq est étendu à quelques mètres de là, l'air sonné par son affrontement avec Neuf. Lui aussi me paraît assez inoffensif.

Ce sont John et Bernie Kosar qui m'inquiètent plus.

Dès qu'ils me voient en train de courir avec le drapeau, ils abandonnent Huit. Ce dernier se matérialise pile devant Bernie Kosar, l'attrape, et le téléporte avec lui à l'autre bout de la pièce. Ce qui nous laisse John.

Neuf essaie de l'intercepter, mais Six a beau ne pas être remise de la décharge qu'elle a reçue dans le dos, elle réussit à jeter la jambe en l'air et à faire trébucher Neuf. Ce qui ouvre à John une véritable avenue jusqu'à moi. Je porte toujours son bracelet, aussi sait-il que me lancer des boules de feu sera sans effet. Il préfère donc me foncer droit dessus pour me couper la route.

Au début je suis désorientée, quand j'active le Don d'anti-gravité que Neuf m'a transféré au début de cette partie. C'est étrange de sentir le monde basculer, au moment où je me mets à courir sur le mur, et où mes pieds atterrissent là où ils ne devraient pas. John déboule si vite qu'il n'a pas le temps de réagir et qu'il percute la cloison en dessous de moi.

Je pique un sprint au plafond jusqu'au mur de notre côté de la pièce. Là, je me laisse tomber à terre et brandis le drapeau. Je n'arrive pas à croire que j'y sois arrivée, même lorsque le coup de sifflet de Malcolm annonce la fin du jeu. J'ai réussi. On a gagné !

« Bon sang, je m'exclame en me frottant la tête là où elle a percuté le mur. Je n'ai rien vu venir. »

Je regarde Marina fêter sa victoire, et je ne peux m'empêcher de sourire. Huit se téléporte jusqu'à elle pour la soulever dans ses bras et Ella les rejoint en courant. Neuf se dirige vers moi en boitant et me tend la main.

« Belle partie, chef.

— Ouais, pour toi aussi », je réponds en lui empoignant la main. Il y a encore une semaine, la simple idée de voir Neuf gagner m'aurait rendu fou de rage. Mais ça n'a plus vraiment d'importance, à présent. L'essentiel, c'est que les deux camps aient bien travaillé ensemble. Se servir des Dons, montrer son aptitude au combat, couvrir les membres de son équipe – je sais que ce n'est qu'un jeu, mais je commence à croire qu'ensemble, on peut tout affronter.

Neuf se dirige vers Cinq pour l'aider à se relever. Il a l'air plutôt amoché, avec son visage couvert d'ecchymoses sur tout un côté et son bras pendant, inerte. Neuf l'époussette en en faisant des tonnes.

« Sans rancune, déclare-t-il avec un sourire suffisant.

— Ouais, tu m'étonnes », répond Cinq d'un ton maussade.

Je regarde Sam s'agenouiller près de Six. Elle n'est toujours pas remise de la décharge électrique du canon. Je vois bien que Sam se sent coupable.

« Six, je suis désolé, je ne voulais pas.

— Oublie ça, Sam, répond-elle avec un geste de la main. C'était un accident.

— Pas vraiment, intervient Neuf en s'approchant d'un pas nonchalant. Ella m'a prévenu du coup par la télépathie. C'est comme ça que j'ai su à quel moment te faire valser dans mes bras. »

Nous nous tournons tous vers Ella. Elle est écarlate d'excitation. Elle a l'air en meilleure santé qu'avant la partie. Et plus réveillée, aussi.

Tandis que le reste du groupe traverse la pièce pour féliciter Marina et se faire soigner, Malcolm se dirige vers moi et me donne une tape dans le dos.

« Bien joué.

— Pas vraiment. On a perdu. »

Malcolm secoue la tête.

« Ce n'est pas ce que je voulais dire. Bravo d'avoir réussi à mettre tout ça sur pied. Tu sais ce que j'ai vu, en regardant ce spectacle, John ? »

Je dévisage Malcolm, dans l'attente d'une réponse.

« Une armée à ne pas prendre à la légère. »

CHAPITRE 27

Après l'entraînement, lorsque j'émerge de la douche, je trouve Sam qui m'attend dans le couloir, à la porte de la salle de bains. Il a cet air préoccupé qui ne l'a pas quitté depuis que Marina a décroché le drapeau, comme s'il était l'unique responsable de la défaite, de toute cette guerre, même, alors qu'il ne s'agit que d'une petite erreur stratégique au cours d'une simulation.

« J'ai vraiment merdé. Je comprends bien pourquoi tu ne m'emmènes pas avec vous dans les Everglades. »

Une fois tout le monde guéri, le groupe s'est réuni pour voter, et il a été décidé à l'unanimité que nous partirions pour la Floride dès demain. Le fait que Sam ne vienne pas n'a rien à voir avec sa performance d'aujourd'hui ; il est beaucoup plus logique qu'il reste à Chicago avec Malcolm, à surveiller la tablette afin de coordonner nos mouvements, de décider s'il faut nous séparer, et de nous transmettre les infos, en cas de problème. C'est une tâche importante, mais je n'ai même pas essayé de convaincre qui que ce soit d'autre de s'y coller. Personne ne veut rester sur la touche pour notre première mission de Gardanes réunis.

« Tu sais bien que ce n'est pas pour ça, Sam.

— Ouais, ouais, acquiesce-t-il à contrecœur.

— Allez, quoi. Ce n'était qu'un jeu. Oublie ça. » Je lui donne un petit coup de poing dans l'épaule.

Il pousse un soupir. « J'ai été un vrai boulet, c'en était gênant, mec. Et en face de Six.

— Ohhh. » Je comprends seulement. « Donc tu as tiré dans le dos de la fille qui te plaît. La grosse galère.

— Justement, oui, c'est la galère, insiste-t-il. J'ai eu l'air d'un crétin incapable de se protéger. Ou pire encore, d'un type capable de faire du mal à ceux qu'il aime. »

Je ne sais pas quoi lui répondre. Il n'a jamais eu de petite amie. Avoir des vues sur Six, c'est comme s'attaquer à l'Everest quand on débute dans l'escalade.

« Écoute, j'aimerais avoir un conseil utile à te donner, mon pote. Mais tu veux que je te dise franchement ? Je ne comprends rien à cette fille. Si tu tiens vraiment à elle, sois franc avec elle, point final. Elle aime ça, la franchise. Ou, disons, qu'on soit direct. Voire un peu brutal.

— Quand tu dis "brutal", ça me fait penser aux hommes des cavernes. »

Je lui assène une tape dans le dos. « Sois direct, mais n'y va pas à la massue, quand même. Sinon c'est toi qui n'en réchapperas pas. »

C'est une plaisanterie, bien sûr, mais visiblement Sam la prend au premier degré. « Et puis, quelle chance j'ai, avec elle, John ? Elle va se caser avec Neuf en un rien de temps. Lui au moins, il sait se battre.

— Neuf ?! » Je ne peux pas m'empêcher de rire. Je lui tapote l'épaule. « Allez, vieux. D'abord Six ne peut pas sentir Neuf.

— Sérieux ? » Il lève les yeux vers moi. Son sourire est plus détendu, même si la gêne n'a pas totalement disparu. « Désolé de te gonfler avec tout ça. J'imagine que j'avais juste besoin d'un peu d'encouragements. »

Nous arrivons devant ma porte. Je pose les mains sur les épaules de mon meilleur ami et je le regarde droit dans les yeux.

« Sam, fonce. Qu'est-ce que tu as à perdre ? »

Je l'abandonne dans le couloir, à réfléchir à son plan d'action. J'espère que ça va marcher, pour lui. En un sens, je pense que Six et lui s'entendraient vraiment bien, mais je ne veux pas m'éterniser à jouer les entremetteurs. J'ai des préoccupations plus importantes. Sans parler de ma propre petite amie.

Sarah m'attend dans la chambre, en train de s'essuyer les cheveux avec une serviette. Sitôt que j'ai refermé la porte, elle me lance un regard entendu et un sourire taquin danse sur ses lèvres.

« C'était très bien, comme conseil. »

Je jette un œil par-dessus mon épaule en direction du couloir en me demandant si elle a entendu l'intégralité de ma conversation avec Sam. « Tu crois ? »

Elle hoche la tête. « Sam est devenu un grand garçon. Emily en aurait le cœur brisé. »

Je mets un moment à me rappeler l'amie de Sarah, à Paradise, pour qui Sam avait eu un coup de cœur, pendant la balade en chariot à foin. Tout ça paraît si loin. « J'espère que je ne viens pas d'envoyer Sam se faire briser le cœur, lui aussi. Tu penses qu'il a vraiment ses chances, avec Six ?

— Peut-être, répond-elle en s'approchant de moi. Sous ses dehors pas commodes, ça reste une fille. Sam est mignon et drôle, et à l'évidence, il tient à elle. Il a tout pour lui. »

Elle passe les bras autour de mon cou et je l'attire contre moi.

« C'est peut-être toi qui devrais lui donner des conseils, sur la manière de séduire les Lorics. Tu es plutôt douée.

— Ah oui ? » répond-elle en battant des cils. Elle pose un baiser appuyé sur mes lèvres et ses doigts se glissent dans mes cheveux. En cet instant, j'oublie tout, aussi bien Sam que les problèmes auxquels nous sommes confrontés. C'est un moment extraordinaire, et j'aimerais que toute ma vie se résume à ce baiser. Sarah se recule lentement et prend le temps de me regarder en souriant. « C'est pour m'excuser de t'avoir tiré dessus.

— Si ça doit être ma récompense, tu peux recommencer quand tu veux.

— Bon, c'est quoi, le programme, aujourd'hui ? demande-t-elle en énumérant mes obligations habituelles sur ses doigts. Un peu de stratégie ? De la cartographie ? Un petit sauvetage mondial ? »

Je secoue la tête. « Je me disais qu'on pourrait sortir un peu. »

Nous nous retrouvons à marcher jusqu'au zoo de Lincoln Park. J'ai passé tellement de temps sur le toit du John Hancock Center depuis qu'on est revenus à Chicago que je n'ai pas l'impression d'avoir été reclus. Mais découvrir la ville d'en bas, avec les gens, ça n'a rien à voir. Malgré les gaz d'échappement et les relents de poubelles auxquels on a droit dans toute métropole, l'air paraît plus frais, étrangement. Peut-être est-ce seulement parce que je me sens libre, plus vivant en bas que quand je rumine mes problèmes seul sur le toit. Avec la main de Sarah dans le creux de mon coude, il m'est facile d'imaginer que nous sommes un couple normal en balade.

Ce qui ne signifie pas pour autant que je baisse la garde. Sous mon blouson léger, je porte mon bracelet, juste au cas où il repérerait le moindre signe de danger. Nous nous arrêtons devant l'enclos des lions, mais on ne voit rien d'autre que le derrière auréolé de fourrure dorée d'un gros félin somnolant derrière un pneu mâchonné.

« C'est le problème, avec les zoos, m'explique Sarah. Les animaux deviennent tellement paresseux et somnolents que parfois on n'arrive même pas à les apercevoir.

— Ça ne devrait pas nous arrêter. » Par la télépathie, j'entre en contact avec l'animal, et le convaincs gentiment de se réveiller. Il se lève et secoue sa crinière, puis s'avance vers nous d'un pas nonchalant. Il s'immobilise près de son point d'eau et nous fixe en clignant les paupières d'un air perplexe.

Je lui demande de rugir, ce qu'il fait, un beau grognement retentissant qui fait fuir en braillant et en riant les petits enfants agglutinés derrière l'enceinte.

« Bon garçon, je murmure, et Sarah me serre le bras.

— Tu es un vrai Dr Doolittle. Si jamais tu dois de nouveau te cacher, un cirque ferait parfaitement l'affaire. »

Je teste ma télépathie animale auprès d'autres cages. J'encourage ainsi un phoque à l'air las à faire une petite démonstration improvisée de ses talents avec un ballon. Je demande aux singes de venir appuyer leurs paumes contre la vitre, pour que Sarah puisse leur taper gentiment dans la main. C'est un bon entraînement pour ce Don dont je ne me sers en général que pour communiquer avec Bernie Kosar.

Au crépuscule, le zoo commence à fermer. Tandis que nous nous dirigeons doucement vers la sortie, Sarah pose la tête sur mon épaule et lâche un soupir. Je vois bien que quelque chose la préoccupe.

« J'ai besoin de plus de moments comme celui-ci, avec toi.

— Je sais. C'est ce que je veux, moi aussi. Dès qu'on aura battu les Mogs, je te promets qu'on aura tout le temps qu'on voudra. »

Son regard se fait vague, comme si elle imaginait l'avenir et que la vision n'était pas vraiment encourageante. « Qu'est-ce qui se passera, après ? Vous retournerez sur Lorien, n'est-ce pas ?

— J'espère, oui. On doit encore dégotter un moyen de rentrer. Et il faut espérer que Malcolm dise vrai, au sujet des Pierres Phoenix qui se trouvent dans nos coffres. Et qu'on en ait assez pour faire revivre la planète.

— Et tu tiens à ce que je t'accompagne ?

— Évidemment. » Je n'ai même pas à y réfléchir. « Je ne veux aller nulle part, sans toi. »

Sarah me sourit avec une pointe de tristesse qui me prend au dépourvu. « Tu es adorable, John, mais je ne joue pas aux devinettes, comme on l'a fait sur la route, avec Six. Je suis sérieuse. Est-ce qu'on reviendrait un jour ? Sur Terre ?

— Ouais, bien sûr. » Je sais que c'est la seule réponse adéquate, en pareille circonstance, même si je ne suis pas certain que ce soit la vérité. « On reviendrait, c'est sûr, je répète en regardant mes pieds.

— Vraiment ? Des années dans un vaisseau spatial, John. Ne te méprends pas, une partie de moi a réellement envie de partir. Toutes les filles n'ont pas un petit ami qui leur propose de les emmener dans une autre galaxie. Mais j'ai une famille, ici, John. Je sais qu'ils ne sont pas du genre à savoir rendre sa splendeur à une planète déchue, mais ils comptent beaucoup, pour moi. »

Je fronce les sourcils en sentant ma bonne humeur vaciller. Un sentiment de tristesse lui succède. De deuil. « Je ne veux pas t'arracher à ta famille, Sarah. Ce retour sur Lorien, c'est censé être une bonne chose, un triomphe. » Je me sens hésitant, à essayer de formuler ce que je pense le plus justement possible. « J'ai toujours considéré ça comme l'issue ultime, tu vois ? Après tout les combats, on retournerait chez nous et on trouverait un moyen de tout reprendre à zéro. C'est notre destin, et en même temps ça ne m'a jamais paru vraiment possible, je ne sais pas comment t'expliquer. Depuis toujours j'y réfléchis dans les moindres détails. Mais peut-être que je devrais arrêter de le faire. »

Nous nous arrêtons et elle me touche le visage. « Je ne veux pas t'arracher à ton destin. Je t'en supplie, ne crois pas que ce soit ce que j'essaie de faire.

— Bien sûr que non. Mais je refuse de retourner sur Lorien sans toi.

— Et je ne suis pas sûre d'avoir envie de rester sur Terre sans toi.

— Alors, qu'est-ce qu'il nous reste ?

— Je ne sais pas ce que l'avenir nous réserve, conclut Sarah, mais je t'aime, John. Pour l'instant, c'est tout ce qui compte. Il sera bien temps de prendre des décisions quand ce sera nécessaire.

— Moi aussi, je t'aime. » Je l'attire contre moi pour l'embrasser.

Et c'est alors que mon poignet se met à fourmiller.

CHAPITRE 28

« Qu'est-ce qui ne va pas ? demande Sarah en me voyant me dégager brusquement.

— Mon bracelet m'envoie un signal d'alarme. Il y a un problème. » Je fais volte-face pour essayer d'englober tout le décor du regard. « Un gros problème.

— Ce n'est pas possible, c'est une manie. » Elle fait référence à la situation d'hier soir, avec Bernie Kosar sur le toit.

« Non, c'est autre chose. C'est plus grave. »

Je porte instinctivement la main à mon bracelet, qui m'envoie des ondes glaciales dans le bras. Nous nous trouvons dans une rue très passante du centre-ville de Chicago. Je scrute les visages qui m'entourent : des gens qui rentrent du travail, des couples qui sortent dîner, tous des humains. Pas une seule silhouette avec un visage blafard et un penchant pour les vêtements sombres en vue. Pourtant jamais le bracelet ne s'est trompé, jusqu'ici. Il y a du danger, tout près.

« On devrait rentrer, suggère Sarah. Prévenir les autres. »

Je secoue la tête. « Non. S'ils nous suivent et qu'on ne réussit pas à s'en débarrasser, on ne fera que les mener à eux.

— Merde, tu as raison. Alors qu'est-ce qu'on fait ?

— Il faut qu'on les trouve. » Je saisis la main de Sarah et nous redescendons la rue sur quelques mètres. À mon bras, les picotements faiblissent, ce qui signifie que le danger est dans la direction opposée. Je fais demi-tour et commence à avancer, mais je ne vois rien d'inhabituel.

« John… » J'entends l'inquiétude dans la voix de Sarah, et elle enveloppe ma main dans les deux siennes pour essayer de camoufler la lueur qui se dégage subitement de ma peau. Mon Lumen s'est activé de lui-même et mes deux paumes s'illuminent, parées pour le combat. J'inspire à fond pour me calmer, et pour forcer mes mains à reprendre leur apparence normale. Par chance, personne autour de nous ne semble s'être rendu compte de quoi que ce soit.

« Par ici. » Je conduis Sarah vers l'entrée d'une ruelle sombre. Le bracelet est en alerte maximale, et je suis engourdi jusqu'à l'épaule par les fourmillements. Je glisse le long du mur et passe la tête au coin de la ruelle.

Ils sont trois. Des éclaireurs mogadoriens, d'après leur dégaine. Ils ne font même pas l'effort de se faire passer pour des humains, avec leurs crânes pâles et chauves à tatouage et leurs imperméables noirs qui ficheraient la frousse à n'importe qui. Je ne sais pas ce qu'ils font ici, mais il est clair qu'ils ne s'attendent pas à se faire repérer. Deux d'entre eux font le guet pendant que le troisième passe les mains sous une benne en métal. Il en décroche quelque chose qui ressemble à une enveloppe.

« Ils sont trois, je chuchote à Sarah qui est venue se placer juste à côté de moi, adossée au mur. Ça doit être des Incubés, ceux dont nous a parlé Malcolm. Moches et blafards, comme d'habitude.

— Qu'est-ce qu'ils fabriquent là ?

— Aucune idée. Mais ils font des cibles faciles.

— Je n'ai pas pris d'arme, pour un rendez-vous galant, chuchote Sarah. J'aurais dû me méfier.

— Ne t'inquiète pas. Ils ne nous ont pas détectés. »

Sarah baisse les yeux vers mes mains. « On ne peut pas juste les laisser terminer ce qu'ils sont venus faire, j'imagine ?

— Pas question. » Je me rends compte que je serre les poings. Pour une fois, j'ai l'avantage sur des Mogadoriens. Je veux savoir ce qu'ils mijotent. « Si ça tourne mal, cours chercher de l'aide.

— Ça ne tournera pas mal, réplique-t-elle d'un ton ferme, et sa confiance est contagieuse. Flambe-moi ces salopards. »

Je m'engage dans la ruelle et me dirige droit sur eux. Leurs yeux vides se focalisent sur moi en même temps. L'espace d'une seconde, un frisson familier me traverse, cet instinct du fugitif. Mais je le dompte : cette fois-ci, je choisis le combat plutôt que la fuite.

« Vous vous êtes perdus, les gars ? je demande d'un air décontracté, toujours en avançant.

— Dégage, gamin », me siffle l'un d'eux, dévoilant une rangée de dents minuscules. Le Mog à côté de lui ouvre son imper pour me montrer la crosse d'un canon glissé dans son pantalon. Ils essaient visiblement de m'intimider, comme si j'étais un simple humain qui a mal choisi son raccourci pour rentrer chez lui. Ils ne m'ont pas identifié. Ce qui veut dire que leur mission ici n'est pas de me traquer.

« Il commence à faire frais, j'annonce en m'immobilisant à une dizaine de mètres d'eux. Vous avez assez chaud ? »

Sans attendre de réponse, j'active le Lumen. Une boule de feu surgit au creux de ma paume et je la lance au Mog le plus proche. Il n'a pas le temps de réagir – elle lui engloutit le visage et il s'enflamme comme une allumette, avant de se désintégrer en cendres.

Le deuxième parvient au moins à empoigner son canon, mais ça s'arrête là. Je lui perfore la poitrine avec une autre boule. Il lâche un cri rauque puis va rejoindre son acolyte pulvérisé sur le bitume crasseux.

Je choisis de ne pas frapper le dernier avec mon Lumen : c'est lui qui tient l'enveloppe à la main, et je ne veux pas risquer de l'enflammer. Je veux voir ce que cherchent les Mogs, pour quelle mission secrète ces trois-là sillonnent la ville. Il me fixe comme s'il s'attendait à ce que je l'atomise comme les deux autres, et il serre son paquet contre sa poitrine. En comprenant que j'hésite, il bondit et pique un sprint vers la sortie de la ruelle.

Un Mogadorien qui me fuit. Voilà qui est nouveau. Et ça me plaît bien.

J'attrape la benne par la télékinésie et la lance contre le Mog avant qu'il ait pu aller trop loin. Les flancs de métal crissent le long du mur en brique de la ruelle. La poubelle percute le Mog et le plaque contre la paroi, lui écrasant les os au passage.

« Dis-moi ce que tu fais là et je ferai vite », j'ordonne en avançant sur lui. Pour lui prouver mes intentions, j'appuie un peu contre la benne par la télékinésie, l'enfonçant plus profond dans sa chair broyée. Une bulle de sang noir lui dégouline le long du menton. Son cri de frustration et de douleur me fait hésiter. Je n'ai jamais fait ce genre de chose. J'ai toujours tué des Mogs rapidement, et en situation de légitime défense. J'espère que je ne suis pas en train d'aller trop loin.

« Vous… vous allez tous mourir », crache le Mog.

Je perds mon temps. Je n'apprendrai rien d'important d'un sous-fifre. J'enfonce le conteneur une dernière fois, achevant la créature. Puis j'écarte la benne du mur pour ramasser l'enveloppe sur la pile de cendres mog. Je la retourne et la palpe. Elle est remplie de papiers.

« Qu'est-ce que c'est ? » demande Sarah en s'approchant avec précaution.

J'allume une de mes paumes. J'ai en main trois pages recouvertes d'une écriture rigide qui ressemble à un croisement entre des hiéroglyphes et des idéogrammes chinois. Du mogadorien, à l'évidence. J'imagine qu'il ne fallait pas espérer intercepter des ordres secrets rédigés en anglais. Je tends les feuilles à Sarah.

« Tu connaîtrais un bon traducteur du mogadorien ? »

Une fois de retour à l'appartement, je rassemble tout le monde dans la salle à manger pour leur décrire ma rencontre avec les éclaireurs. Quand j'arrive au récit du combat, Neuf me donne une tape dans le dos pour me féliciter de les avoir eus tous les trois.

« Tu aurais dû nous ramener le dernier, objecte-t-il avec regret. On aurait pu le torturer pour le faire parler, comme ils font avec nous. »

Je secoue la tête. Je jette un coup d'œil à Sam, qui s'est mis à se frotter les poignets. « Ce n'est pas notre façon de faire, je réplique. On vaut mieux que ça.

— C'est la guerre, Johnny, riposte Neuf.

— Qu'est-ce que ça veut dire ? demande Marina. Est-ce qu'ils savent où nous sommes ?

— Ça m'étonnerait, je réponds. S'ils étaient ici pour nous, ils seraient venus plus nombreux. Ils ne m'ont même pas reconnu, quand je me suis approché.

— Ouais, et tu es un peu l'ennemi public numéro un, chez les Mogadoriens, intervient Huit. Bizarre.

— Et ils seraient déjà là, si c'était le cas, ajoute Six. Ils ne sont pas franchement connus pour leur subtilité. Il faut qu'on sache ce que disent ces papiers. C'est peut-être un plan d'invasion.

— Comme dans mon rêve », murmure Ella.

Les papiers en question font le tour de la table et tout le groupe jette un œil aux symboles incompréhensibles. Malcolm les prend en main en fronçant les sourcils. « J'ai passé du temps en captivité, mais je n'ai jamais appris leur langue.

— Il y a forcément un logiciel de traduction dans l'ordinateur de Sandor, suggère Neuf. Mais je doute qu'il y ait le mogadorien dedans. »

Malcolm se caresse la barbe d'un air pensif tout en scrutant les feuilles. « Comme dans toutes les langues, il y a des motifs récurrents. On peut les déchiffrer. Si tu me montres ce logiciel, je saurai peut-être m'en servir. »

Autour de la table, tous ont l'air nerveux. C'est la première apparition des Mogadoriens depuis notre combat dans l'Arkansas.

« Ça ne change rien, je fais remarquer. Quoi que ces documents contiennent, il est certain que les Mogadoriens ne veulent pas qu'on le sache. On peut donc le retourner à notre avantage. Mais tant qu'on n'en est pas certains, on s'en tient au plan prévu. Allez tous vous reposer. On part pour la Floride demain matin. »

CHAPITRE 29

Tandis que mon père scanne les documents mogadoriens dans l'ordinateur de Sandor, j'observe la scène pardessus son épaule. Une fois cette opération terminée, il lance le logiciel de traduction ainsi qu'un programme craqué censé contourner les firewalls et ce genre de trucs.

« Tu penses pouvoir les traduire ? je demande.

– La première étape consistait à choisir le bon programme.

– Et tu as trouvé ? » Je remarque que mon père a ouvert iTunes. « Tu comptes écouter de la musique ?

– Je... iTunes n'existait pas, quand j'ai été capturé. Je me suis dit que ça pourrait... » Il hausse les épaules d'un air penaud. « J'ai droit à plusieurs essais, et à quelques erreurs, pas vrai ?

– Et maintenant, on fait quoi ?

– J'attaque le problème sous tous les angles. Toutes les langues – même extraterrestres – ont des structures communes. Il suffit donc d'en isoler une et de s'en servir pour décoder le reste du texte. » Il me lance un regard par-dessus son épaule. « Ça ne va pas être très palpitant, Sam. Tu n'as pas à me tenir compagnie.

– Non, ça me va. J'en ai envie.

– Vraiment ? » Il me dévisage. « Il me semble pourtant que tu avais d'autres projets. »

Toujours aussi perspicace. Je me suis mis sur mon trente et un, si on considère que je n'ai que trois tenues sous la main. Ça se résume donc à un pull gris fade et mon jean le moins crade. Je me suis préparé psychologiquement à faire ce que John m'a conseillé, à savoir discuter avec Six de mes sentiments, *carpe diem* et tout le bazar. Mais ce dernier retournement de situation est une bonne excuse pour reculer, même s'il ne s'agit que de quelques feuilles de papier.

« Ça peut attendre, je réponds sans grande conviction en m'absorbant bien dans la contemplation de l'écran où défilent des bribes de langues étrangères.

– Hmmm, commente mon père avec un petit sourire en se concentrant à son tour sur sa tâche. Tu sais, ils partent pour la Floride demain matin. Après ça, il y aura sûrement une autre mission. Et qui sait ce que ces documents vont nous apprendre. Ça fait une grosse actualité.

– Où veux-tu en venir ?

– C'est une soirée tranquille, Sam. L'occasion ne se représentera peut-être pas de sitôt. Ne la laisse pas passer. »

Je trouve Six sur le toit de l'immeuble, qui est visiblement devenu le spot à la mode, quand un Gardane veut être seul. Il fait nuit et le vent est plus fort ici, sans doute parce que Six se défoule sur la météo. Elle a les deux mains levées et le ciel réagit dès qu'elle les déplace ; on dirait un cours de dessin, un tourbillon multicolore, comme si on mélangeait des teintes à l'aquarelle. C'est ce que Six fait aux nuages. Si des météorologues observent le ciel ce soir, ils vont sans doute en faire une attaque.

Je reste un moment sans rien dire, hésitant à l'interrompre. Je me plante à côté d'elle pour la regarder ; dans le vent, ses cheveux lui fouettent le visage, tout auréolé de la lueur rouge des petites loupiotes qui clignotent au bord du toit. Elle a un petit sourire au coin des lèvres. Si je ne la connaissais pas mieux, je pourrais croire que tout va bien.

Lentement, comme si elle regrettait de s'interrompre, elle abaisse les mains et se tourne vers moi. Le vent retombe instantanément et les nuages reprennent leur cours normal, glissant paresseusement dans le ciel nocturne. J'ai vraiment l'impression de déranger.

« Salut. Tu n'étais pas obligée de t'arrêter.

– Ça va. Quoi de neuf ? Est-ce que ton père a déjà déchiffré les documents ?

– Euh, non, rien de nouveau. Je voulais juste te parler.

– Oh, répond Six en levant les yeux vers le ciel. Pas de problème.

– Rien de bien important, je m'empresse d'ajouter, me sentant complètement idiot. Tu peux reprendre l'entraînement, ou, euh, ce que tu faisais. Je vais te laisser tranquille.

– Non, reste, répond-elle brusquement. J'en ai assez, de me retrouver toujours toute seule ici. Depuis que j'ai développé ce Don, je me sens connectée au climat. J'aime renouer le contact régulièrement, je ne sais pas comment l'expliquer.

– Je comprends, c'est logique. » Comme si je pouvais imaginer ce que ça fait, d'avoir un capteur météo dans le cerveau. « Tu as été super, à l'entraînement, aujourd'hui. Je suis désolé d'avoir merdé.

– Allez, Sam, dit-elle en roulant les yeux. Ça suffit, les excuses. C'est pour me dire ça que tu es monté me voir ?

– Non. » Je pousse un soupir. Oh, et puis merde. Je décide de suivre les conseils de John et de me jeter à l'eau. « Je me demandais si tu accepterais de... euh, je ne sais pas... qu'on passe du temps ensemble, un de ces jours ? »

Bon, pas génial, comme demande de rencard. Six hausse un sourcil d'un air moqueur. « Qu'on passe du temps ensemble ? On vit pratiquement les uns sur les autres, là-dedans. On passe tout notre temps, ensemble.

– Je veux dire, juste tous les deux.

– C'est pas ce qu'on est en train de faire ?

– Ouais... je veux dire, euh... je bégaie, avant de remarquer le petit sourire taquin de Six. Est-ce que tu es en train de me mener en bateau ?

– Un peu, oui, admet-elle en croisant les bras. Donc tu me demandes de sortir avec toi, c'est ça ?

– Ouais, et je me débrouille vraiment super bien.

– Pas si mal, en fait, dit-elle d'une voix douce en se rapprochant un peu de moi. Mais on est en guerre, Sam. On n'a pas tant d'occasions de sortir. Tu le sais.

– John et Sarah sont allés au zoo, aujourd'hui.

– Mais je ne veux pas d'une histoire à la John et Sarah avec toi, réplique Six comme devant une évidence.

– Oh. » J'ai un mouvement de recul, comme si je venais de recevoir un coup de poing dans le ventre. « Je m'étais juste dit que... Quand tu es partie pour l'Espagne, John m'a dit ce que tu ressentais pour moi, et dans l'Arkansas, quand on s'est pris dans les bras... Et merde, quel imbécile je fais. Comment j'ai pu croire que tu t'intéresserais à quelqu'un comme moi.

– Ouah, on se calme, s'insurge Six en m'attrapant la main pour m'empêcher de me diriger tout droit vers la porte. Je suis désolée, Sam. Ce n'est pas ce que j'ai voulu dire. J'ai vraiment des sentiments pour toi.

– Mais pas des sentiments amoureux », j'ajoute. Un grand classique.

« Je n'ai pas dit ça. Si, j'ai des sentiments amoureux – enfin, je pourrais en avoir. » Six lève brusquement les mains, entre impuissance et agacement. « Je n'en sais rien ! Écoute, c'est simplement que... John et Sarah, ils croient que ça leur facilite les choses, mais ils se trompent. Ça crée juste des problèmes.

– Pour moi, ils ont l'air heureux.

– C'est sûr, pour l'instant, rétorque Six. Mais quand il se passera quelque chose ? Tu vois, John est un bon chef, je ne dis pas, mais il n'a pas le sens des réalités. Tu penses peut-être qu'on va combattre une armée entière de Mogadoriens sans essuyer de pertes ?

– Ouah, bel optimisme.

– C'est la vérité, c'est tout. Tout ça va finir par merder, tôt ou tard, Sam. » Elle se penche pour retirer un fil sur mon pull. « J'aimerais que tu te tiennes à distance de nous. Que tu ailles en lieu sûr. Quand tout sera terminé, peut-être que les choses seront différentes... »

Je recule avec un rire incrédule. « Tu es sérieuse, là ? C'est le genre de conneries que Spiderman balance à Mary Jane quand il essaie de rompre avec elle. Tu imagines un peu la honte, de se faire traiter comme la petite copine d'un super-héros ? »

Six éclate de rire et secoue la tête. « Je suis désolée. Ce n'était pas l'idée. Je me rends juste compte que je suis une sale hypocrite. J'ai conseillé exactement le contraire à John, concernant Sarah.

– Peut-être que tu as raison et que tout finira mal, mais ça ne veut pas dire pour autant que tu doives t'isoler. Ne penser qu'à cette guerre, en permanence ? Ça n'est pas sain. Peut-être que tu devrais vivre, disons quatre-vingt-quinze pour cent de ton temps dans la peau de Six, et, euh, cinq pour cent dans celle de Maren. »

Je n'avais pas préparé ce petit laïus. L'ancien nom humain de Six est sorti tout seul. Elle entrouvre les lèvres, mais ne dit rien pendant un moment – je l'ai visiblement prise au dépourvu.

« Maren, murmure-t-elle. Je ne suis même pas sûre de me rappeler qui elle est. »

Quelque chose a changé dans son regard sur moi, comme si elle en avait brusquement assez de toute cette prudence. Ce n'est pas l'expression de désinvolture à laquelle je m'attendrais de la part de Six, mais plutôt un air de vulnérabilité, comme si elle avait décidé de baisser un peu la garde. Je ne lâche pas sa main.

« Promets-moi de ne pas mourir », ordonne-t-elle d'une voix brusque.

En cet instant, je suis prêt à dire tout ce qu'elle voudra.

« C'est juré. »

Elle serre ma main plus fort et entrelace ses doigts aux miens. Elle s'approche. Le vent se lève de nouveau et, de l'autre main, j'écarte des mèches du visage de Six. Je laisse la paume posée contre sa joue.

Et c'est le moment précis que choisit Huit pour se téléporter sur le toit.

Six bondit en arrière comme si elle avait été ébouillantée. Je suis à deux doigts d'étrangler Huit de mes mains, sans aucun remords. Je m'attends à ce qu'il lance une bonne blague, mais il a le visage grave et tendu.

« Les gars, on a besoin de vous en bas !

– Qu'est-ce qui se passe ? s'exclame Six en s'avançant vers lui. Les Mogs ? »

Huit secoue la tête. « C'est Ella. »

Il faut croire que mon père s'est quelque peu trompé, pour ce qui est de la nuit calme.

Huit nous attrape par la main et je me sens instantanément désorienté, comme si tout se dérobait sous mes pieds. Je cligne les paupières et, brusquement, nous sommes au milieu de la chambre que partagent Ella et Marina.

Ella est allongée sur le lit, rigide comme une planche de bois, les couvertures repoussées sur les côtés. Elle a les yeux fermés très fort. Le plus effrayant, c'est le filet de sang qui lui coule de la commissure des lèvres. Elle s'est mordue. Et franchement.

Marina est agenouillée près du lit, à lui tamponner la bouche avec un mouchoir et à répéter son prénom à mi-voix pour essayer de la réveiller. Le corps d'Ella reste immobile, hormis ses mains qui serrent puis relâchent les draps.

« Depuis combien de temps est-elle dans cet état ? demande mon père.

– Je ne sais pas, admet Marina d'une voix remplie de panique. Elle est allée se coucher avant moi, en disant que l'entraînement l'avait fatiguée. Je l'ai trouvée comme ça et elle ne veut pas se réveiller. »

Je regarde autour de moi, impuissant. Et tout le monde semble ressentir la même chose. La plupart se tiennent au milieu de la chambre, d'autres à l'entrée, et tous ont l'air incertain.

« Ça ne s'est jamais produit avant ? je demande à Marina.

– Tu as assisté à la crise la plus grave, quand elle a hurlé. Jusqu'ici, elle en est toujours sortie.

– Je n'aime pas ça », grommelle Neuf depuis la porte. Bernie Kosar semble d'accord : il se tient au pied du lit, la truffe en l'air, à renifler comme un chien de garde qui aurait senti une mauvaise odeur.

« Elle transpire tellement, fait remarquer Marina.

– Ça pourrait être une fièvre quelconque ? suggère John.

– Je n'étais jamais dans cet état-là, pendant mes visions, intervient Huit. Et vous, les gars ? »

John et Neuf secouent tous deux la tête.

Marina attrape une serviette dans un tiroir de la commode et se met à éponger le front d'Ella. Elle a les mains qui tremblent si fort que Sarah lui retire doucement le linge. « Là, laisse-moi faire. »

Lorsque Marina recule du lit, Huit lui passe le bras autour des épaules et lui frotte le dos. Marina se repose contre lui avec reconnaissance.

« Est-ce qu'on devrait essayer de la soigner ? propose Six. Ou bien utiliser une de nos pierres guérisseuses ?

– Il n'y a rien à soigner, objecte John. Quant aux pierres… qui sait ce qui pourrait se produire, sachant qu'elles commencent par augmenter la douleur ?

– Est-ce que vous avez essayé de lui ouvrir les yeux de force ? » Tout le monde se tourne vers Cinq d'un air critique, mais ce ne serait pas forcément pire que de la laisser aux prises avec ce cauchemar. « Quoi ? Vous avez une meilleure idée, peut-être ? »

Avec douceur, mon père soulève une des paupières d'Ella. On ne voit que le blanc de ses yeux complètement révulsés. Ça me rappelle le jour où Mark James m'avait fait tomber de la corde en cours de sport, et que j'avais dû subir un examen neurologique. On m'avait braqué une lampe torche dans les yeux.

« John, on pourrait peut-être se servir de ton Lumen ? L'éclat la réveillera peut-être. »

John se penche, allume un faisceau au creux de sa paume et le dirige dans l'œil d'Ella. Pendant une seconde, les convulsions s'interrompent et elle semble se détendre.

« Il se passe quelque chose, je souffle.

– Ella, réveille-toi », la presse Marina.

Soudain, Ella projette les mains vers l'avant et attrape le poignet de John avec une force qui le surprend. On dirait une scène tirée d'un de ces films d'horreur avec une petite fille possédée par un démon. Au point de contact avec la peau de John, la main d'Ella dégage une lueur rouge.

« Qu'est-ce qu'elle fait ? » s'exclame Sarah d'une voix étranglée.

Pendant quelques secondes, John paraît désemparé. Il ouvre la bouche pour parler, mais ses yeux basculent en arrière et son corps est secoué de spasmes, comme si tous ses muscles se contractaient en même temps – puis toute la tension paraît s'épuiser subitement, et il tombe comme une marionnette dont on aurait coupé les ficelles, s'effondrant au pied du lit d'Ella.

« John ! » s'écrie Sarah.

La main d'Ella est toujours serrée autour du poignet de John. Neuf bondit dans la pièce. « Éloignez-la de lui ! »

Marina lui bloque le passage. « Attends ! Ne la touche pas ! »

Ignorant l'ordre, Sarah s'agenouille et desserre les doigts d'Ella. Il ne bouge pas, ne revient pas à lui, même lorsque Sarah le fait basculer sur le dos pour le secouer sans ménagement. Quoi qu'Ella lui ait fait, il semble que ça n'affecte pas les humains, car Sarah est indemne.

Six s'approche pour mieux voir, et je vois la main d'Ella se tendre vers elle et ses doigts se serrer et se desserrer compulsivement.

« Attention. » J'empoigne la chemise de Six et la tire en arrière. En remarquant à leur tour le geste d'Ella, les autres Gardanes reculent prudemment d'un pas. Dès lors qu'ils se sont tous éloignés, la main d'Ella retombe mollement sur les draps. Elle a toujours l'air prisonnière de sa vision. La seule différence, c'est que maintenant, John l'y a rejointe.

« Mais qu'est-ce qui se passe, merde ? demande Neuf.

– C'est elle qui lui a fait quelque chose », murmure Cinq.

Sarah prend doucement la tête de John sur ses genoux et se met à lui caresser les cheveux. Mon père soulève précautionneusement les mains d'Ella et les glisse sous la couverture. Je me tourne vers les autres Gardanes. Ils ont connu la fuite, et les menaces physiques auxquelles ils peuvent réagir en se battant. Mais comment fuir ou combattre ce qui vous attaque de l'intérieur ?

CHAPITRE 30

Cette nuit-là, personne ne ferme l'œil. Hormis les deux d'entre nous qu'on ne peut réveiller, et nul ne leur envie leur repos.

Avec mon père, nous avons installé John sur le lit, près d'Ella. Ils sont étendus côte à côte, et leurs deux corps immobiles sont pris de crispations violentes à intervalles irréguliers. Sarah refuse de sortir de la pièce. Elle tient la main de John, qu'elle caresse doucement pour tenter de le réveiller. Bernie Kosar non plus ne veut pas quitter les lieux. Il est roulé en boule au bout du lit, la truffe contre les pieds de John et d'Ella, et pousse un gémissement de temps à autre.

Quelques heures après l'incident, je passe la tête par la porte. Sarah est penchée en avant, le visage appuyé contre le dos de la main de John. Je ne sais pas si elle est endormie et je ne veux pas la déranger. L'état de John et d'Ella n'a pas évolué. Les muscles de leur visage se contractent et tout leur corps se cambre parfois comme s'ils avaient trébuché et tentaient de rétablir leur équilibre. J'ai déjà fait des rêves de ce genre, dans lesquels par exemple je tombais de vélo, et je me réveille toujours avant de toucher le sol. Mais pour eux, c'est visiblement différent.

J'inspecte John de plus près. En quelques heures à peine, sa peau est devenue aussi blême que celle d'Ella et des cernes noirs se sont dessinés en dessous de ses yeux. Comme si quelque chose le vidait de sa substance.

Maintenant que j'y pense, Ella avait l'air plutôt rincée, avant même l'entraînement de ce matin. Je redoute une contamination physique par ces cauchemars, qu'ils affaiblissent John et Ella, voire pire.

« Sarah ? » je chuchote, avant de me rendre compte qu'il n'y a aucun intérêt à parler à voix basse. On veut qu'ils se réveillent, après tout. Je devrais plutôt taper sur des casseroles. « Tout le monde a décidé de se réunir dans le salon. »

Sarah se redresse et secoue la tête. « Je vais rester ici, répond-elle doucement. Je ne veux pas les laisser. »

J'acquiesce, préférant ne pas la brusquer. Je sors de la chambre et me dirige vers l'atelier, où mon père a passé le reste de la nuit sur un ordinateur. En entrant, j'aperçois toutes sortes de symboles défilant sur l'écran, mais on dirait qu'il n'a toujours pas réussi à déchiffrer le message mogadorien.

« Alors ? je demande.

– Rien pour l'instant. » Il se tourne vers moi. Il cligne plusieurs fois les paupières pour se défatiguer les yeux. « J'ai lancé un déchiffreur en mode automatique, pour ne pas être obligé de rester assis là tout le long. C'est, disons, la vieille école. Pour ce qui est des logiciels, j'ai pris un peu de retard, mais celui-ci devrait finir par percer le code à jour. Tout ce que j'espère, c'est qu'il sera assez rapide. »

Je parcours les pages du regard. « Tu penses que ça peut avoir un lien avec les cauchemars ?

– Je ne sais pas. En tout cas, la coïncidence est troublante.

– Ouais. » Je remarque le portable de mon père, posé sur le bureau. Je le tapote de l'index. « Tu as essayé de rappeler Adam ? »

Il prend un air encore plus abattu. « Oui. Rien de neuf, là non plus. »

Je pose la main sur son épaule. « Allez, viens. Les autres se réunissent et ils veulent qu'on se joigne à eux. »

Les Gardanes restants sont déjà dans le salon, en train de discuter de la situation. En gros, c'est la même chose depuis plusieurs heures, sans aucun progrès.

« Ella m'a déjà fait la même chose, explique Marina à voix basse. Elle m'a aspirée dans son rêve. J'aurais dû le prévenir, j'aurais dû tous vous prévenir. Mais je l'avais touchée, pour essayer de la réveiller, et il ne s'était rien passé. J'étais tellement affolée... »

Assis à côté d'elle sur le canapé, Huit lui passe le bras autour des épaules pour la rassurer, et elle se blottit contre lui. « Ne t'inquiète pas. Tu n'avais aucun moyen de prévoir ce qui allait arriver. »

Neuf fait les cent pas dans la pièce, ce qui est déjà mieux que de les faire au plafond. Il serait sans doute encore en train de creuser un sillon autour du lustre si Six ne lui avait pas aboyé à la tête. Pour une fois, il ne l'a pas gratifiée d'une de ses reparties acerbes, et s'est fait plus discret. En me voyant, il m'adresse un regard plein d'espoir.

« Alors ? » demande-t-il.

Je secoue la tête. « Pas de changement. Ils ne sont toujours pas réveillés. »

Cinq se frappe la cuisse en signe de frustration. « Ça craint. Je me sens inutile, assis ici. »

En entrant dans la pièce, j'ai remarqué l'air consterné de Six. Elle acquiesce lentement à la remarque de Cinq : « On devrait en discuter.

– Discuter de quoi ? demande Marina.

– De la mission. Le coffre de Cinq ne va pas revenir tout seul. »

Neuf s'immobilise pour réfléchir à ce que vient de dire Six. Quant à Marina, elle est atterrée à l'idée de partir. « Tu comptes partir maintenant ? Tu es devenue folle ?

– Six a raison, intervient Cinq. On n'arrivera à rien de bien, plantés ici.

– Nos amis sont plongés dans le coma et vous voulez les abandonner ? siffle Marina.

– Tu fais passer ça pour de la froideur de ma part, alors que c'est simplement de l'esprit pratique », objecte Six. C'est dans la lignée de ce qu'elle me disait sur le toit, sur sa réticence à s'engager dans une relation, précisément parce que tout risque de basculer dans le drame. On dirait bien qu'on y est.

« Ce n'est pas parce que c'est logique que c'est forcément la chose à faire », je murmure. Je n'ai pas l'intention d'en faire toute une histoire, mais la nuit a été longue, et j'en ai gros sur le cœur.

L'espace d'une seconde, Six semble blessée, puis elle détourne les yeux et son expression change. « Qu'est-ce que tu en penses ? demande-t-elle à Neuf.

– Je ne sais pas. Je n'aime pas l'idée d'abandonner John et la morveuse.

– Si même Neuf répugne à partir en mission, alors il est clair que ce n'est pas une bonne idée, réplique Marina d'un ton cassant, visiblement exaspérée. Et s'ils avaient besoin de nous, Six ?

– Mais on ne les abandonne pas, ajoute Cinq d'une voix monocorde. Du moins, pas plus qu'en restant assis à causer dans le vide. Les humains s'occuperont d'eux, comme ils le font en ce moment.

– Absolument, confirme mon père. Nous ferons tout ce qui sera en notre pouvoir.

– On doit comprendre pourquoi ça se produit, insiste Marina. Sinon la cause même des cauchemars, du moins ce qu'Ella a fait à John pour qu'il perde ainsi conscience.

– Est-ce que vous avez remarqué que sa main brillait, quand elle l'a touché ? je leur rappelle. On aurait dit un Don, ou quelque chose comme ça.

– Quel genre de Don ferait une chose pareille ? réplique Neuf en pointant le doigt en direction de la chambre.

– John pensait qu'Ella avait utilisé un nouveau Don, pour faire fuir Setrákus Ra, au Nouveau-Mexique, dit Marina après quelques secondes de réflexion. On n'a jamais eu l'occasion de l'essayer.

– Ou bien c'est peut-être sa télépathie qui s'est détraquée. Peut-être qu'elle a pénétré dans sa tête et qu'elle a perdu le contrôle, suggère Huit. Elle commence à peine à développer ses Dons. Qui sait de quoi elle est capable ? »

Je repense à l'époque de Paradise, aux efforts qu'il avait fallu à John pour maîtriser son Lumen, les premières semaines. Et on peut imaginer que la télépathie d'Ella soit encore plus difficile à domestiquer. Je remarque Cinq qui hoche lentement la tête comme s'il lui revenait un souvenir.

« Quand mon Externa est apparu, j'avais du mal à reprendre ma peau normale, explique-t-il. Albert s'était servi du prisme qui se trouvait dans mon coffre, et ça m'avait aidé. Ça me détendait, je crois. Et alors j'arrivais à récupérer ma peau. »

Six pointe Cinq du doigt. « Voilà ! Un argument de plus en faveur de la Floride. Allons récupérer ce truc. »

Neuf acquiesce. « Ça me fait mal de l'admettre, mais tu as peut-être une idée, Cinq. »

Cinq lève les deux mains pour calmer le jeu. « Attendez, je ne sais pas si ça fonctionnerait sur Ella. J'ignore même comment ça marche.

– Je persiste à dire qu'on ne devrait pas les laisser comme ça, répète Marina.

– Pour ma part, je pense que vous éloigner tous de John et d'Ella est une bonne idée, intervient mon père. Qui sait si ça ne risque pas de s'étendre, surtout si c'est lié à sa télépathie ? On ne peut pas se permettre de vous voir tomber comme des mouches dans un état de catatonie.

– Comment on combat un truc pareil ? grogne Neuf en fronçant les sourcils, impuissant à cogner sur un cauchemar. Je veux dire, si Setrákus Ra est capable de nous plonger dans cette espèce de coma, comment on est censés contrer l'attaque ?

– Il est déjà venu à nous, à travers les rêves, fait remarquer Huit. Et on s'est réveillés, sans séquelles.

– Cette fois-ci, c'est différent, souligne Marina.

– La dernière fois, John est revenu à lui, confirme Neuf. Ce qui veut dire que cette merde gagne en puissance.

– Ou peut-être que c'est lié à Ella, suggère Six. Et que Setrákus Ra s'est concentré sur elle parce qu'il savait qu'il pouvait détraquer ses pouvoirs psychiques. »

Je me tourne vers Cinq. « Et tu penses que ce prisme dans ton coffre pourrait être utile ? »

Il hausse les épaules. « Je ne sais même pas à quoi il sert, exactement, sauf que ça m'a aidé. Mais aller le chercher me paraît plus productif que de rester ici. »

Neuf tape dans ses mains. « Je suis d'accord avec Cinq. Dégageons d'ici. »

Marina n'a plus dit mot depuis qu'elle s'est opposée à la mission. Six se penche pour lui poser la main sur le bras. « Ça te va ? »

Marina opine lentement. « Si tu penses que c'est le meilleur moyen de les aider, alors je te suis. »

J'accompagne les Gardanes jusqu'au garage. Impossible d'arracher Sarah au chevet de John, et mon père est retourné s'activer sur le logiciel de traduction. J'ai en main une pochette remplie de documents que John m'a fait chercher dans l'ordinateur de Sandor – un faux permis de conduire pour chacun des Gardanes, des documents officiels pour un voyage scolaire bidon et leur plan de vol de Chicago à Orlando. Ils devraient pouvoir voyager incognito.

J'extrais les papiers de John du tas et me les fourre dans la poche. « J'imagine que vous n'en aurez pas besoin. » Je tends le reste à Six. Mais je m'accroche un peu trop à la pochette, et elle doit tirer dessus un bon coup pour me la retirer des mains. « Désolé. Je suis juste un peu nerveux.

– C'est la chose à faire, Sam. Tout ira bien. »

Neuf me tape sur l'épaule avant d'aller choisir une voiture pour se rendre à l'aéroport. Cinq le suit sans prendre la peine de dire au revoir. À ma grande surprise, Marina me prend dans ses bras.

« Prends bien soin d'eux, d'accord ?

– Bien sûr. » J'essaie d'avoir l'air rassurant. « Ça va aller. Dépêchez-vous juste de rentrer. »

Huit m'adresse un signe de tête, puis Marina et lui rejoignent Neuf. Six et moi restons seuls. Elle inspecte consciencieusement les documents que je lui ai donnés, mais je vois bien qu'elle fait traîner parce qu'elle a quelque chose à dire.

« Tout est bien là, je lui assure.

– Je sais. Je vérifie encore une fois, c'est tout. » Elle lève les yeux vers moi. « On devrait être rentrés demain soir au plus tard.

– Fais attention à toi.

– Merci. » Elle me touche le bras.

Il y a un silence maladroit, et ni elle ni moi ne savons quoi faire. J'aurais tellement aimé qu'on ait un quart d'heure de plus ensemble, seuls sur le toit. Ça aurait sans doute suffi pour tirer au clair ce qu'il y a entre nous. Alors que là, on est plantés bêtement comme un couple après un premier rencard vraiment bizarre, sans savoir ce que l'autre pense, ni s'il faut tenter une approche. Enfin, peut-être que Six devine exactement ce que je pense, et qu'elle ne sait pas quoi en faire. Quant à moi, je n'ai pas la moindre idée de ce qu'elle a dans la tête. J'imagine que je devrais dire ou faire quelque chose, mais l'instant passe, sa main glisse de mon bras et elle tourne les talons pour aller rejoindre les autres. Quant à ce qu'il y a entre nous... ça va devoir attendre.

Une fois vide, le repaire de Neuf paraît encore plus immense. J'erre désœuvré dans les couloirs déserts et les pièces à la déco tape-à-l'œil. J'atterris devant la chambre d'Ella au moment où Sarah en sort. C'est la première fois qu'elle s'éloigne de John depuis qu'il a perdu conscience.

« Ton père insiste pour que je mange », explique-t-elle d'un air renfrogné. Elle est restée debout toute la nuit, et son épuisement est visible.

« Ouais, il a cette manie de vouloir empêcher les gens de se laisser mourir de faim », je réponds. Sarah m'adresse un petit sourire et je pose la main dans son dos pour la guider doucement vers la cuisine. En chemin, elle pose la tête sur mon épaule.

« On s'est tellement disputés, quand il était question que l'un de nous soit blessé, lâche-t-elle avec un petit rire amer. C'est notre grand sujet de discorde. Le plus drôle, c'est que j'ai toujours cru que ce serait moi, pas John. Il est censé être intouchable.

– Bon sang, Sarah, tu en parles comme s'il s'était fait découper en deux. Il va sans doute se réveiller comme un charme dans une heure, et il sera furax que les autres soient partis en mission sans lui. » J'essaie de paraître optimiste. Sarah est probablement trop épuisée pour déceler la pointe d'incertitude dans ma voix.

« Au moins, s'il était coupé en deux, ils pourraient sans doute le soigner, objecte-t-elle. Là, c'est autre chose. Je lis la souffrance sur son visage. C'est comme si on le torturait sous mes yeux, sans que je puisse rien y faire. »

Je lui sers un verre d'eau et vais chercher des restes de repas chinois au frigo. Je ne prends pas la peine de les faire réchauffer. Nous mangeons en silence, picorant à tour de rôle du riz cantonais et des travers de porc froids dans les barquettes. Je me répète intérieurement *il va s'en tirer*, comme un mantra, jusqu'au moment où je me sens capable de le prononcer à voix haute de manière crédible – pas besoin d'y croire complètement.

« Il va s'en tirer », j'annonce d'une voix ferme.

Sarah retourne auprès de John et Sarah, et je tente de me reposer un peu dans le salon. Mais quand on vient de voir son meilleur ami plonger dans un sommeil perpétuel, la sieste n'est pas franchement une partie de rigolade. Toutefois l'épuisement du corps prend le dessus sur l'anxiété, et je m'endors, sans doute quelques heures.

La première chose que je fais au réveil, c'est d'aller vérifier l'état de John et d'Ella. Toujours aucun changement.

Je me rends dans la salle de conférences – un peu d'entraînement ne pourra pas me faire de mal. Peut-être qu'en choisissant les armes les plus bruyantes de l'arsenal de Neuf pour me faire quelques cibles, je réussirais à interrompre la torpeur de mes deux amis.

En chemin, je passe à l'atelier. Personne. Mon père a dû aller se reposer un peu dans sa chambre.

La tablette est toujours branchée et je constate que cinq points bleus sont arrivés en Floride et se dirigent lentement vers l'extrémité sud de l'État. C'est une bonne chose. Ça signifie que Six et les autres ont pu se servir de leurs fausses pièces d'identité à l'aéroport sans problème, et qu'il n'y avait pas d'éclaireurs Mogadoriens pour les cueillir. Tout semble se dérouler conformément au plan de John. Si seulement il pouvait voir ça.

Je remarque une icône qui clignote, en bas de l'un des écrans d'ordinateur. C'est le logiciel de traduction de mon père, qui tourne en tâche de fond depuis le début. Je restaure la fenêtre et une boîte de dialogue apparaît.

TRADUCTION TERMINÉE.
IMPRIMER MAINTENANT ?

Je déglutis avec difficulté. Je ne sais pas s'il me revient vraiment d'être le premier à découvrir ces secrets mog, pourtant je clique sur OUI. Sous le bureau, une imprimante s'anime et se met à cracher des feuilles. J'attrape la première sans attendre que tout soit sorti.

Il y a des incohérences et des confusions sur certains mots, ce qui prouve que ce programme n'est pas fiable à 100 %. Mais malgré ces scories, je reconnais instantanément le document, parce que ce n'est pas la première fois que je le vois.

Je m'aperçois que je retiens mon souffle et que j'ai les doigts tellement serrés sur les papiers que je les ai tout chiffonnés. Je suis cloué sur place, la peur et l'incrédulité anesthésient mes fonctions motrices – Dieu sait pourtant que j'en ai besoin.

Ce que je tiens entre les mains, c'est une copie des notes de mon père sur l'Héritage de chacun des Gardanes. Avec, en bas de la feuille, l'adresse du John Hancock Center.

CHAPITRE 31

Je sors de l'atelier comme une balle, laissant claquer la porte derrière moi. J'ai les mains moites, comme si les documents entre mes doigts irradiaient de la chaleur. Mon esprit s'emballe.

Que font les Mogadoriens avec les notes de mon père ? Et comment ont-ils pu se les procurer ?

Je repense à ce premier dîner, lors duquel mon père est entré dans les détails de sa longue captivité. Je me rappelle la suspicion de certains des Gardanes, surtout lorsqu'il a évoqué les expériences menées sur son cerveau par les Mogadoriens. Neuf avait même carrément parlé de piège.

Mais c'est impossible. C'est mon père. On peut lui faire confiance.

Je descends le couloir en trombe jusqu'à sa chambre. Je ne sais même pas ce que je ferai, une fois en face de lui. Faut-il le mettre au défi de s'expliquer ? Simplement lui dire qu'on doit dégager d'ici le plus vite possible ?

Sa chambre est vide. Je passe la pièce en revue, sans savoir vraiment ce que je cherche. Un transmetteur mogadorien ? Un dictionnaire mog-anglais ? Je ne remarque rien d'inhabituel.

Il y a forcément une explication rationnelle à tout ça.

Pourtant, j'ai vu de mes yeux le genre de torture mentale dont sont capables les Mogadoriens. J'ai vu

Adam utiliser un Don, et il le devait sans doute aux manipulations des Mogadoriens sur la mémoire d'un Gardane mort. Et John et Ella se trouvent en ce moment même dans le coma à la suite d'une attaque télépathique perpétrée par Setrákus Ra. Les Mogadoriens ont détenu mon père pendant des années et ont fait subir toutes sortes d'aberrations à son esprit.

Est-il vraiment inconcevable que les Mogs lui aient fait un lavage de cerveau ?

Et il n'a peut-être même pas conscience qu'ils sont en train de le manipuler. Il est possible qu'ils l'aient volontairement laissé s'échapper, sachant qu'il leur serait plus utile à l'extérieur, à récolter des informations. Les Mogs l'ont peut-être programmé pour transmettre ses données pendant son sommeil – je me rappelle avoir lu quelque chose, au sujet des agents doubles à qui on faisait oublier leurs propres subterfuges par l'hypnose. Est-ce que c'était dans une revue scientifique, ou dans une BD ? Impossible de m'en souvenir.

De retour dans le couloir, je me mets à hurler. « Papa ? Où tu es ? » J'essaie de ne pas laisser ma voix me trahir. Après tout, s'il était un espion mogadorien ? Je ne veux pas qu'il se doute de ce que je sais.

« Par ici », crie-t-il depuis la chambre d'Ella et John.

Mon père, un espion extraterrestre ? Allons, reprends-toi, Sam. C'est le genre de théorie du complot que j'aurais pu lire dans *Ils sont parmi nous*. C'est grotesque. Et surtout, je sais au fond de moi que ce n'est pas vrai.

Alors, pourquoi je suis tellement nerveux ?

Je reste planté dans l'embrasure de la porte, les documents dans mon poing serré. Sarah est retournée dans sa chambre se reposer un peu, il ne reste donc que mon père et Bernie Kosar pour veiller sur les deux Gardanes. BK dort roulé en boule, pendant que mon père le gratte distraitement derrière les oreilles.

« Que se passe-t-il, Sam ? »

En voyant mes yeux écarquillés, il comprend instantanément que quelque chose ne tourne pas rond. Il se lève et se dirige vers moi, mais je me surprends à reculer instinctivement d'un pas dans le couloir. Voilà que je me méfie du père aimant qui m'a tiré de ma cellule de prison. Génial.

Je lui lance les feuilles. « Pourquoi les Mogadoriens ont *ça* en leur possession ? »

Il parcourt les documents, de plus en plus vite à mesure qu'il comprend de quoi il s'agit. « Ce sont... ce sont mes notes.

– Je le sais bien. Comment les Mogadoriens ont-ils mis la main dessus ? »

Il comprend forcément le sous-entendu, et pendant une seconde, il a l'air blessé.

« Sam, ce n'est pas moi qui ai fait une chose pareille. » Il essaie de paraître convaincant, mais je remarque une pointe d'incertitude, dans sa voix.

« Comment tu peux en être certain ? Et si... et s'ils t'avaient fait quelque chose, P'pa ? Et que tu ne te le rappelles pas ?

– Non. Impossible », affirme-t-il en secouant vivement la tête, comme pour s'en persuader lui-même. À sa voix, je sens bien qu'il n'est pas tout à fait certain que ce soit inenvisageable. En fait, je pense même que cette idée lui fait peur. « Est-ce que les originaux se trouvent toujours dans ma chambre ? »

Ensemble, nous nous précipitons. Le carnet est sur son bureau, à sa place habituelle. Mon père le feuillette à la hâte, en quête d'un indice qui prouverait qu'il a été manipulé. Ses traits se tendent, comme quand il essaie de se rappeler quelque chose. Je crois qu'il commence à mesurer qu'il ne peut pas se faire confiance, et que les Mogadoriens le tiennent peut-être vraiment.

Il se tourne vers moi, l'air sombre. « Si mes notes ont atterri entre les mains des Mogadoriens, on peut en déduire que cet endroit n'est plus sûr. Tu devrais prendre les armes, Sam. Et Sarah aussi.

– Et toi, alors ? je m'exclame, le ventre serré.

– Je… je ne suis plus fiable, bégaie-t-il. Tu devrais m'enfermer ici, jusqu'au retour des Gardanes.

– Il y a forcément une autre explication. » Ma voix se brise. Je ne sais pas si j'y crois vraiment, ou si j'essaie de m'en convaincre.

« Je ne me rappelle pas être sorti, ajoute-t-il. Mais j'imagine que ma mémoire ne vaut pas grand-chose, au point où on en est. »

Il s'affale sur son lit, croise les mains et les fixe d'un air abattu. Il baisse visiblement les bras, vaincu par son esprit et par son propre fils.

Je me dirige vers la porte. « Écoute, je vais chercher Sarah, et des armes. Mais pas question de t'enfermer ici. Ne bouge pas, d'accord ?

– Attends. » Il lève la main pour me retenir. « Qu'est-ce que c'est que ça ? »

Je l'entends, moi aussi. Une vibration sourde, dans le tiroir de sa table de nuit. Je suis le plus rapide à me jeter dessus.

C'est le téléphone qu'il utilisait pour communiquer avec Adam. L'écran est allumé : un appel entrant, numéro masqué. Dans un coin, je remarque le chiffre 19 – le nombre d'appels manqués. Je tends l'appareil en direction de mon père. Son visage s'éclaire ; quant à moi, je sens l'anxiété me gagner. Ça fait beaucoup trop à la fois. C'est comme si les murs se rapprochaient tout autour de moi.

J'appuie sur la touche de réponse et me colle le portable sur l'oreille. « Allô ?

– Malcolm ? s'écrie une voix essoufflée. Où tu étais ?!

– C'est Sam. » Je sens la panique monter en reconnaissant la voix à l'autre bout. « Adam, c'est toi ? »

Mon père bondit en l'air et me serre les épaules, tout exalté de savoir Adam en vie. J'aimerais me sentir soulagé, moi aussi, mais à l'entendre, j'ai clairement l'impression qu'il a lui aussi de mauvaises nouvelles pour nous.

« Sam ? Sam ! Où est ton père ?

– Il est…

– Laisse tomber ! Peu importe ! hurle-t-il. Écoute-moi, Sam. Tu es à Chicago, c'est ça ? Au John Hancock Center ?

– Comment… Comment tu sais ça ?

– Ils sont au courant, Sam ! rugit Adam. Ils savent où vous êtes, et ils arrivent ! »

CHAPITRE 32

« Tenez bon ! »

Neuf tire au hasard sur la manette et notre hydroglisseur – un petit bateau propulsé par un gros ventilateur, à l'arrière – penche violemment sur le côté pour éviter un tronc d'arbre flottant dans les eaux boueuses du marécage. Huit perd l'équilibre et doit se rattraper à mon bras pour se rétablir. Il m'adresse un sourire penaud et me lâche pour écraser un moustique. L'atmosphère est lourde et humide, et nous sommes cernés par les insectes, qu'on entend bourdonner malgré le grondement de l'hélice. L'odeur de terre grasse et de végétation luxuriante sature l'air.

« Regardez-moi ça ! » braille Huit pour se faire entendre. Je scrute les feuilles de nénuphars qui s'écartent au passage d'une forme, juste sous la surface. Je crois d'abord qu'il s'agit encore d'un tronc, avant de remarquer une queue aux écailles rugueuses s'agitant dans l'eau. Un alligator.

« Gardez les mains à l'intérieur du bateau », hurle Huit.

Je regarde l'animal disparaître dans une touffe d'arbres à notre gauche. Je comprends mieux pourquoi Cinq a jugé que les Everglades seraient une bonne cachette pour son coffre : c'est un véritable labyrinthe de hautes herbes et de marécages déserts – à part les insectes et les bêtes qui rampent.

Nous progressons le long de ce qui ressemble à une route sur l'eau – les tiges tranchantes des cladiaies et les arbres tout autour de nous s'inclinent pour laisser passer les embarcations. Même si le pluriel ne paraît pas vraiment approprié – nous n'avons pas vu un seul humain depuis que nous avons loué ce bateau, il y a une heure. Et c'était dans une pauvre cabane délabrée, coincée entre un chemin poussiéreux et le marécage. Nous avions le choix entre trois hydroglisseurs rouillés accrochés au ponton branlant. Le vieil ermite qui vivait là, tanné par le soleil et exhalant une odeur d'essence et d'alcool mêlés, nous a vaguement expliqué le maniement de l'engin en éructant toutes les deux phrases, avant d'accepter de l'argent en échange d'une carte cornée des environs et des clefs du bateau. Il n'a posé aucune question, et nous en avons tous été reconnaissants.

Six est penchée sur la carte de cet autochtone, pour la comparer à celle des Everglades que nous avons trouvée sur Internet et imprimée avant de partir, et sur laquelle Cinq a indiqué l'emplacement de son coffre. Elle fait le va-et-vient entre notre document et la carte tachée mais plus précise des affluents et des bras morts du bayou. Elle finit par tout repousser d'un air excédé. « Je ne peux rien en tirer, grommelle-t-elle.

— T'inquiète, la rassure Neuf en poussant le bateau toujours plus avant, en direction du soleil couchant. Cinq dit qu'il sait où on va. Laisse-le faire, pour une fois qu'il veut se rendre utile. »

Je lève les yeux vers le ciel, à la recherche de Cinq. Il s'est envolé il y a une quinzaine de minutes en prétendant qu'il lui serait plus facile de repérer son coffre d'en haut. L'horizon est en train de virer lentement au rose – en temps normal, je trouverais ça beau, mais dans les circonstances présentes je le vois plutôt comme un mauvais présage.

« Je ne voudrais pas avoir l'air d'une mauviette, j'annonce avec méfiance en me passant une mèche de cheveux mouillés derrière l'oreille, mais je ne tiens vraiment pas à traîner dans les parages après la tombée de la nuit.

— Moi non plus, renchérit Huit en donnant une chiquenaude dans la carte que Six a entre les mains. Surtout si notre vénérable navigateur ne sait pas nous ramener à la civilisation. »

Six fixe Huit en plissant les yeux d'un air rageur, mais ne répond rien. Quant à Neuf, il se contente de rire. Il a d'énormes auréoles sous les bras et une nuée d'insectes lui tourne autour, mais il ne semble pas s'en rendre compte. On peut même dire qu'il a l'air d'aimer ça – l'humidité, les vêtements qui collent à la peau, le danger imminent. Il est dans son élément naturel. « Je me disais qu'on pourrait aller camper, après », suggère-t-il.

Huit et moi laissons échapper un grognement. Si les eaux environnantes n'étaient pas infestées d'alligators, je profiterais de l'occasion pour éclabousser Neuf. Je lève de nouveau la tête, guettant Cinq.

« Je suis sûre qu'il ne va pas tarder à revenir », je dis. Il n'y a pas de raison de se montrer pessimiste. Jusqu'ici, cette mission s'est déroulée sans accrocs. Aucune alerte à signaler. Je ne me sens toujours pas à l'aise d'avoir laissé John et Ella, mais les autres avaient raison. Nous ne pouvions rien faire pour eux, à Chicago. Je n'ai pas encore atteint le niveau d'enthousiasme de Neuf, mais j'avoue que c'est plus gratifiant d'être ici, à agir, à chercher un moyen d'aider nos amis et de gagner cette guerre.

Tant qu'on ne se perd pas dans ce marécage, bien sûr. Parce que je ne vois vraiment pas ce qu'on pourrait en tirer de bon.

Une ombre passe sur nos têtes. Cinq. Il plane un moment au-dessus du bateau avant de se laisser doucement tomber à côté de nous. Il dégouline de sueur et son T-shirt blanc est trempé. Neuf ne peut s'empêcher de ricaner. « Tu vas sûrement finir par perdre du poids, si on reste assez longtemps dans le secteur, hein, mon grand ? »

Cinq serre les dents et décolle le tissu de son torse d'un air gêné. Nous sommes tous couverts de sueur et dégoûtants, mais c'est Cinq que Neuf a décidé de titiller. J'avais osé espérer que l'entraînement au drapeau les aurait aidés à pacifier leur relation, mais la tension entre eux est toujours palpable.

« Ignore-le, je conseille à Cinq. Tu as retrouvé ton coffre ? »

Il hoche la tête en désignant la direction dans laquelle nous allons. « Il y a une sorte d'îlot, à environ deux kilomètres. C'est là. »

Neuf pousse un soupir. « Pourquoi tu ne l'as pas directement récupéré pour le ramener ici, mec ? »

Neuf lui adresse un petit sourire narquois. « Tu n'as pas écouté les instructions, pas vrai ? On a voté, et on a décidé qu'on te sonnerait juste pour le gros œuvre et les grognements de bête.

— Hein ? » Neuf se tourne vers Huit d'un air interdit. « Il est sérieux ? »

Huit hausse les épaules, jouant le jeu.

Six intervient d'un ton exaspéré : « Conduis ce fichu bateau, Neuf, un point c'est tout.

— À vos ordres, capitaine, réplique-t-il en agitant les doigts. Et un coffre pour la six ! »

Six lance un regard à Cinq. Depuis quelque temps, elle n'est pas très bavarde. « Pourquoi tu n'as pas pris ton coffre ? demande-t-elle d'un ton cassant.

— Il fait de plus en plus sombre, répond Cinq avec une moue désinvolte, et puis c'est un bon endroit pour se reposer, au besoin.

— Qu'est-ce que je disais ? exulte Neuf. Une pause camping !

— Pas question, rétorque Huit en secouant la tête avec véhémence. Accélère un peu, qu'on puisse partir d'ici le plus vite possible. »

Neuf s'exécute, faisant voler des gerbes d'eau de chaque côté.

Parler d'« îlot » pour désigner l'endroit où nous emmène Cinq serait un peu exagéré : il s'agit en réalité d'un tas de boue au milieu du marécage, et sur lequel se dresse un arbre massif et tout noueux qui semble dater de la nuit des temps. Ses racines sont tellement énormes et étendues que Neuf doit se montrer très prudent, en manœuvrant le bateau, pour ne pas se retrouver coincé. À la descente, nous patinons dans la boue et glissons sur les protubérances inégales de l'arbre. Nous sommes entourés par un halo de hautes herbes poussant dans l'eau, et au-dessus de nous les branches sont si nombreuses et si épaisses que tout l'îlot est plongé dans l'ombre dès que nous pénétrons à couvert. Il y fait pratiquement dix degrés de moins que sur l'eau.

Je me tourne vers Cinq.

« Il faut avouer que c'est un très bon emplacement. »

Ravi de recevoir enfin un compliment, il bombe un peu le torse. « Ouais. J'ai bivouaqué là, un soir. Ce vieil arbre est incroyable. Je me suis dit que je n'aurais pas trop de problèmes pour le retrouver.

— Félicitations, grommelle Neuf en écrabouillant un gros insecte au creux de son cou. Alors, où il est, ton fichu coffre ? »

Cinq nous conduit à la base du tronc. Sous nos pieds s'enroule un entrelacs de racines, comme si tout l'arbre n'était qu'un poing serré plongé dans la terre, dont les racines seraient les doigts entre lesquels suinte la boue. Cinq s'accroupit derrière un nœud d'écorce, un amas ressemblant presque à une jointure, et se penche vers la flaque de vase en dessous.

« Il est par là, indique-t-il en fouillant avec la main. Je l'ai presque. »

Au moment où Cinq extirpe son coffre, de la bourbe s'échappe un bruit de succion, comme si la terre refusait de rendre son butin. Cinq s'agenouille devant la forme familière pour la nettoyer.

Huit me tape sur l'épaule pour me désigner du mouvement entre les hautes herbes. J'aperçois la tête plate et les yeux jaunes d'un alligator, peut-être même celui de tout à l'heure. « On dirait que quelqu'un a un petit creux, plaisante Huit.

— Est-ce qu'il nous suit ? » je demande, en partie pour blaguer moi aussi, mais tout de même un peu à cran. Je me rapproche discrètement de Huit.

« Y en a plein, dans le secteur, lance Cinq d'un air distrait en soulevant son coffre.

— Tu sais parler aux animaux, pas vrai ? je demande à Neuf. Dis à cette créature qu'on ne veut pas de problèmes.

— Peut-être que je vais le garder comme animal de compagnie. Ou bien m'en faire un manteau », réplique Neuf en plissant les yeux en direction de la bête à l'approche. Brusquement, son expression change. « Attendez un peu... »

Une deuxième tête de crocodile apparaît près de la première puis, quelques secondes après, une troisième émerge de l'eau trouble. Je crois tout d'abord qu'une bande d'alligators nous traque, sans même savoir si c'est dans les habitudes de cette espèce. Mais soudain, les trois têtes se soulèvent d'un même mouvement et je constate qu'elles sont reliées à un seul corps par un large cou recouvert d'écailles. Sur le torse de la bête, les écailles sont remplacées par une fourrure noire et lustrée, dont surgit brusquement une paire d'ailes de chauve-souris en projetant violemment de l'eau en tous sens. Une fois debout sur ses deux jambes humanoïdes, le monstre nous domine du haut de ses cinq mètres. Il se penche en avant, et trois paires d'yeux cuivrés nous dévisagent d'un air affamé.

« Attention ! » s'écrie Six au moment où la bête fait claquer ses ailes et prend son envol.

La silhouette hideuse plane au-dessus de moi. C'est drôle, les détails que l'on remarque, dans les moments de ce genre. Les pieds de la bête sont énormes, avec des serres retournées à l'extrémité de ses six doigts ainsi qu'aux talons. Mais les coussinets ont l'air presque doux, zébrés de cicatrices en forme de S, comme si un scientifique mogadorien avait voulu signer son œuvre.

Et mon cerveau enregistre tout ça, une seconde avant que la créature essaie de me dépecer.

« Marina ! » Huit m'attrape par la taille et nous nous téléportons en arrière. Les griffes acérées de l'alligator mutant déchiquettent la racine sur laquelle je me tenais.

« Comment ils ont fait pour nous trouver ? vocifère Neuf en sortant sa lance télescopique.

— Je ne vois pas de Mogs, je hurle en faisant volte-face pour embrasser tout le marécage du regard. Est-ce qu'il est possible qu'il soit seul ?

— Je vais aller lui demander. »

Neuf charge. La bête tente de le mordre avec l'une de ses têtes. Neuf brandit sa lance et l'enfourne dans la gueule la plus proche, faisant sauter quelques crocs jaunis. La tête touchée se met à rugir de douleur, et le monstre réplique d'un coup d'aile, forçant Neuf à reculer.

Cinq lâche son coffre par terre pour l'ouvrir. Six lui saisit l'épaule. « C'est quoi, ce bordel ? Tu n'as pas vu cette horreur pendant ton vol de reconnaissance ?

— Elle est sortie des profondeurs. Comment j'aurais pu la voir ? » répond-il d'une voix calme. Lui ne semble pas du tout paniqué, contrairement à la description que nous en a fait John, lors de leur bataille à Fouke. « Ne t'en fais pas, ajoute-t-il. J'ai ce qu'il nous faut là-dedans.

— Quelqu'un peut me filer un coup de main ? » braille Neuf en bondissant sur le côté, évitant de justesse une des mâchoires du monstre.

Huit se téléporte juste au-dessus des trois têtes et balance un coup de pied dans l'un des museaux, puis disparaît pour se matérialiser à côté de Neuf. La créature laisse échapper un rugissement de frustration et se met à battre des ailes pour tenter de décoller. Neuf et Huit se séparent dans le but de la prendre en tenaille.

Cinq fouille toujours dans son coffre, et Six lève les bras d'un air exaspéré. « Marina, couvre-moi pendant que je m'occupe de ça. » J'entends les premières gouttes d'un orage pianoter sur le feuillage.

Cinq finit par extirper une sorte de manche en cuir de son coffre, qu'il se glisse autour de l'avant-bras. Il plie le coude, et une longue lame d'une trentaine de centimètres jaillit de l'intérieur de son poignet. « Tu m'as manqué », lance-t-il avec un grand sourire. Il tend le coude, et le mécanisme se rétracte.

« On met le turbo sur les éclairs, Six ! » ordonne Neuf. Le monstre lui fonce dessus et sa seule défense est de brandir sa lance pour esquiver les coups de mâchoires forcenés des trois têtes. Il recule à l'aveugle et trébuche, atterrissant sur les fesses. La bête est sur le point de lui tomber dessus de tout son poids, lorsque Huit change de forme, pour prendre l'apparence d'un des avatars massifs de Vishnu, je présume : mi-homme, mi-sanglier. Il attrape la créature par sa queue de reptile et la tire violemment en arrière pour l'empêcher de dévorer Neuf.

La bête fait volte-face et plante ses crocs tranchants dans l'épaule de Huit. Un hurlement jaillit de son groin et sa silhouette commence à trembler. Je vois bien qu'il éprouve des difficultés à rester concentré, à cause de la douleur.

« Huit ! » Je n'ai qu'une envie, c'est de me précipiter vers lui pour le soigner, mais je ne peux pas laisser Six tant qu'elle est en train de créer une tempête.

« Va l'aider, ordonne-t-elle, la mâchoire contractée. Je m'en sors. »

Je fonce. Avant que l'alligator volant s'en prenne une nouvelle fois à lui, un éclair zèbre le ciel, percute la créature et l'étend à terre, où elle se convulse dans un nuage de fumée. À présent il pleut fort – Six met vraiment le paquet.

Neuf se redresse d'un bond et détale pendant que le monstre se débat toujours pour se remettre sur ses deux pattes. Neuf le pilonne avec sa lance mais les coups sont presque impuissants contre la peau recouverte d'écailles.

Neuf ayant repris l'offensive, Huit bat en retraite en titubant, toujours sous sa forme de Vishnu. Il reprend son apparence normale lorsque j'arrive à ses côtés et je constate que son épaule droite est striée de profondes lacérations déchiquetées. Je pose les mains sur les plaies, laisse l'onde glacée me traverser puis passer dans sa chair, et je regarde les blessures se refermer.

« Laisse-moi t'embrasser, s'exclame Huit.

— Dès qu'on aura tué cette chose, peut-être », je réponds.

Le monstre se cabre et frappe Neuf de l'une de ses ailes de cuir, le projetant en arrière. Sitôt Neuf sorti de sa ligne de mire, Six lance deux nouveaux éclairs contre la bête. Ils la font de nouveau basculer à terre, déchirant la membrane de son aile. Mais l'alligator mutant se relève une fois encore et rugit. Visiblement, nous ne faisons que le rendre de plus en plus furieux.

« Qu'est-ce qu'on doit faire pour descendre cette saloperie ? » hurle Neuf.

C'est alors qu'un sifflet strident retentit dans l'air, tellement fort et aigu que j'en ai la chair de poule, comme si on rayait une ardoise avec les ongles. Je fais volte-face et aperçois Cinq en train de souffler dans une flûte élaborée, en obsidienne massive. Et tandis que la note perçante résonne, il fixe la bête sans ciller.

Tout à coup, on dirait que toute combativité abandonne la créature. Elle replie ses ailes gigantesques autour d'elle et s'écroule à genoux, ses trois têtes posées contre son torse, presque comme si elle saluait.

« Waouh, murmure Huit.

— Vous voyez ? commente Cinq en abaissant son sifflet et en nous regardant tous. Trop facile.

— Si tu avais ce truc depuis le début, pourquoi ne pas l'avoir utilisé avant ? lance Neuf d'un ton cassant.

— Je me suis dit que tu aurais peut-être envie d'un peu d'exercice », répond Cinq avec un sourire froid.

Six secoue la tête. « L'un d'entre vous pourrait-il juste achever cette chose, qu'on puisse dégager d'ici ?

— Avec plaisir. » La peau de Cinq se transforme en une couche d'acier scintillant. Il avance de deux pas vers la bête agenouillée, puis s'arrête à côté de Six. « C'est moi qui ai fabriqué cette fichue bestiole, lâche-t-il distraitement. Le moins que je puisse faire, c'est de la supprimer.

— Quoi ? » Je n'en crois pas mes oreilles.

Le poing recouvert de métal surgit avec une force que je n'avais jamais vue chez Cinq, et vient secouer le visage de Six d'un uppercut.

La violence de l'impact propulse le corps tout entier de Six dans l'air, et elle atterrit à mes pieds. Je vois que ses yeux ont basculé à l'intérieur de leurs orbites et qu'un filet de sang s'écoule de chacune de ses narines. Au mieux, c'est la commotion cérébrale ; au pire, une fracture du crâne. Instinctivement, je me précipite vers elle pour la soigner, mais alors que j'essaie de m'accroupir, je reçois un coup dans la poitrine – pas assez fort pour me couper la respiration, mais je ne peux plus avancer. De la télékinésie, à l'évidence. C'est Cinq qui me tient à distance. Totalement déconcertée, je lève les yeux vers lui.

Huit brise ce moment suspendu en rugissant : « Mais qu'est-ce qui t'a pris ?! », mais sa voix est engloutie par un hurlement.

Le corps de Cinq a pris la consistance du caoutchouc et son bras, étiré comme un tentacule, est enroulé à double tour autour de la gorge de Neuf. Ce dernier se débat farouchement, mais Cinq le soulève sans mal. Son bras s'allonge encore, le suspendant à trois mètres au-dessus du sol, puis plonge. Il enfonce son corps dans l'eau boueuse du marécage, et le maintient là. Il est en train de le noyer.

Huit et moi sommes tous les deux paralysés, et Cinq se tourne pour nous regarder. Son expression est étonnamment amicale, sachant qu'il est en train d'étouffer Neuf et que par sa faute Six gît inconsciente à mes pieds. Je vois des vibrations secouer son bras, sans doute sous l'effet des coups que Neuf doit lui porter sous l'eau pour essayer de se libérer. Ses tentatives ne perturbent visiblement pas Cinq, qui semble à peine les remarquer.

Il s'assied sur son coffre et prend le temps de nous dévisager.

« On ferait bien de discuter, tous les trois », annonce-t-il d'une voix calme.

CHAPITRE 33

La conversation avec Adam s'interrompt brutalement. Je scrute l'écran du téléphone, mais Adam ayant appelé depuis un numéro masqué, je n'ai aucun moyen de le rappeler. J'ignore où il se trouvait, mais il avait l'air de se déplacer à grande vitesse, car il devait crier pour se faire entendre, à cause du vent cinglant en fond sonore. Il est en cavale, apparemment paniqué. Je suis tout le contraire : cloué sur place, comme anesthésié.

Que ferait John, dans une situation pareille ? Il se bougerait, voilà ce qu'il ferait. Je fourre le portable dans la poche arrière de mon jean et me dirige vers le couloir.

« Il dit que les Mogadoriens savent où on est, je lance à mon père en passant, et qu'ils sont en route. Il faut qu'on parte d'ici. Sur-le-champ ! »

Je regarde par-dessus mon épaule avant de sortir, et il se tient toujours immobile près du lit.

« Allez, qu'est-ce que tu attends ?

– Et si... » Mon père se pince la base du nez. « Et si je n'étais pas fiable ? »

Oh, je vois. La fameuse théorie selon laquelle mon père serait malgré lui un agent double à la solde des Mogadoriens. Il y a une autre explication au fait que nos ennemis détiennent ses notes. Peut-être n'est-il pas certain de pouvoir se fier à lui-même, ou bien il craint que sa mémoire ne commence à le trahir. Peu importe.

Ma décision est prise, et elle est irrévocable. Moi, je lui fais confiance.

« Tu te rappelles, à la sortie de la Base de Dulce, quand je voulais retourner aider les Gardanes ? Tu m'as dit que j'aurais d'autres occasions de me rendre utile aux Lorics. Eh bien, je crois que nous y sommes. Je te fais confiance, P'pa. Je ne peux pas y arriver sans toi. »

Il hoche la tête d'un air grave. Sans un mot, il se penche sous son lit et en sort le fusil dont il s'est servi pour abattre ce monstre, en Arkansas, et il actionne la pompe.

« Adam t'a-t-il dit combien de temps on avait ? » demande-t-il.

Comme en réponse, l'immeuble tremble et toutes les lumières vacillent. Un moteur rugit dehors – le bruit se situe au-dessus de nous, dangereusement près, et il est suivi d'un frottement métallique. Quelque chose vient d'atterrir sur le toit.

« Visiblement, pas beaucoup. »

Nous bondissons dans le couloir, où Sarah émerge de sa chambre. En voyant que mon père porte une arme, elle écarquille les yeux. « Qu'est-ce que c'était ? Qu'est-ce qui se passe ?

– Les Mogs sont ici, je réponds.

– Oh, non », lâche-t-elle en reculant vers sa chambre, où John et Ella gisent, sans défense.

Depuis le couloir, j'ai une vue dégagée sur la grande baie vitrée qui fait le tour du salon. Une demi-douzaine de cordes tombent subitement au milieu de la vitre et des Mogadoriens descendent du toit en rappel.

« Il faut que j'aille chercher John ! » s'écrie Sarah.

Je l'attrape par le poignet. « Si on ne va pas récupérer les armes, on n'a aucune chance. »

Les fenêtres explosent sous les tirs synchronisés des canons mogadoriens. Une rafale d'air froid s'engouffre dans l'appartement. Les soldats basculent à l'intérieur, détachent prestement leurs mousquetons et se mettent instantanément à scruter la pièce en quête de cibles. Le salon se trouve sur le chemin de l'ascenseur – notre seule issue. Je suis surpris qu'ils ne soient pas plus nombreux. Si je prenais d'assaut un repaire de Gardanes, j'enverrais une armée entière. On dirait qu'ils ne s'attendent pas à rencontrer beaucoup de résistance.

Nous nous réfugions tous les trois dans la chambre de mon père.

« Je vais chercher John et Ella, dit celui-ci. Vous deux, rejoignez la salle de conférences. »

J'entends les Mogs quitter le salon et s'engager dans le couloir. « Les voilà. À trois, on y va. Un... »

Avant même que j'aie pu dire « deux », un rugissement féroce éclate dans le couloir, suivi de tirs confus. Je passe la tête par l'embrasure de la porte et aperçois Bernie Kosar, sous la forme d'un énorme grizzli, en train de déchiqueter une paire de Mogadoriens. Je l'avais complètement oublié ! Peut-être la situation n'est-elle pas aussi désespérée qu'il y paraît.

« Foncez ! hurle mon père en détalant en direction de la chambre d'Ella. Trouvez des armes et on les bloquera ici. »

BK bondit de Mog en Mog, les dépeçant à coups de griffes, envoyant voler les meubles derrière lesquels ils rampent pour se protéger. Il prend plusieurs tirs dans le flanc et l'odeur de poils brûlés se répand dans l'air, mais ça ne fait qu'accroître sa fureur. Accroupi à la porte de la chambre d'Ella, mon père vise et fait feu sur l'ennemi.

Sarah et moi partons dans la direction opposée, vers la salle de conférences et l'armurerie. Derrière moi, j'entends les impacts grésiller dans les murs, et mon père riposter. Nous devons faire vite. Des renforts ne vont sans doute pas tarder à tomber du toit, et nous ne pourrons pas les contenir très longtemps.

Brusquement, la porte de la chambre située à ma droite s'ouvre à la volée. L'espace d'une seconde, je sens un souffle d'air froid en provenance de la fenêtre brisée, et je me retrouve avec un Mogadorien sur moi. Il me plaque au mur en m'enfonçant son épaule dans le flanc. Son avant-bras m'écrase la gorge et il approche son visage blafard du mien, si bien que je ne vois plus que ses yeux noirs et sans vie.

« Humain, siffle-t-il, dis-moi où est la fille et je te tuerai vite. »

Avant que j'aie pu demander de quelle fille il parle, Sarah lui casse un vase vide sur le crâne. Le Mog secoue la tête et fait volte-face. Et soudain, la colère m'envahit – pour tout ce temps passé en captivité, pour ce qu'ils ont fait à John et Ella. Je saisis l'épée du Mog par le manche et la dégage de son fourreau. En poussant un hurlement, je lui enfonce la lame dans la poitrine, et il explose en cendres.

« Waouh ! » s'exclame Sarah.

J'entends du verre se briser un peu partout dans l'appartement. Les portes le long du couloir volent en éclats et les Mogs chargent dans notre champ de vision, nous coupant de mon père et de Bernie Kosar. Je me rappelle m'être dit auparavant que je trouvais cet endroit flippant, mais là, c'est carrément horrifiant. Le bout du couloir est désormais invisible. J'entends toujours les tirs du fusil de mon père, de plus en plus rapprochés. Puis résonne un gigantesque craquement, comme si quelque chose basculait, dans la chambre d'Ella.

« C'est la fille, que vous cherchez ? je braille pour attirer leur attention, espérant relâcher un peu la pression sur mon père. Elle est par là ! »

Avec Sarah, nous fonçons vers l'atelier, poursuivis par une dizaine de Mogadoriens qui déboulent dans le couloir.

Ensemble, nous repoussons contre la porte de vieux appareils et des pièces détachées éparpillés par terre – le bazar accumulé par Sandor se révèle soudain bien utile. Un Mog tente de forcer la porte, mais elle percute le tas de débris.

« Ça les retardera quelques secondes, je dis.

– Est-ce que tu crois que c'est moi, qu'ils cherchent ? demande Sarah, le souffle court. Ou bien ils sont là pour Ella ? »

Un pan de la porte de l'atelier explose et des brisures de bois brûlantes me frôlent la joue, ratant mon œil de peu. J'imagine que le moment est venu. Sarah m'attrape par le bras et nous traversons la pièce en trébuchant. Derrière nous, la porte est pulvérisée par l'invasion de Mogs.

Un tir perdu frappe le sol entre nous, nous projetant en arrière, et Sarah bascule par-dessus une table. Les tirs se multiplient. Je m'accroupis et saisis la main de Sarah pour l'aider à se relever. « Tout va bien ! » hurle-t-elle et nous détalons, pliés en deux, vers la salle de conférences.

La porte de l'atelier n'est plus qu'un trou fumant dans le mur. Les soldats se déversent, enjambent le matériel jonchant le sol sans se laisser vraiment ralentir. Près de moi, l'écran révélant l'emplacement des Gardanes explose dans une gerbe d'étincelles, et j'évite de justesse un tir mog.

« Comment on va faire pour en repousser autant ? me crie Sarah en déboulant dans la salle de conférences. Je me suis entraînée, mais jamais sur dix cibles à la fois !

– On a l'avantage de connaître les lieux. »

Sarah fonce vers l'armoire à fusils et je grimpe sur le Lectern. Les premiers Mogs apparaissent au moment où je lance le programme, en saisissant les coordonnées d'un des entraînements de routine de Sandor – difficulté maximale. Les Mogs ne prêtent aucune attention à ce que je fais, assis derrière ma console métallique à tapoter sur des touches. Ils sont concentrés sur Sarah. Sans doute se rendent-ils compte qu'elle n'est pas celle qu'ils recherchent, mais elle reste la menace la plus directe, à découvert et les visant avec une paire de pistolets. Une menace évidente, et aussi une cible facile.

« Sarah ! À ta gauche ! » je crie en faisant se dresser un bloc du sol pour qu'elle se mette à couvert. Elle plonge derrière au moment où les Mogadoriens ouvrent le feu.

De la fumée sort des canules le long du mur. Certains des Mogs semblent déconcertés, mais la plupart essaient de se débarrasser de Sarah. Des balles ricochent sur le Lectern et je me jette derrière le siège en essayant de me faire le plus petit possible. J'espère que ce truc est assez résistant pour supporter leur feu nourri. Malgré le vacarme, j'entends les mécanismes dans les murs s'animer.

Une demi-douzaine de panneaux coulissent dans les quatre parois et des tourelles chargées de roulements à billes apparaissent.

« Reste couchée, c'est parti ! » je crie.

Des tirs croisés éclatent dans la salle, prenant les Mogs en tenaille. Ce dispositif est censé aider les Gardanes à perfectionner leur télékinésie, pas les mutiler, aussi les munitions, des petites boules, ne sont-elles pas projetées avec assez de puissance pour tuer les Mogs. Mais ça doit tout de même faire un mal de chien. Entre ça et les médecine-balls qui surgissent brusquement du plafond, je dirais qu'ils sont pas mal occupés.

Je plonge. Une salve de billes m'atteint à l'épaule avant que je touche le sol. J'ai mal au bras, mais j'arrive à me plaquer à terre, et tout autour de moi les Mogadoriens se font matraquer de tous les côtés. En m'apercevant, Sarah fait glisser une de ses armes dans ma direction. Je la ramasse et m'accroupis derrière le Lectern. Nous occupons les deux seuls abris de la pièce.

Nous ouvrons le feu. Peu importe qu'on n'ait pas le meilleur angle : les Mogadoriens font des cibles faciles. Les billes projetées par les murs commencent à les faire paniquer. Beaucoup sont tombés à genoux sous les coups des médecine-balls, et ce sont ceux-là que nous visons en premier. D'autres essaient de s'enfuir vers la porte. Quand ils y arrivent, tout ce qu'ils récoltent, c'est une balle dans le dos.

En moins d'une minute, grâce au dispositif de Sandor, la pièce est débarrassée de tous les Mogadoriens. En général, à l'entraînement, les Gardanes doivent subir sept minutes de ce régime avant d'avoir droit à une pause. Mais j'imagine que dans ce cas, personne ne leur tire dessus à balles réelles. Je tends le bras et tape au hasard sur les touches jusqu'à ce que le Lectern s'éteigne.

« Ça a marché ! se réjouit Sarah, presque surprise. On les a eus, Sam ! »

Au moment où elle se relève, je remarque une trace noire à l'extérieur de sa jambe gauche. Son jean est déchiré et dessous, la peau est rose et brûlée, et maculée de sang. « Tu es touchée », je m'exclame.

Sarah baisse les yeux. « Merde. Je ne m'en étais même pas rendu compte. Ça doit être superficiel. »

L'adrénaline retombe, et Sarah s'approche de moi en boitant. Je lui passe le bras autour des épaules pour la soutenir et nous sortons de la salle de conférences aussi vite que possible, en ramassant des armes en chemin. Je glisse un second pistolet dans la ceinture de mon pantalon, juste au cas où je me retrouverais à court de munitions. Sarah lâche son arme vide pour attraper une mitraillette légère de psychopathe, le genre de modèle que je n'aurais jamais pensé voir ailleurs que dans un film d'action.

« Tu sais comment te servir de ce truc ?

– Ils marchent tous à peu près pareil, répond Sarah. Il suffit de viser et d'appuyer. »

J'éclaterais de rire, si je n'étais pas aussi préoccupé au sujet de mon père et de nos amis dans le coma. En traversant l'atelier dévasté, on n'entend plus aucun bruit d'affrontement. Nous nous frayons précautionneusement un chemin entre les décombres. L'appartement est étrangement silencieux. Je ne suis pas certain que ce soit bon signe.

Je passe la tête dans le couloir. Il n'y a pas âme qui vive. Le sol est recouvert de cendres mogadoriennes, mais tout est calme. Le seul bruit est celui du vent soufflant à l'intérieur du bâtiment par toutes les fenêtres brisées au passage des Mogs.

« Tu penses qu'on les a tous eus ? » chuchote Sarah.

En réponse, nous entendons des frottements émanant du toit, comme si quelqu'un courait au-dessus de nos têtes. Il doit rester des soldats là-haut, en train de se réunir pour un deuxième assaut, prêts à bondir dès qu'ils auront compris que le premier régiment s'est fait éliminer.

« Il faut qu'on sorte d'ici tout de suite. » J'aide Sarah qui boitille et nous avançons dans le couloir.

Bernie Kosar apparaît en traînant la patte, toujours sous sa forme d'ours. Il semble blessé et tout son côté droit fume encore des brûlures infligées par les canons mog. Il me fixe comme s'il essayait de me dire quelque chose. J'aimerais tant posséder le Don de télépathie de John. BK a l'air triste, mais déterminé.

« Ça va, Bernie ? » demande Sarah.

Il grogne et prend l'apparence d'un faucon. Puis il s'envole en direction d'une fenêtre et disparaît vers le ciel. Il compte sans doute repousser les Mogadoriens sur le toit pendant que nous évacuons John et Sarah. Et je comprends brusquement ce que signifiait ce regard qu'il m'a lancé : c'était un adieu, au cas où nous devions ne jamais nous revoir. J'inspire à fond.

« Allons-y, vite », j'ordonne à voix basse.

Une bibliothèque retournée bloque l'entrée de la chambre d'Ella. Elle est criblée d'impacts de balles. À l'évidence, c'est là-dessous que s'est réfugié mon père.

« Papa ? je chuchote. La voie est libre, on y va. »

Pas de réponse.

« Papa ? » cette fois, je monte la voix, et je la sens trembler.

Toujours rien. Je donne un grand coup d'épaule contre la bibliothèque, mais elle est bien encastrée. Le désespoir me donne la nausée. Pourquoi ne répond-il pas ?

« Là-haut ! » crie Sarah en désignant un espace au-dessus du meuble, juste assez grand pour s'y glisser.

J'escalade en m'égratignant les genoux sur les étagères, et atterris maladroitement de l'autre côté. Le tout ne me prend que quelques secondes, mais ça suffit amplement, pour m'imaginer le pire : mon père abattu à coups de canon mog, et John et Ella exécutés dans leur sommeil.

« Papa ? » Ma gorge se serre. Le temps semble ralentir, et j'avance en vacillant vers le lit. « P'pa ? »

John et Ella paraissent indemnes, toujours dans un état comateux, totalement inconscients du chaos qui se déchaîne tout autour. Et du corps de mon père étendu sur eux.

Il a les yeux fermés, une plaie béante à l'abdomen. Il a les deux mains serrées sur le ventre, comme s'il tentait de retenir son sang. Son arme brisée gît à terre, couverte de ses empreintes sanglantes. Je me demande pendant combien de temps il a continué à se battre, après s'être fait tirer dessus.

Sarah apparaît au-dessus de la bibliothèque et contemple la scène bouche bée. « Oh, non. Sam… »

Je ne sais pas quoi faire pour mon père à part lui prendre la main. Elle est froide. Mes yeux s'emplissent de larmes. Je me remémore que lors de la dernière conversation que j'aie eue avec lui, je l'ai pratiquement accusé d'être un traître. « Je suis tellement désolé », je murmure.

Je fais un bond en sentant ses doigts se serrer.

Mon père a les yeux ouverts. Je vois bien qu'il a du mal à fixer son regard sur moi et je me rends compte qu'il n'a plus ses lunettes : elles doivent traîner en morceaux quelque part.

« Je les ai protégés aussi longtemps que j'ai pu », dit-il, la voix étranglée, tandis que du sang s'écoule en bouillonnant de sa plaie et du coin de ses lèvres.

« Allez, viens. On sort d'ici », je réponds en m'agenouillant près de lui.

Une expression de souffrance voile son visage, et il secoue la tête. « Pas moi, Sam. Il faut que vous partiez seuls. »

Un mugissement résonne en provenance du toit, au milieu du vacarme du combat. C'est Bernie Kosar, désespéré et au supplice.

Sarah me touche doucement l'épaule. « Sam, je suis désolée. Le temps presse. »

Je repousse la main de Sarah en secouant la tête. Je lance un regard furieux à mon père, et les larmes roulent sur mes joues. « Non, je siffle. Tu ne vas pas encore m'abandonner. »

Sarah essaie de me contourner pour dégager le corps d'Ella, coincé sous celui de mon père. Je ne fais pas un geste pour l'aider. Je sais que c'est stupide et égoïste de ma part, mais je ne peux pas le laisser partir aussi facilement. J'ai passé ma vie entière à le chercher, et à présent, tout s'écroule.

« Sam... va-t'en... murmure-t-il.

– Sam, supplie Sarah en entourant Ella de ses bras. Il faut que tu attrapes John et qu'on file d'ici. »

Je fixe mon père. Il hoche lentement la tête, et du sang coule à nouveau de sa bouche. « Vas-y, Sam.

– Pas question. » Je secoue la tête. Je sais que j'ai tort, et je m'en fiche. « Uniquement si tu viens aussi. »

Mais il est trop tard, de toute manière. Le câble à la fenêtre se tend et un Mogadorien descend en rappel, avant de sauter à l'intérieur de la pièce. Nous avons trop traîné, et Bernie Kosar n'a pas pu les arrêter. La deuxième vague nous frappe de plein fouet.

CHAPITRE 34

Des bulles bouillonnent à la surface, au-dessus de Neuf. Ça fait presque une minute qu'il est sous l'eau. J'avance d'un pas vers le bord, dans l'espoir de pouvoir plonger pour le sauver, mais je ne suis pas sûre que Cinq me laisse faire. Il m'observe attentivement en haussant les sourcils, comme s'il était curieux de voir notre réaction, à Huit et à moi.

« Où est le véritable Numéro Cinq ? demande Huit dans un grondement. Qu'est-ce que tu lui as fait ? »

Cinq plisse les paupières, visiblement perplexe, puis sourit. « Oh, tu me prends pour Setrákus Ra. » Il secoue la tête. « T'inquiète, Huit. C'est bien moi. Pas d'entourloupe. »

Comme pour prouver ce qu'il avance, Cinq se penche et, de sa main libre, déverrouille son coffre. Puis il le referme et se tourne vers nous. « Tu vois ? » Huit et moi restons cloués sur place, interdits.

« Relâche Neuf, Cinq, je dis en essayant de ne pas laisser paraître l'affolement qui me gagne.

— Dans une seconde. Je veux pouvoir vous parler à tous les deux sans me faire interrompre par Neuf ou par Six.

— Pourquoi... Pourquoi nous as-tu attaqués ? » Huit oscille entre colère et incrédulité. « Nous sommes tes amis. »

Cinq lève les yeux au ciel. « Vous êtes de la même espèce, c'est tout. Ça ne fait pas de nous des amis.

— Laisse Neuf remonter, et alors on discutera », je supplie.

Cinq pousse un soupir et hisse Neuf hors de l'eau. Toujours prisonnier du tentacule de Cinq, il halète désespérément et lance des regards enragés. Mais malgré tous ses efforts, impossible pour lui de se libérer.

« On fait moins le malin, maintenant, hein ? le charrie Cinq. OK, respire à fond, vieux. »

Puis il replonge Neuf sous l'eau.

Six ne bouge toujours pas. Elle a le cou tordu selon un angle bizarre et un énorme hématome est en train d'apparaître le long de sa mâchoire. Elle respire à peine. Je fais un pas vers elle, il faut que je la soigne, mais je sens la télékinésie de Cinq qui me repousse doucement en arrière.

« Pourquoi tu fais ça ? » je lui hurle, les yeux pleins de larmes.

En m'entendant crier, il a presque l'air surpris. « Parce que vous avez été sympa avec moi, tous les deux, répond-il comme si c'était une évidence. Parce que, contrairement à Neuf et à Six, je ne crois pas que vos Cêpanes vous aient fait un lavage de cerveau pour vous faire gober que la seule issue était la résistance. Huit, tu l'as prouvé en Inde, quand tu as laissé ces soldats mourir pour toi.

— Je t'interdis de me parler de ça ! siffle Huit. Je n'ai jamais voulu que qui que ce soit se retrouve blessé.

— Un lavage de cerveau ? je m'exclame. Tu as bien dit un lavage de cerveau ?

— Ce n'est pas grave, répond Cinq en essayant de nous apaiser. Le Chef Bien-aimé saura pardonner. Il vous accueillera à bras ouverts. Il est toujours temps de rejoindre l'équipe gagnante. »

L'équipe gagnante ? Je n'en crois pas mes oreilles. Mon estomac fait des vrilles, j'ai l'impression que je vais vomir. Ça ne peut pas être réel. « Tu travailles pour eux ?

— Je suis désolé de vous avoir menti, à ce sujet, mais c'était nécessaire. J'étais sur cette planète depuis six mois, quand ils m'ont trouvé, précise Cinq d'un ton nostalgique. Mon Cêpane était déjà mort d'une sale maladie humaine – ça c'était la vérité, c'est juste que c'est arrivé à un autre moment. Les Mogadoriens m'ont recueilli. Ils m'ont aidé. Quand vous aurez lu le Bon Livre, vous comprendrez qu'on ne devrait pas les combattre. Cette planète – l'univers tout entier pourrait nous appartenir.

— Ils t'ont fait quelque chose, Cinq. » Je chuchote presque. Je me sens à la fois triste pour lui, et horrifiée. « Tout va bien. On peut t'aider.

— Libère Neuf, c'est tout, ajoute Huit. On ne veut pas te faire de mal.

— Me faire du mal ? répète Cinq en riant. Elle est bonne, celle-là. »

Il tire d'un coup sec sur son bras et extirpe Neuf de l'eau, avant de le jeter violemment contre le tronc noueux de l'arbre. J'essaie de me servir de la télékinésie pour arrêter la chute de Neuf, mais tout se passe trop vite, et Cinq est trop puissant. Neuf percute le tronc avec le dos, avec une telle violence que les branches du haut tremblent. Il pousse un cri de douleur, son corps se contorsionne, et je vois déjà qu'il a des côtes cassées – peut-être même la colonne vertébrale.

« Est-ce que vous imaginez combien c'est ennuyeux, de faire semblant d'être faible ? lance Cinq en faisant se rétracter son bras en caoutchouc, qui reprend son apparence normale. Dans le meilleur des cas, vous avez été formés par des Cêpanes pitoyables. À faire les guignols avec vos coffres et vos Dons, toujours dans l'ombre. J'ai reçu l'enseignement de la plus grande puissance de combat de l'univers, et c'est vous qui menacez de me faire du mal ?

— En substance, ouais », confirme Huit.

Huit se métamorphose en lion à dix bras, et se dresse de toute sa hauteur au-dessus de Cinq. Avant même qu'il puisse lancer l'assaut, Cinq souffle dans sa flûte. L'alligator mutant, qui patientait docilement, bondit en l'air et se jette sur Huit. S'ensuit une mêlée effroyable de battements d'ailes, de claquements de mâchoires et de coups de griffes acérées – les deux bêtes colossales s'effondrent à terre et se roulent dans la boue. L'air vaguement amusé, Cinq se tourne pour regarder Huit se battre contre son monstre domestique.

« Essayez de ne pas vous blesser, leur lance-t-il. On peut encore tous être amis. »

J'ignore s'il blague ou s'il est réellement fou à lier. Mais l'essentiel, c'est qu'il soit absorbé ailleurs. Au pied de l'arbre, Neuf gémit. Il essaie de se relever, mais ses jambes n'ont pas l'air de vouloir obéir. Quant à Six, elle ne bouge toujours pas. Je ne sais pas lequel des deux a le plus besoin de moi. Six est plus proche : je me précipite vers elle et pose les deux mains sur son crâne fracturé.

Soudain, je me sens soulevée du sol, les pieds pendants. C'est Cinq qui me retient par la télékinésie.

« Arrête ! je lui hurle. Laisse-moi la soigner ! »

Cinq secoue la tête, déçu. « Je ne veux pas qu'elle soit guérie. Elle est comme Neuf – elle ne comprendra jamais. Ne te débats pas, Marina. »

C'est alors qu'une branche vient le frapper à la nuque. Il est brièvement déconcentré, et je retombe par terre. Cinq fait volte-face et aperçoit Neuf qui arrache une autre branche avec son esprit.

« Comme c'est mignon, commente Cinq en esquivant sans mal le projectile.

— Comme tu vois, réplique Neuf, qui a réussi à se hisser en position assise contre l'arbre, je n'ai pas besoin de mes jambes pour botter ton gros cul.

— Toujours à dire des conneries, jusqu'au bout, soupire Cinq. Tu sais ce qui se passe, à Chicago, en ce moment même ? Les Mogadoriens sont en train de saccager ton nid douillet. Je veux que tu meures en sachant que ton palais de merde est en flammes, Neuf.

— Tu leur as parlé de Chicago ? » j'explose. Je suis sous le choc, et quand Cinq tourne le regard vers moi, je vois l'occasion à saisir. Il aime s'écouter parler

– autant m'en servir pour faire diversion. Neuf n'est pas en état de se battre. Il faut que je lui fasse gagner du temps. « Comment tu as pu faire une chose pareille ? Et Ella ? Et les autres ?

— Il ne sera fait aucun mal à Ella, répond Cinq. Le Chef Bien-aimé la veut vivante.

— Comment ça ? Pour quoi faire ? Je croyais qu'il voulait nous voir tous morts. »

Cinq esquisse un sourire et se tourne vers Neuf.

« Qu'est-ce qu'il lui veut, Cinq ? » je rugis, sentant soudain la panique me gagner. Il ne me répond pas et se dirige vers Neuf. J'espère que ce dernier pourra lui tenir tête assez longtemps pour que je soigne Six. Je rampe jusqu'à elle et pose sa nuque sur mes genoux. Elle a le crâne fracturé, ainsi que le nez et la mâchoire. Je fais de mon mieux pour me concentrer et canaliser l'énergie glaciale de mon Don.

Un hurlement sauvage me fait sursauter. Dans la boue, Huit a réussi à immobiliser le monstre, dont deux des têtes pendent déjà mollement. Celle du milieu se débat toujours férocement en mordant Huit. Il enserre la mâchoire entre six de ses pattes et l'ouvre jusqu'à faire craquer les os. La tête de la créature est pratiquement coupée en deux. Ses ailes monstrueuses claquent une dernière fois avant de retomber lentement et de se désintégrer.

Cinq s'est retourné pour voir la chute. « Bien joué ! lance-t-il à Huit. Mais crois-moi, il y a pire, là où j'ai trouvé celui-là. »

Huit est agenouillé dans la boue. Il a repris son apparence normale, incapable de faire tenir plus longtemps l'avatar. Aux morsures sanguinolentes partout sur sa poitrine, ses bras, et même ses paumes, je vois qu'il est grièvement blessé. Il a mis toute son énergie dans la bataille, pourtant il trouve la force de se relever, même en vacillant.

Cinq se dresse au-dessus de Neuf, et sa peau métallique étincelle dans le soleil couchant.

« Tu vas frapper un homme désarmé, espèce de sale bâtard de traître ? » le raille Neuf d'un ton provocateur. Et, sans lui laisser le temps de répondre, il se saisit par la télékinésie de sa lance, qui avait dû tomber lors de l'attaque de Cinq. L'arme surgit de la vase et fonce droit sur son adversaire.

Cinq l'attrape au vol. Je note intérieurement qu'il utilise sa main droite, ce qui signifie que les pierres dont il se sert pour activer son Don se trouvent dans la gauche.

Il lève la lance et l'abaisse violemment contre son genou en métal, la brisant net comme une brindille. « Ouais, c'est exactement ça. »

Sans laisser à Cinq le temps de bouger, Huit se téléporte entre eux. Il est courbé en deux, a du mal à respirer, et perd du sang par ses multiples blessures. Pourtant, il tient bon. « Arrête cette folie, Cinq. »

J'essaie de garder un œil sur la scène qui se joue près de l'arbre tout en me concentrant sur Six. Entre mes doigts, je sens son crâne se ressouder et son visage désenfler. J'espère que je suis assez rapide. Nous avons cruellement besoin d'elle.

« Allez, Six... je murmure, réveille-toi. »

En voyant apparaître Huit sous son nez, Cinq a un instant d'hésitation, et une partie de sa rage contre Neuf semble s'évanouir. « Pousse-toi de là, Huit. Mon offre tient toujours, mais seulement si tu me laisses achever cette grande gueule débile.

— Il peut toujours tenter sa chance, mec ! rétorque Neuf derrière lui.

— La ferme », aboie Huit par-dessus son épaule. Il joint les mains et les tend vers Cinq. « Tu as les idées embrouillées, Cinq. Ils t'ont fait quelque chose. Au fond de ton cœur, tu sais que ce n'est pas bien.

— Tu veux parler du Bien ? ricane Cinq. Qu'est-ce qu'il y a de bien, à envoyer une poignée de gosses sur une planète inconnue, pour qu'ils mènent une guerre qu'ils ne comprennent même pas ! Et tu trouves ça bien, de donner à ces enfants des numéros plutôt que des noms ? C'est minable.

— Tout comme envahir une autre planète, objecte Huit, et rayer toute une population de la carte.

— Non ! Tu n'y comprends vraiment rien, répond Cinq en riant. La Grande Conquête doit avoir lieu.

— Un génocide, c'est ça ? C'est de la folie. »

Sur mes genoux, la tête de Six remue. Elle n'a toujours pas repris conscience, mais il semble que le processus de guérison ait fonctionné. Je la repose doucement et me lève pour me rapprocher discrètement des autres. Cinq ne me remarque pas. Il est en pleine divagation, presque frénétique.

« Si vous vous battez, c'est parce que vos Cêpanes vous ont raconté que c'était ce que voulaient vos Anciens ! Est-ce que vous vous êtes déjà demandé pourquoi ? Ou qui sont vraiment vos Anciens ? Non, bien sûr ! Vous recevez des ordres de vieux types morts sans jamais rien remettre en cause ! Et c'est moi le dingue ?

— Ouais, gronde Neuf. T'as qu'à t'écouter parler, mec !

— Tu es en pleine confusion. Tu as été leur prisonnier pendant des années sans t'en rendre compte. Calme-toi et on pourra en discuter, intervient Huit. On ne devrait pas se battre. »

Mais Cinq ne l'écoute plus. J'ai cru qu'il avait une chance de ramener ce fou à la raison, mais la dernière repartie de Neuf a suffi à le remettre hors de lui. Il baisse l'épaule et tente de passer en force.

J'attrape sa main gauche par la télékinésie, en me concentrant sur ses doigts pour essayer de les ouvrir et d'en faire tomber ces billes. Pris par surprise, Cinq recule vivement en se débattant contre moi.

« Sa main gauche ! je m'écrie. Aidez-moi à l'ouvrir ! »

À leur expression, je vois que Huit et Neuf ont compris. Cinq pousse un hurlement de douleur et de frustration. Pendant une seconde, je culpabilise qu'on se ligue de nouveau contre lui. C'est ainsi qu'il doit se sentir, depuis qu'il nous a rejoints – comme un intrus. Il est perdu, en pleine confusion, et furieux. Mais on s'inquiétera de remédier à cette situation et de corriger sa vision du monde plus tard. Pour l'instant, l'urgence est de l'arrêter.

« Je t'en prie, ne te défends pas, je supplie. Tu ne fais qu'aggraver les choses. »

Il crie de nouveau et ses jointures craquent bruyamment. Les petits os de la main ont probablement été pulvérisés par notre assaut télékinésique de choc. Les deux boules qu'il tenait dans sa paume roulent sous les racines de l'arbre. Cinq serre le poing et tombe à genoux. Il lève les yeux vers moi, comme s'il savait que c'était moi qui avais initié l'attaque – ce qui ne fait que rendre sa défaite plus amère.

« Ça va aller », je le rassure, mais ce sont des paroles vides. J'essaie de l'amadouer par la parole, mais en le regardant j'éprouve cette même révulsion que lorsque je pose les yeux sur des Mogs. Il s'apprêtait à tuer Neuf – l'un de ses semblables, l'un d'entre nous. Comment espérer le faire revenir d'aussi loin ?

Huit s'avance et pose la main sur l'épaule de Cinq. On dirait que toute sa combativité l'a abandonné.

Cinq sanglote en secouant la tête. « Ce n'était pas censé se passer comme ça..., dit-il à voix basse.

— Et ça chiale comme une fille », conclut Neuf.

Instantanément, Cinq se rembrunit. Avant qu'aucun de nous ait pu l'en empêcher, il repousse violemment Huit, qui trébuche et tombe, et il prend son envol.

« Non ! » je hurle, mais Cinq fonce déjà droit sur Neuf. L'arme rétractable qu'il a récupérée dans son coffre se déplie dans un chuintement métallique, et la longue lame pointue apparaît, d'une précision mortelle.

Neuf tente de rouler sur le côté, mais il est salement blessé et ne peut bouger. L'herbe tout autour de lui est aplatie, et je comprends alors que Cinq le retient immobile par la télékinésie.

J'essaie de me servir de la mienne pour tirer Neuf vers moi, mais en vain. Cinq est trop puissant.

Et ensuite, tout va si vite.

Cinq descend en piqué en brandissant sa lame. Les dents serrées, incapable du moindre mouvement, Neuf regarde le coup fatal s'abattre sur lui.

Soudain, Huit se matérialise devant lui. « NON ! » rugit Neuf.

La lame de Cinq s'enfonce droit dans le cœur de Huit.

Sous le choc, Cinq bondit en arrière dès qu'il comprend ce qu'il a fait. Huit a les yeux écarquillés et une auréole rouge grossit sur sa poitrine. Il tente quelques pas vers moi en vacillant, les mains tendues. Il essaie de dire quelque chose, mais aucun son ne franchit ses lèvres. Il s'effondre.

Je me mets à hurler en sentant la nouvelle cicatrice me brûler la cheville.

CHAPITRE 35

J'avance dans une ville dévastée. Je suis au milieu de la route, mais il n'y a pas de circulation. Des voitures démolies sont empilées sur les trottoirs, la plupart ne sont plus que des carcasses carbonisées. Les immeubles tout autour – du moins, ceux qui tiennent encore debout – tombent en ruine et sont criblés de trous calcinés. Les semelles de mes baskets font craquer du verre brisé.

Cette ville ne m'est pas familière. Il ne s'agit pas de Chicago. Je suis ailleurs. Mais comment suis-je arrivé là ?

La seule chose que je me rappelle, c'est Ella m'attrapant le poignet, puis… cet endroit. Une odeur âcre de brûlé sature l'air. Les nuages de cendres soufflés par le vent à travers les rues vides me piquent les yeux. Au loin, j'entends des crépitements : quelque part un incendie fait toujours rage.

Je continue d'avancer dans la zone de guerre désertée. Au début, je me crois seul. Puis je remarque un groupe d'hommes et de femmes crasseux, agglutinés dans les entrailles d'un immeuble effondré. Ils se réchauffent autour d'un brasero. Je fais un signe de la main.

« Hé ! Qu'est-ce qui s'est passé, ici ? »

En me voyant, les humains reculent. Ils ont visiblement peur, et disparaissent un par un dans les recoins sombres du bâtiment. J'imagine que, moi aussi, je craindrais les inconnus, si je vivais dans des conditions pareilles. Je poursuis mon chemin.

Le vent rugit par les fenêtres cassées et les portes dégondées. Je tends l'oreille : en y prêtant bien attention, j'entends presque une voix, portée par le vent.

John… Aide-moi, John.

Elle est à peine audible, très loin, pourtant je la reconnais sans peine. C'est Ella.

Et alors je comprends où je suis. Non pas là où se trouve mon corps, géographiquement, mais là où est allé mon esprit. Par un moyen que j'ignore, j'ai été aspiré dans le cauchemar d'Ella. Tout paraît tellement réel, mais c'était aussi le cas de ces visions atroces que lui infligeait Setrákus Ra. Je ferme les paupières et me concentre de toutes mes forces pour essayer de me réveiller. Sans succès. Lorsque je rouvre les yeux, je n'ai pas bougé de cette ville ravagée.

« Ella ? » Je me sens un peu bête, à parler dans le vide. « Où es-tu ? Comment on sort d'ici ? »

Pas de réponse.

Une page de journal déchirée passe devant moi, et je me baisse pour l'attraper. C'est la première page du *Washington Post*, donc j'imagine que je sais maintenant où je suis. La date se situe à quelques années d'aujourd'hui. C'est une vision de l'avenir, le genre dont j'espère qu'elle ne se réalisera jamais. J'essaie de me rappeler que ce n'est qu'une manœuvre de Setrákus Ra, que c'est ainsi qu'il joue avec nos nerfs. Tout ce décor est sa création.

Mais j'ai beau le savoir, la photo en première page me coupe le souffle – une armada de vaisseaux mogadoriens émergeant d'un ciel nuageux juste au-dessus de la Maison-Blanche. Le titre n'est composé que d'un seul mot, en gras et en majuscules.

INVASION.

En entendant un grondement devant moi, je jette le journal et me mets à courir dans cette direction. Un camion militaire noir flanqué de Mogadoriens traverse lentement le carrefour. Je m'immobilise brusquement et songe à bondir dans une des ruelles alentour pour me mettre à couvert, mais les Mogs ne semblent pas remarquer ma présence.

Une foule suit le camion en traînant les pieds. Des humains : pâles et émaciés, leurs vêtements en lambeaux, tous sales et affamés, et blessés pour bon nombre d'entre eux. Ils avancent, tête baissée, le visage austère et la démarche réticente. Des soldats mogadoriens armés de canons les encadrent en exhibant fièrement les tatouages noirs sur leurs crânes chauves. Contrairement aux humains, les Mogs sourient tous. Il se passe quelque chose – un événement particulier, dont ils veulent que les humains soient témoins.

Le vent se lève de nouveau. *John… par ici…*

Je me glisse au milieu des prisonniers et chemine parmi les humains, sans relever la tête. L'obélisque du Washington Monument se détache à l'horizon, décapité. Un sentiment de terreur me tord le ventre. C'est à ça que ressemblera l'avenir, si nous échouons.

On conduit la foule jusqu'aux marches du Lincoln Memorial. Il y a déjà du monde qui attend là que le répugnant spectacle mogadorien commence. Les drapeaux américains qui devraient normalement flotter au sommet de l'édifice ont été remplacés par des étendards noirs frappés d'un symbole mogadorien rouge. Le pire, ce sont les pierres entassées des deux côtés de la rue – enfin, je crois d'abord qu'il s'agit de pierres mais, en y regardant de plus près, je reconnais la tête de Lincoln, barrée d'une énorme fissure en plein front. Les Mogadoriens ont cassé la statue et l'ont jetée hors du mémorial.

Je me fraie un chemin jusqu'à l'avant du groupe. Aucun des humains ne semble très pressé de se retrouver en première ligne, aussi me laissent-ils passer sans résistance. Une ligne de guerriers mog se tient au pied des marches pour surveiller ces êtres découragés en les menaçant de leurs canons.

Setrákus Ra attend dans un trône au sommet de l'édifice. Sa silhouette massive est vêtue de l'uniforme noir, avec épaulettes et médailles. Un énorme glaive mogadorien protégé par un fourreau orné est posé en travers de ses cuisses. Sept pendentifs loric reposent autour de son cou, leurs pierres bleu cobalt scintillant dans le soleil de l'après-midi. De ses yeux noirs, il scrute la foule avec désinvolture. Je grimace en sentant son regard passer sur moi – je m'apprête à fuir, mais le monstre ne me voit pas.

John... est-ce que tu me vois... ?

J'étouffe un cri. Ella est assise dans un trône plus petit, au côté de Setrákus Ra. Elle paraît plus vieille, et plus pâle. Ses cheveux sont teints en noir corbeau, noués en une tresse serrée qui lui descend le long de l'épaule. Elle porte une robe si somptueuse qu'elle semble faite pour narguer les humains délabrés qui la fixent avec un respect mêlé de crainte. Son visage est impassible, comme si l'habitude l'avait rendue indifférente à ce genre de scène immonde.

Setrákus Ra lui tient la main.

Je combats la pulsion de me précipiter sur les marches pour tenter de le tuer, et me répète en boucle que rien de tout ça n'est réel. Et si ça l'était, je n'aurais de toute manière aucune chance. Une armée entière de Mogadoriens se tient entre Setrákus Ra et moi.

La foule se fend en deux pour libérer la voie au camion militaire que j'ai vu auparavant, et qui vient se garer au pied des marches du Lincoln Memorial. À l'arrière, la bâche est relevée, révélant deux prisonniers blottis l'un contre l'autre, tête baissée et mains liées. Leurs silhouettes sont familières.

En voyant le camion se garer, Setrákus Ra se lève. Un silence mortel s'abat sur la foule.

« Amenez-les », ordonne-t-il.

Un solide guerrier mogadorien sort des rangs. Il n'est pas comme les autres : il est moins pâle, et les tatouages sur son crâne ont presque l'air neufs. Un de ses yeux est masqué par un bandeau, et l'autre n'a pas la noirceur sans âme du regard mogadorien. Malgré moi, je recule d'un pas en comprenant que ce n'est pas du tout un Mogadorien.

C'est Cinq. Que diable fait-il ici ? Pourquoi porte-t-il leur uniforme ?

Il fait descendre le premier prisonnier du fourgon. Il est un peu plus vieux et une longue cicatrice horizontale lui barre le nez et les joues, mais je reconnais Sam sur-le-champ. Il garde la tête basse et son regard hagard et vaincu ne croise pas celui de Cinq. Je remarque aussi que Sam boite franchement, et c'est encore plus visible quand Cinq le force à monter les marches du Lincoln Memorial. Il trébuche, manque de tomber, et quelques Mogadoriens ricanent de le voir tellement humilié. Je sens la fureur me gagner et je dois inspirer à fond pour empêcher mon Lumen de s'activer.

Le second prisonnier ne se laisse pas faire aussi docilement. Même les mains et les pieds entravés, Six garde la tête haute. Ses cheveux blonds grossièrement tondus se dressent en épis, à la garçonne, et son visage est tordu en un masque de colère infinie, pourtant elle est toujours belle à couper le souffle. Elle balaie du regard l'assemblée, et bon nombre d'humains baissent les yeux, honteux. Cinq lui dit quelque chose que je n'entends pas, mais ses traits doux expriment presque du repentir. En réponse, Six lui crache au visage. Tandis que Cinq s'essuie la joue, un groupe de gardes mogadoriens attrapent Six et la traînent en haut des marches. C'est tout elle – combattante, jusqu'à la fin.

On fait s'agenouiller Six et Sam devant Setrákus Ra. Il les fusille du regard pendant un moment, puis se tourne vers la foule.

« Regardez ! tonne-t-il, et sa voix porte au-delà des masses silencieuses. Les derniers vestiges de la résistance loric ! Aujourd'hui, notre société célèbre une grande victoire contre ceux qui ont voulu se dresser en travers du chemin du progrès mogadorien ! »

Les Mogs poussent des hourras. Les humains restent muets.

J'ai l'esprit qui bondit en tous sens. Si Six et Sam sont les derniers qui restent, ça signifie, dans cet avenir-ci, que je suis déjà mort, et tous les autres aussi. Et que l'un de ces pendentifs autour du cou de Setrákus Ra est le mien. Je me répète une nouvelle fois que tout ceci n'est pas réel, mais je suis totalement terrifié.

Cinq gravit les marches et vient se placer près de Setrákus Ra. C'est lui qui tient le fourreau tandis que le monstre en sort son glaive étincelant. Setrákus Ra le brandit pour que tous le voient bien, puis frappe l'air juste au-dessus de la tête de Sam. Dans la foule, quelqu'un pousse un cri, rapidement étouffé.

« Aujourd'hui, nous scellons une paix durable entre les humains et les Mogadoriens, continue Setrákus Ra. Nous allons enfin éradiquer l'ultime menace qui pesait sur notre radieuse existence. »

La scène n'a pourtant rien de radieux. Il est évident que les humains sont terrassés par des mois et des mois d'occupation mogadorienne. Je me demande combien d'entre eux se joindraient à moi, si j'essayais d'attaquer Setrákus Ra. Sans doute pas un. Ce n'est pas contre eux que j'éprouve de la colère, mais contre moi-même. J'aurais dû les sauver, mieux les préparer à ce qui les attendait.

Setrákus Ra n'en a pas fini avec son discours. « En ce jour historique, j'ai choisi de laisser l'honneur de rendre la justice à celle qui me succédera un jour en tant que votre Chef Bien-aimé. » D'un geste théâtral, Setrákus Ra désigne Ella. « Héritière ? Quelle est ta sentence ? »

Héritière ? Ça n'a aucun sens. Ella n'est pas mogadorienne, elle est des nôtres.

Je n'ai pas le temps de me poser plus de questions. Je regarde Ella se lever de son trône en tremblant, comme si elle était droguée. Elle baisse les yeux vers Six et Sam, l'air sombre et impassible. Puis elle scrute la foule et son regard s'arrête sur moi.

« La mise à mort, annonce-t-elle.

— Très bien », répond Setrákus Ra.

Il s'incline profondément puis, d'un mouvement fluide, décapite Six d'un coup de son glaive. Un silence mortel règne dans la foule au moment où son corps chute, et je n'entends plus que le hurlement de Sam. Il s'affale sur le corps de Six en mugissant.

Je sens la douleur me déchirer la cheville. Une nouvelle cicatrice. Au moment où Cinq relève Sam pour le tourner vers la lame de Setrákus Ra, je ferme les yeux. Je ne veux pas voir la suite, être témoin de mon échec envers eux. Ce n'est pas réel, je me répète.

Ce n'est pas réel, ce n'est pas réel, ce n'est pas réel…

CHAPITRE 36

Je sais qu'il nous a quittés. Je sens encore la douleur de la nouvelle cicatrice au bas de ma jambe. Je la sentirai sans doute pour toujours, jusqu'à la fin de mes jours.

Il faut tout tenter.

Je tombe à genoux dans la vase à côté du corps de Huit. La blessure n'a même pas l'air si grave. Il y a moins de sang qu'au Nouveau-Mexique, et Huit a survécu à ça. Je devrais pouvoir le soigner cette fois encore. Ça devrait marcher. Il faut que ça fonctionne. Mais ce coup-ci l'a frappé en plein cœur. Je pose les paumes sur la plaie et implore mon Don d'agir. Je l'ai déjà fait. Je peux le refaire. Il le faut.

Rien ne se passe. Je suis glacée, mais ça n'a rien à voir avec mon Don.

Je ne désire qu'une chose : m'allonger près de Huit dans la boue et faire disparaître tout ce qui nous entoure. Je ne pleure même pas – on dirait que les larmes elles-mêmes ont quitté mon corps, et je ne ressens plus que le vide.

À quelques mètres à peine, Cinq est en train de crier, mais mon esprit est incapable d'entendre ses paroles. La lame avec laquelle il a poignardé Huit s'est rétractée dans la gaine qu'il porte autour du poignet. Il se tient la tête entre les mains, comme s'il n'arrivait pas à croire ce qu'il venait de faire. Au pied de l'arbre, sous le choc, Neuf ne dit plus un mot. Si seulement il s'était tu quelques secondes plus tôt, au lieu de provoquer Cinq ! Six a enfin repris conscience et se relève avec difficulté, l'air sonné, essayant de comprendre le sens de sa nouvelle cicatrice. Tout s'est écroulé.

« C'était un accident ! bredouille Cinq. Ce n'est pas ce que je voulais faire ! Marina, je suis désolé, je ne voulais pas !

— La ferme », je siffle.

C'est alors que j'entends le ronronnement d'un vaisseau mogadorien. Autour de nous, les hautes herbes s'agitent brusquement et la silhouette argentée et élancée descend du ciel. Tout ça n'était qu'une embuscade orchestrée par Cinq – et bien évidemment, des renforts étaient prévus.

Je me penche pour déposer un doux baiser sur la joue de Huit. J'aimerais pouvoir parler, lui dire quelle personne extraordinaire il était, et combien il a adouci cette vie monstrueuse que nous sommes forcés de mener. « Je ne t'oublierai jamais », je murmure.

Je sens une main sur mon épaule. Je fais volte-face et me retrouve nez à nez avec Cinq.

« Ne prends pas les choses comme ça, supplie-t-il. C'était une horrible erreur, je sais ! Mais tout ce que j'ai dit était la vérité ! »

Il est fou. Fou à lier d'oser me toucher. Je n'arrive pas à croire qu'il ait une audace pareille, après ce qu'il a fait. « La ferme, je le préviens.

— Vous ne pouvez pas gagner, Marina ! Ça vaudra bien mieux pour toi, si tu me rejoins ! Tu… Tu… » bégaie-t-il, et de la vapeur se forme devant sa bouche, tandis qu'un frisson parcourt l'air humide. Ses dents se mettent à claquer. « Qu'est-ce que tu fais ? »

En moi, quelque chose lâche. Jamais je n'ai ressenti une telle rage, et c'est presque réconfortant. L'onde de mon Don de guérison se répand dans tout mon corps, mais cette fois-ci, c'est différent. C'est glacial, amer et mort. J'exhale du froid. Près de Cinq, l'eau boueuse du marécage craque et la surface se transforme instantanément en glace. Dans un rayon de plusieurs mètres autour de moi, les plantes commencent à se flétrir, et s'inclinent sous cette gelée soudaine.

« Ma… Marina ? Arrête… » Tout en serrant les bras autour de sa poitrine pour se protéger, Cinq fait un pas vers moi. Ses pieds se dérobent sous lui et il glisse.

Traversée par ce nouveau Don, j'agis par rage et par pur instinct. Je lève vivement les mains et la glace prend forme sous lui. Une stalagmite pointue surgit du sol. Cinq n'est pas assez rapide pour l'esquiver et le pic lui traverse le pied, le clouant littéralement sur place. Cinq pousse un hurlement, mais je m'en moque.

Il plonge en avant pour attraper son pied transpercé. Au même moment, une autre colonne de glace fuse, et le frappe en plein visage. Si elle avait été plus grosse, elle l'aurait sans doute tué. Là, elle lui crève seulement un œil.

Le pied toujours empalé, Cinq tombe maladroitement sur le sol gelé en se tenant la figure et en hurlant : « Arrête ! Pitié, arrête ça ! »

C'est un monstre, et il mérite cette punition. Pourtant je ne peux pas continuer. Je ne suis pas comme lui. Je ne tuerai pas l'un des miens de sang-froid, même après ce qu'il a fait.

« Marina ! crie Six. Viens ! »

Le vaisseau mogadorien a atterri et ses portes s'ouvrent. Au pied de l'arbre, qui ploie maintenant sous le poids de la glace, Six a hissé Neuf sur son épaule. Elle me tend la main.

Je jette un dernier regard à Cinq. Il se tient toujours la tête des deux mains, plaquées contre son orbite vide. Il pleure, et ses larmes se transforment instantanément en gelée sur ses joues.

« Si je te revois un jour, espèce de salopard de traître, je glapis, je te crève ton putain de deuxième œil ! »

En réponse, Cinq émet un gargouillement pitoyable.

Au moment de me diriger vers Six, je m'immobilise. À mes pieds, enchâssé dans un bloc de glace, gît le cadavre de Huit. Je mesure alors ce que j'ai fait, et l'air autour de moi se réchauffe. Je m'agenouille et pose les mains à plat sur la couche de gel qui me sépare de Huit, et qui commence à fondre. Je veux l'emmener avec nous, le protéger des Mogadoriens et lui offrir le repos qu'il mérite, mais je n'ai pas le temps d'attendre que la glace ait fini de fondre. Six me crie de venir, et les Mogs se rapprochent.

« Je te demande pardon », je murmure. Tout mon être est comme engourdi.

Je me précipite vers Six et saisis sa main tendue. Nous devenons invisibles.

CHAPITRE 37

Je me réveille en sursaut et me redresse dans un lit qui n'est pas le mien. Je sens immédiatement que je suis de retour dans le réel – la douleur déchirante à ma cheville a suffi à me tirer de ce cauchemar. Une seconde – si tout ça n'était pas la réalité, je ne devrais pas avoir une nouvelle cicatrice. Et pourtant, je sens la peau brûlée, à vif, et l'élancement qui vrille jusqu'à l'os.

Cette partie du cauchemar était donc réelle : nous avons perdu quelqu'un.

Je n'ai pas le temps de m'appesantir, ni même d'ailleurs de me demander où je me trouve. Sam est en train de me hurler quelque chose.

« JOHN ! DESCENDS DE LÀ ! »

J'aperçois un Mogadorien devant la fenêtre de la chambre – elle est cassée et un vent froid s'engouffre dans la pièce. Que s'est-il passé ? Et surtout, quand ? Il pointe son arme sur moi. Mon instinct prend le dessus et je roule sur la gauche, au moment même où le Mog fait feu en direction du matelas où je gisais encore il y a une seconde, dans le coma. Couché par terre près du lit, je soulève le Mog avec ma télékinésie. Il est projeté en arrière par la fenêtre et chute jusque dans la rue, en contrebas.

C'est le chaos, et dans le monde réel il est plus intense encore que dans la vision pourtant vivace de Setrákus

Ra. La pièce a été totalement saccagée par les tirs de canons mog. Sarah est debout dans l'embrasure de la porte, tentant de se protéger derrière une bibliothèque renversée. D'un bras, elle soutient le corps encore inconscient d'Ella et, de l'autre, elle tire à l'aveuglette dans le couloir, avec une mitraillette. Grâce à mon ouïe affûtée, malgré les tirs, j'entends des Mogadoriens ramper partout dans l'appartement. Ils sont très nombreux, et pourtant Sarah ne semble essuyer aucune riposte.

Et je me rends compte que c'est parce qu'elle porte Ella. Setrákus Ra veut que son héritière lui soit ramenée en vie – je n'ai pas encore encaissé cette révélation, ni le sens qu'elle a pour nous tous. C'est pour cette raison que les Mogs ne prennent pas Sarah pour cible : ils ont peur de toucher Ella.

Sam est par terre, à côté de moi, et il tient Malcolm contre lui. Ce dernier a une blessure béante à l'abdomen. Il respire mal et lutte pour ne pas perdre conscience. Il n'en a visiblement plus pour longtemps.

« Mais qu'est-ce qui s'est passé, ici ? je crie à Sam.

— Ils nous ont retrouvés. Quelqu'un nous a trahis. »

Je me remémore Cinq dans cet uniforme mogadorien, et la vérité m'apparaît instantanément.

« Où sont tous les autres ?

— Dans les Everglades, pour la mission. » Sam désigne ma jambe en écarquillant les yeux, l'air effrayé. « J'ai vu ta cheville s'illuminer. Qu'est-ce que… qu'est-ce que ça veut dire ? »

Alors que je m'apprête à répondre, j'entends Sarah hurler. La détente de son arme cliquette dans le vide et, comprenant qu'elle n'a plus de munitions, les Mogs lui tombent dessus. L'un d'eux bondit vers la porte pour lui planter un poignard dans l'épaule. Elle s'effondre en portant la main à sa blessure, et un autre Mog se penche pour lui arracher violemment Ella des bras.

J'active mon Lumen, mais lancer une boule de feu est trop dangereux, tant que les Mogs détiennent Ella. Ils se replient rapidement dans le couloir, disparaissant de ma ligne de mire. Par la télékinésie, j'attire Sarah jusqu'à nous.

« Ça va ? » je demande en examinant rapidement son épaule. La blessure n'est pas belle, mais pas fatale. Sarah a l'air à la fois hébétée et soulagée de me voir réveillé.

« John ! » s'exclame-t-elle en m'enlaçant avec son bras indemne. Mais l'étreinte ne dure qu'une demi-seconde, puis Sarah me repousse, consciente du danger. « Vas-y ! Il faut que tu les arrêtes ! »

Je bondis sur mes pieds, prêt à foncer derrière les Mogadoriens en fuite. Pendant un instant suspendu, je baisse les yeux vers Sam et son père. Malcolm est toujours vivant, mais plus pour longtemps. La vision de Sam, penché au-dessus de son père et lui tenant la main me rappelle cette nuit, au lycée de Paradise, où je n'ai pas pu empêcher Henri de mourir. Maintenant je sais que j'aurais pu le sauver.

Mais soigner Malcolm signifierait laisser les Mogadoriens s'échapper avec Ella. Et Setrákus Ra se rapprocherait encore de son but ultime – un avenir que je ne comprends pas encore totalement, mais dans lequel Ella dominerait l'humanité à ses côtés.

Sam lève les yeux vers moi, les joues baignées de larmes. « John ! Qu'est-ce que tu attends ? Va aider Ella ! »

Je repense à ce Sam que j'ai vu dans mon cauchemar, épuisé, abattu, sans plus aucune force vitale. Je me remémore la douleur insupportable de la perte d'Henri. Je ne peux pas laisser mon meilleur ami traverser ça, alors que Malcolm et lui viennent à peine de se retrouver.

Laisser partir Ella, la condamner à cet avenir… Non, il sera encore temps d'y mettre un terme plus tard. C'est maintenant que je dois aider Malcolm.

Je m'agenouille et pose les paumes sur son ventre. Immédiatement, la plaie commence à se refermer sous mes doigts. Les couleurs lui reviennent doucement aux joues, et il ouvre les yeux.

Sam me dévisage, interloqué. « Tu les as laissés l'emmener.

— J'ai fait un choix, je réponds. Ils ne lui feront pas de mal.

— Qu'est-ce… Qu'est-ce que tu en sais ? bégaie Sarah.

— Parce que Ella… » Je secoue la tête. « Nous la sauverons. Nous les arrêterons. Nous tous, ensemble, je le jure. »

Sam m'attrape l'épaule. « Merci, John. »

Sitôt que j'ai fini de m'occuper de Malcolm, je me concentre sur la blessure de Sarah. Elle est profonde mais bien nette. Pendant que mon Don opère, Sarah me caresse la joue du bout de ses doigts.

« Qu'est-ce qui t'est arrivé ? me demande-t-elle. Qu'est-ce que tu as vu ? »

Je fais non de la tête. Je ne tiens pas à évoquer cette vision tant que je n'aurai pas percé à jour sa signification. Contrairement à Sam, Sarah ne semble pas avoir remarqué ma nouvelle cicatrice, et je ne veux pas non plus en parler. Tout est redevenu paisible, depuis que les Mogs ont battu en retraite en emmenant Ella. Pourtant, il nous faut partir. Les flics seront bientôt là. Tout ce que je veux, c'est guérir Sarah et nous emmener tous à l'abri. « On dirait que vous avez cartonné, pendant mon absence.

— On a fait de notre mieux », répond Sarah.

Une fois sa blessure bien refermée, je balaie la pièce du regard. « Il faut qu'on décolle. Où est Bernie Kosar ? »

Sarah et Sam échangent un regard grave, et je sens mon cœur se serrer.

« Il est monté sur le toit pour les retenir, explique Sam. Il n'est pas revenu.

— C'est un dur. Il est peut-être encore en vie, intervient Sarah.

— Ouais, c'est sûr », renchérit Sam, mais il n'a pas l'air très confiant.

À l'idée que nous ayons perdu BK, en plus de cet autre Gardane en Floride, je suis à deux doigts de craquer. Je me mords l'intérieur de la joue et me concentre sur la douleur. Je me relève – le deuil devra attendre. Dans l'immédiat, nous devons partir d'ici avant que les Mogs décident de revenir nous tuer.

« Il est temps de filer, j'annonce en aidant Malcolm à se relever.

— Merci de m'avoir sauvé la vie, John. Maintenant, dégageons d'ici. »

Nous bondissons tous les quatre hors de la pièce, Malcolm en s'appuyant sur l'épaule de Sam. Toutes les lampes ont sauté, sans doute à cause d'un court-circuit pendant la bataille. Il n'y a pas de Mogadorien embusqué dans le salon, mais je vois bien qu'ils ont redécoré les lieux sur leur passage. Pendant une seconde, j'imagine la fureur de Neuf, à son retour. S'il est toujours en vie. Et alors je me rends compte que nous ne pourrons jamais revenir ici. C'était chez nous, pendant un temps, mais à présent il n'y a plus rien, tout a été détruit par les Mogadoriens, comme tant d'autres choses.

Par les fenêtres brisées, j'entends le hurlement des sirènes dans la rue. Cet assaut des Mogadoriens était beaucoup plus imprudent que d'habitude. Il va sans doute être très difficile pour nous de filer incognito.

Étonnamment, l'ascenseur est toujours en état de marche. J'aide Sarah, Sam et Malcolm à y entrer et appuie sur le bouton du garage, sans monter à bord moi-même.

« Qu'est-ce que tu fais ? s'écrie Sarah en me saisissant le bras.

— On ne pourra pas remettre les pieds ici. Ça va grouiller de flics, et probablement de fédéraux travaillant pour les Mogs. Il faut que je récupère nos coffres et que j'essaie de retrouver BK. »

Sam avance d'un pas. « Je peux t'aider.

— Non. Va avec Sarah et ton père. Avec la télékinésie, je peux porter les coffres tout seul.

— Tu avais promis qu'on resterait ensemble », objecte Sarah d'une voix tremblante.

Je l'attire contre moi. « Toi, tu es mon chauffeur vers la liberté. Prends la voiture la plus rapide dans la collection de Neuf et retrouve-moi près du zoo. Vous ne devriez pas avoir de difficulté à sortir, mais moi, ils me cherchent peut-être. Je devrais pouvoir sauter sur le toit d'à côté et redescendre par là. » Je recule hors de la cabine, puis me penche pour poser un dernier baiser furtif sur les lèvres de Sarah. « Je t'aime.

— Moi aussi, je t'aime », répond-elle.

Les portes coulissent en chuintant. Je pique un sprint à travers l'appartement dévasté, jusqu'à l'atelier. Il est sens dessus dessous lui aussi – quand je pense à ce travail de titan, et à la salle de conférences qui ne servira plus jamais. J'essaie de me cantonner aux questions pratiques.

Que faut-il que j'emporte ? Le premier objet que j'attrape, c'est la tablette qui permet de nous localiser. Je note quatre points en Floride – bon sang, il en manque bien un. Je ne suis pas prêt à m'interroger sur l'identité du Gardane disparu, où sur le sort d'Ella, ou encore sur le fait que Setrákus Ra pourrait être loric.

Je ramasse un sac de paquetage sous une table renversée et fonce dans la salle de conférences pour le remplir d'armes. J'y fourre aussi la tablette et me passe la bandoulière à l'épaule. Je veux garder les mains libres, au cas où des Mogs traîneraient encore dans les parages. Je fais donc léviter nos coffres par la télékinésie. Toutes les fenêtres étant béantes, j'entends sans mal les sirènes se rapprocher. Je ne pourrai rien porter de plus. Il est temps de repartir en cavale.

Les Héritages flottant derrière moi, je sors en trombe de l'atelier. Mon objectif est de monter sur le toit pour voir si Bernie Kosar a réussi à en réchapper.

Avant que j'aie pu atteindre l'escalier, j'entends un « ding » en provenance de l'ascenseur, et les portes s'ouvrent. Bon sang, je n'ai pas été assez rapide.

Je regarde par-dessus mon épaule, m'attendant à voir apparaître la police de Chicago au grand complet, l'arme au poing. Mais c'est un Mogadorien, seul. Blême, le visage masqué par ses cheveux noirs, plus jeune que la moyenne des soldats… et il a l'air différent des autres Mogs que j'ai croisés. Plus humain. Il tient une arme devant lui – pointée sur moi.

Tous les coffres chutent au sol au moment où ma télékinésie change de cible, et je lui arrache le fusil des mains. « Hé ! » s'écrie-t-il, et je n'entends pas la suite. Je pense aux amis que j'ai perdus ce soir. À cette vision atroce de l'avenir qui nous attend. Tuer ce Mogadorien solitaire ne changera rien à tout ça, cependant c'est un début.

Je lance une boule de feu dans sa direction, mais il esquive le coup en se jetant derrière la carcasse déglinguée d'un canapé. Je soulève le meuble par la télékinésie et le projette sur le côté. Le Mog lève les mains en signe de reddition. Si j'étais capable de réfléchir, je me dirais sans doute que c'est là un geste surprenant.

« Trop tard, mon vieux », je rugis.

Alors que je m'apprête à le bombarder de nouveau, le Mog frappe du pied au sol. La pièce tout entière se met à trembler, les meubles encore debout se fracassent par terre et la moquette ondule comme si une vague passait dessous. Je suis renversé par la secousse sismique, je bascule, et je sens l'appel d'air froid m'engloutir en arrière. Quel imbécile : je me rends compte trop tard que je me tiens devant une fenêtre ouverte. J'étends les bras et tente désespérément de retrouver mon équilibre.

Pourtant, je ne tombe pas. Il me tient. Le Mogadorien m'a attrapé par la chemise.

« Je ne veux pas me battre avec toi ! me crie-t-il en pleine face. Alors arrête de m'attaquer ! »

Il me tire vers l'intérieur de la pièce et je le repousse. Il n'essaie pas de s'approcher de nouveau, mais reste accroupi, prêt à esquiver un éventuel projectile.

« Tu es Numéro Quatre, dit-il.

— Comment tu le sais ?

— Ils savent à quoi tu ressembles, John Smith. Ils connaissent vos visages à tous. Et moi aussi… » Il hésite. « Sauf que je me rappelle aussi t'avoir vu, enfant. En train de courir vers un vaisseau pendant que mon peuple massacrait le tien.

— Tu es celui dont Malcolm et Sam nous ont parlé. » J'ai la mâchoire serrée, et j'ai beaucoup de mal à refréner l'instinct de fuir ou de me battre. C'est enraciné tellement profond en moi. Pourtant, je me maîtrise.

« Adamus Sutekh, annonce le Mog. Je préfère Adam.

— Ton peuple a tué un de mes amis, ce soir, Adam, je fulmine, incapable de réprimer ma colère. Et ils en ont enlevé un autre.

— Je suis désolé. Je suis venu aussi vite que j'ai pu. Est-ce que Malcolm et Sam sont sains et saufs ?

— Je… » Sa question me prend de court. Un Mog exprimant de la compassion. Même si Sam et Malcolm ont dit vrai à son sujet, je n'ai jamais pu m'imaginer une chose pareille. « Ouais, ils vont bien.

— Bien », répond Adam. Sa voix a toujours ce timbre haché propre aux Mogadoriens. « Il faut qu'on parte d'ici.

— On ?

— Tu as mal, et tu es en colère, dit-il en s'avançant prudemment vers moi, comme si je risquais de le frapper à tout moment. Mais si tu veux leur rendre la monnaie de leur pièce, je peux t'aider.

— Je t'écoute. »

Adam me tend la main. « Je sais où ils vivent. »

À l'intérieur de moi, quelque chose se révulse à la vision de cette main blafarde attendant la mienne. Mais si ce que j'ai vu dans ce cauchemar est vrai, si Cinq travaille bien pour les Mogadoriens, alors pourquoi ne pas avoir l'un d'eux dans nos rangs ? Je saisis la main d'Adam et la serre fort. Il ne cille pas, et plante son regard droit dans le mien.

« Très bien, Adam. Tu vas m'aider à gagner cette guerre. »

Achevé d'imprimer en Espagne (Barcelone)
par BLACK PRINT CPI
le 17 mars 2014.

Dépôt légal mars 2014
EAN 9782290083550
L21EDDN000486N001

ÉDITIONS J'AI LU
87, quai Panhard-et-Levassor, 75013 Paris

Diffusion France et étranger : Flammarion